破咒師

SPELLBREAKER

CHARLIE N. HOLMBERG

夏莉·荷柏格——著

清揚——譯

BEST 嚴選

緣起

在繁花似錦的奇幻文學花園裡，你或許還在門外徘徊，不知該如何抉擇進入的途徑；也或許你已經置身其中，卻因種類繁多，或曾經讀過不合口味的作品，而卻步、遲疑。

BEST嚴選，正如其名，我們期許能透過奇幻基地對奇幻文學的瞭解，以及對讀者的理解，站在出版者與讀者的雙重角度，為您精選好作家與好作品。

他們是名家，您不可不讀：幻想文學裡的巨擘，領域裡的耀眼新星。

它們最暢銷，您怎可錯過：銷售量驚人的大作，排行榜上的常勝軍。

這些是經典，您務必一讀：百聞不如一見的作品，極具代表的佳作。

奇幻嚴選，嚴選奇幻。請相信我們的眼光，跟隨我們的腳步，文學的盛宴、幻想世界的冒險，就要展開。

excellent bestseller classic

謹以此書獻給愛蜜麗·舒瓦茲曼，
偉大的企業家，
直面暴風雨，
在逆流中舞蹈，
保護她的部族，
於屋頂上吼叫「愛」。
世人，後退，
聆聽她的吶喊。

台灣獨家作者序

《破咒師》的創作歷程，主要受到了四個影響。首先，是我鍾愛的一部電影。

我非常喜愛吉卜力工作室改編的動畫電影《霍爾的移動城堡》。我重看了好幾遍，也包括原著小說（注）！我愛電影裡的奇思妙想、各式各樣的交通工具、每一個角色，一切的一切。我幾本小說裡的元素，也都有誠心地向這部電影和它的原著致敬。

我每重看一遍這部電影，都會有新的收穫——對蘇菲受到的詛咒產生新想法，或者是在霍爾的房間裡，發現以前沒注意到的有趣細節和彩蛋。但有一回，我被蘇菲（女主角）和荒野女巫（反派）之間的一段對話徹底吸引住。被困在老太太軀殼內的蘇菲，要求女巫破除她身上的魔咒。女巫的回應是：「抱歉，親愛的。我是個只會施法，不會解除咒語的女巫。」

我當下覺得這個觀點非常有意思。如果一個人擁有只能施咒的能力，卻不能破除它，事情會變得如何？如果故事裡魔法師的法力，都有一道不能超越的極限呢？

這就是誕生出《破咒師》的第一顆種子。我想創造兩種魔法師：一種能施行咒語，另一種

注 即英國作家黛安娜・韋恩・瓊斯（Diana Wynne Jones）的奇幻作品《魔法師豪爾系列1：魔幻城堡》。

能破除魔咒。制咒者，無法破除魔法；破咒者，不能施展咒術。

不過，我不希望魔法師之間的界線，只有一道介於制咒和破咒之間的區別。就像布蘭登・山德森（Brandon Sanderson）所說，魔法的侷限，比魔法本身更有趣。

但一個人如何取得魔咒並爲己所用？我反覆琢磨，終於想出一個有創意的點子。我後來與好友凱特琳・麥克法藍（Caitlyn McFarland）提出疑問。凱特琳提議我參考《龍與地下城》（*Dungeons & Dragons*），這是一個角色扮演桌遊，但當時我還沒玩過這個遊戲。我向她解說我的魔法系統，她聽完後，便提到《龍與地下城》裡的巫師幾乎都是花錢來買魔咒，再學習如何施放該魔咒。於是我的腦海裡靈光一閃：如果我的制咒師們必須花錢買魔咒呢？如果這些魔咒又十分昂貴？這是否代表，只有少數的菁英份子才買得起？這點能幫助我限制小說裡的人物取得魔法，並且增強與下層階級的不幸對比，加大不同階級間的反差。

我筆下的小說世界，有虛構的，也有根據眞實的歷史背景。而這次，我打算寫個以眞實歷史爲背景的故事，但還不確定該把故事放在哪個時代。我特別熟悉一八〇〇年代的英國，但這一百年間發生了許多文化和科技上的變革。幸好，我最近發現了一套好看的ＢＢＣ電視影集，叫做《雀起鄉到燭鎭》（*Lark Rise to Candleford*），它的故事背景就在十九世紀末期——相較於我的「幻紙魔法師」系列稍早一些，而那套小說是我迄今爲止銷售量最佳的系列。於是我決定了，這個制咒、破咒的世界就設定在一八九五年的英國，一處離倫敦不遠、被我命名爲「布魯克利」的虛構小鎮裡。自此，這套小說裡的世界全都就定位。

最後，我的主角們陸續登場。艾兒希，我的女主角，創造她相對簡單許多。我了解自己想要她成爲哪種人，也清楚她的思維模式，理解她渴望療癒的內心創傷。但我的男主角呢……這個嘛，他其實是受到Pinterest網站上一張照片的啓發。

我沒辦法告訴你照片上的那個人是誰。我在Google上找了又找，就是找不到圖像中人物的相關訊息，包括它的攝影師資訊。但照片中的人展現出一個男人的俊美形象，而我甚至連他的血統族裔都推敲不出來。他有可能來自任何地方，可以是北美洲人、非洲人、加勒比海人、中東人……如此地奇妙。此外，照片的後製和編輯效果，讓他看起來就像被魔法附身一般。我一定要把他寫進某個故事裡，他實在讓人著迷！於是，這張照片就成爲我的男主角，巴克斯．凱爾西的靈感來源。在逐漸深掘這本小說的背景年代後，我決定他必須是一個來自巴貝多島的人，那座島在當時是隸屬英國的殖民地。他既是本國人，也是異鄉人；既有權有勢，同時也有脆弱無助的地方。

希望這一小段的幕後花絮，能讓大家在翻閱《破咒師》和續集《制咒師》的時候更添趣味。我眞的非常享受創作這個故事的過程，享受在紙頁上訴說艾兒希和巴克斯的故事。假使你也享受這套小說，即便是只有我的一半，那也是這本小說的成功！

夏莉．荷伯格

制咒師，能施展魔咒，佔據魔法世界的權力核心；
破咒師，具有解除咒術的天賦能力，也因此受到嚴密管控……

——四大宗派魔法——

物理魔法（造成物理性改變或現象）
理智魔法（操控他人心智）
靈性魔法（宗教祈福和詛咒，產生幻象和用於審訊）
時間魔法（更改時間對物體造成的作用）

序曲

泰晤士河畔亞平敦（注）（Abingdon-on-Tames），英國，一八八五年

艾兒希不是故意要燒掉那家救濟院的。

這件事，在警官過來找她和其他孩子問話時，她並未提及。其實，她什麼也沒說。

不過是誰點火的並不重要。大家都知道那是座破舊的老樓房（大家都叫它老威爾遜），一到下雨天，它的指關節就會痠痛、整副身軀發顫，一年比一年更嚴重。這天晚上，它晃掉了提燈，摔破了玻璃燈罩，煤油噴灑了出來。然而，這並不是那些小地毯和牆壁被照得亮晃晃的原

注 原屬於伯克郡，一九七四年改為牛津郡，位於倫敦附近。

因，也不是那棟大樓房燃燒著又橘又黃熊熊烈火的原因。它噴出的濃煙，刺痛了艾兒希的雙眼。

她並不知道牆壁上的美麗符文是一道防火屏障，也不知道那個符文十分重要。她手指向那個字，但貝絲和詹姆斯卻都看不見它。她只是想觸摸它，描繪它的筆畫。但就在她順著筆畫描繪時，那個符文竟在她的指尖下消失無蹤。她沒把這件事告訴任何人。她不想自找麻煩，不想再被這家救濟院趕出去。

那個符文消失時，已經是一個月前的事了。所以，當這晚老威爾遜晃掉了它的提燈時，就再也沒有魔法來阻止烈火吞噬掉整座救濟院。

艾兒希討厭這家救濟院。看著它被燒燬傾塌，艾兒希並不覺得難受，讓她心裡不好過的是，大家不得已都被揪下床逃命、忍受警官惡劣的態度，還有老威爾遜完蛋了。

艾兒希不知道他們現在會把她送到何方。另一家救濟院嗎？是和一群陌生人一起被送去，還是跟之前的那些小同伴？

身旁的一個男孩哭了起來，艾兒希不知該說什麼來安撫他。她想幫忙，但說出眞相於事無補——只會害到她自己。她不想親手貢獻出一個理由，害得自己不被喜愛。

她向後退開。警官交代大家待在原地不動，但火勢太猛烈又太熱了。艾兒希不會走太遠，只是退開幾步，接著又再幾步。她轉頭面向背後的樹影，想讓灼熱的臉頰涼快些，周遭的空氣聞起來宛如暴風雨前夕，十分地潮濕。

她辨識著樹影中的形狀時，一隻手搭在了她肩膀上。她全身一凜，想必是那名警官來尋找她了。一定是貝絲和詹姆斯多嘴，洩露她看到過一道符文，而且還把它搞不見了——

然而，站在她後面的是個披著斗篷的人，那個人的臉部被兜帽遮住。「親愛的，」兜帽下傳來一個聲音。「妳叫什麼名字？」

艾兒希用力呑嚥，喉頭非常緊。她回望向烈火，望著那些大吼大叫的救火人群。

「別理他們，妳很安全。妳叫什麼名字？」

艾兒希朝兜帽下的臉龐瞄了一眼，但光線太暗，看不清對方的五官。這個人的聲音平穩，而且是女人聲音。「艾——艾兒希。艾兒希．肯登（Elsie Camden）。」

「眞好聽的名字。妳多大了，幾歲？」

她有些詫異，沒想到居然有人覺得她的名字好聽。「十——十一歲。」

「很好。跟我來，艾兒希。」

她遲疑著。「妳是要帶我去另一家救濟院嗎？」

大兜帽左右擺動，揭露出一個肉肉塌軟的短下巴。「如果妳照著我的話做，我就不用帶妳去另一家救濟院。妳非常非常重要，艾兒希。我需要妳的幫助，讓這個世界變得更美好。我需要借助妳特有的專長。」

艾兒希的腳後跟用力踩進了鬆軟的土壤裡。她就知道，她早知道自己跟他們是同一種人，也是一名破咒師（spellbreaker），生來便擁有一種魔法，而不是透過學習修得上百種魔咒。

「如果妳把我登記造冊，他們就會知道是我做的。」艾兒希低聲說。

搭在她肩頭上的手，輕輕捏了捏。「沒錯，他們會知道，而妳的麻煩就大了。妳的脖子會被絞索勒斷，毫無疑問。但我不會要求妳去登記造冊。妳幫我，我就幫妳。我們會保證妳沒事，政府也不會通緝妳。眼下我們有很多大事要做，可愛的艾兒希。我們要幫助需要的人，而不是那些有權有勢之人。走吧，我知道一個藏身的好地方，再弄點東西給妳吃。聽起來如何？」

烈火的熱氣，蒸得艾兒希頭皮發麻。

有人想要她？她很重要？她精神爲之一振，靈魂彷彿變成肉體的好幾百倍大，像一朵盛放的野玫瑰。艾兒希微微一笑，兜帽女人帶著她離開了。

她仍然沒看清那女人的臉孔。

1

倫敦，英國，一八九五年

艾兒希隱約聽見遠方大笨鐘（注1）傳來的鐘聲。四點鐘了，正好是犯法的好時機。

不過話說回來，當法規不合理時，違反它，又算得上是壞事嗎？

艾兒希竄過了轉角，抽出口袋裡的信箋。儘管倫敦距離她在布魯克利（Brookley）的家，搭乘公共馬車（注2）或出租馬車只需一小時，不算太遠，但她對信裡指示的這一帶街區並不熟

注 1 Big Ben，英國倫敦的大報時鐘暱稱，聳立在泰晤士河畔，是當地著名地標建築。

注 2 Omnibus，有著大型車廂、上下雙層車座的馬車，載客量非常大，是十九世紀末美國和歐洲城市最常見的交通工具；後來因引擎技術成熟，由內燃機驅動的公共汽車也逐漸問世。

悉。在一般情況下，她會讀完信後立刻燒掉，但這一趟她擔心迷路，所以留下來並隨身攜帶，以防萬一。

這封信，是直接來到她的手上，並沒有經過一般郵政的管道。一如往常，寄信人並未署名，但一個鳥腳印踏在弦月上的火漆印便已道盡一切。

兜帽人（The Cowls）。

這當然不是他們真實的組織名稱，但除了這個，艾兒希也不知該如何稱呼他們。自從十年前──她十一歲起，就一直沒見過他們的眞面目。但他們持續保持聯繫，而最近更是頻繁。看來，若不是世界局勢變糟了，就是他們準備好大規模行動，而這場改革行動中包括了她。

一開始，她被指派的都是些小任務，而且都是當地的任務。她曾經解除了讓牆壁堅不可摧的咒語，那道牆是幾百年前由魔法加固，就聳立在農田中央。當地的佃戶連續幾個月聯名寫信向地主請願，希望爲了農產能解除咒語，而她就是那個出手協助佃戶的人。早期指派給她的一些任務，甚至不需要用到她青澀的破咒能力。快遞幾籃麵包到一家孤兒院，是她第一次必須出遠門的任務，而她設法完成了，過程中只迷路了一次。隨著她的天賦才能不斷進步，指派給她的任務也越來越大、越重要。艾兒希的地位似乎越來越重要，偶爾會有錢幣或糖果隨著信箋送到她手上，以示兜帽人的感激之情，也說明他們很重視她。

艾兒希收回心神，再看了一次地址。角落裡，一位少婦正在籃子前拉著嗓子叫賣，而少婦對面的小店看板上，鮮藍色招牌寫著「包辦巫師」（Wizard of All Trades）。艾兒希翻了個白眼。但她針對的，並非那招牌大膽高調的顏色，而是這一類的「包辦巫師」。只有需要非常簡單的小咒語，或者完全不懂魔法的人，才會造訪這種店。因爲四大宗派（four alignments）的魔法，如果全都修習，必定無法精通，無論潛力有多大，最終只能變成半調子的魔法師。專精，是有道理的。

但這與艾兒希無關。專精這種事，只有制咒師（spellmaker）才需要考量。

她挪開目光，穿越下一個十字路口。這塊街坊好大，道路彎曲盤繞……她確定自己已經走過頭，錯過了那個路口。但剛才繞來繞去之下，她已認不得倒退回去的路了。她不能引起旁人注意，於是將信箋塞回口袋裡。她邁開步伐，享受著陽光，試著不去想收到這封信之前，自己才剛讀完的新一期的小說期刊。喔，但不去想小說的情節實在太困難了！那個喬裝的男爵，才剛向安波宜絲小姐吐露心事，絲毫不知道小姐已許配給了他的敵人！劇情走到這裡，有太多的方式來打破僵局，而且作者很可能冷酷無情地就此停住、結束一切，逼得艾兒希和其他成千上萬的讀者，焦急地期盼續集的誕生。*如果*這是艾兒希創作的小說——只是如果——她一定會讓安波宜絲小姐牽扯上某種大麻煩，例如遇到土匪？小姐被迫吐露信息，正好就在她將信息透露給大壞蛋奈維爾伯爵之前，稍後才得知那個土匪其實是男爵失散多年的同胞兄弟，更是合法的繼承人！

但她又想到，必須再等上兩個星期，才能讀到故事的後續發展。

噢，等等，她到任務地點了。燕子街（Swallow Street）。她望著那一排排的大樓房，單單其中一棟就能塞進多少個家庭啊。她邁步走了進去。大街一側的樓房精美，都設有鍛鐵圍欄；而另一側的樓房，全被高高的磚牆圍住。她在磚牆的那側一下就找到了特納（Turner）先生的家。那是棟三層樓房，白牆貼著海軍藍瓷磚，四面皆有開窗。黑色百葉窗板，藍色窗簾，房子東側聳立著一株大榆樹。白色大飛簷，棗紅色窗戶，全都是有錢人想要的標準配備。

這些傢伙，當然不希望窮光蛋在自家門口逗留。

艾兒希快步走到街尾，強迫自己舒展蹙起的眉頭，接著轉進下一條馬路繞回來，從後方接近特納先生的家。大城市裡寸土寸金，本就十分擁擠，但這一區的房子後方都沒有第二排屋舍。有錢人需要一座美好的花園，來搭配他們美好的房子。與此同時，他們的佃戶在他們的領地上埋頭苦幹、揮汗如雨，日子過得捉襟見肘。

這就是艾兒希不覺得違規犯法有何不妥的原因。

若是在夜晚行事，那就得鬼鬼祟祟。當然，小說期刊故事中的盜賊都是在黑夜中動手。但艾兒希已經是個能夠獨當一面的女人；沒必要在日落後才行動，免得拉低她的格調。沒錯，時代不斷更迭，但人的刻板印象一旦形成，就很難改變。

一個男人打從她身旁經過，微抬帽沿向她打招呼。艾兒希微微一笑，頷首回禮。男子走遠後，艾兒希抬手輕拂過特納家的磚牆，任由堅硬的質感在指尖下劃過，搜尋魔法的跡象。

在她前面數十公分處，一個符文閃爍了下，隨即消失，彷彿在艾兒希的凝視下害羞地躲起來。既然能被她看見，就表示它是個物理宗派的魔咒。不同宗派的魔咒，會以不同方式向她展現。她能感應到理智宗派（rational）的符文，聽到靈性宗派（spiritual）的魔咒，嗅聞到時間宗派（temporal）咒語；至於物理宗派（physical）魔咒，則會展現在她眼前。它們就像魔法世界中的極品。

所有的符文，都具有繩結的特性。至少艾兒希覺得它們像繩結。既然是繩結，就會隨著時間流逝而磨損。制咒師的手越是靈巧出色，繩結越是緊實、難以解開。那些她能看見的物理宗派符咒，是由閃爍的光芒形成，外形像塊扭結脆餅，假使設置符咒的人懶散敷衍或者手藝不佳，這個符咒就會顯得鬆鬆散散的。

反正，造像師（aspector）通常都是男人。

世界上有兩種巫師，分別是施制咒語的，以及破解咒術的巫師。制咒師，也就是眾所周知的造像師，他們需要支付大筆的酬庸購得魔咒，將其吸納進體內。然而，這種制度更進一步造成富者恆富，窮者恆窮的現象。不過，上帝總有辦法讓世事保持在一種平衡的狀態下。水能載舟，亦能覆舟，上帝對沒錢的那一方很大方，所以破咒師天生擁有破咒的魔法，一毛錢都不用花。

艾兒希沒有施展四大宗派魔法的本事，但她可以覺察出它們，並像解繩結般破解它們。眼前的這個符文，繩結打得不錯，但並不難解開，屬於中級或高級的隱蔽物理符咒。它隱蔽了一扇門，這點艾兒希十分確定。特納先生正好有個習慣，他會「弄丟」佃戶的租金，強逼他們二次支付。搞得仰賴他鼻息過活的人，往往三餐不繼，他自己卻悠哉地當甩手掌櫃，還有僕人供他使喚。這就是兜帽人要對付的「不公義」——在艾兒希的協助下。她解除這扇門的封印，讓兜帽人得以進入，拿回特納竊取的金錢。由此看來，他們就像劫富濟貧的羅賓漢，而艾兒希就是他們的副手小約翰（注1）。

她雙掌按進符文中，拉住繩結的兩端。這個符文總共有七個繩結，她必須找出它們打結的順序，然後反向解開。幸好，艾兒希之前處理過這種符文，知道如何著手，只要先找出繩結的尾端。

幾個心跳之間，符文褪去，門的門縫和鉸鍊逐漸在她眼前現身，那是一扇厚重的磚門。

「是誰在那裡？」

艾兒希的心臟瞬間跳到喉頭，兩手像被蟲子叮到般立刻抽離。喊話的人不是警察，而是一名穿著高級背心和褲子的男人，一條金錶鍊懸盪在他的背心口袋外。暮光下的男人看到她後一臉恍然大悟，而在這個當下，艾兒希倒是滿希望他是警察。

男子是當地的鄉紳，道格拉斯．休斯（Douglas Hughes）。艾兒希就住在這個鄉紳的轄地內，而布魯克利距離倫敦很近，在這裡碰到他並不奇怪，只能說她運氣不好。

艾兒希並不是怕鄉紳認出她——儘管她曾在休斯家工作了一年，她也不認為休斯能認出自己——而是因為鄉紳是她討厭的一切縮影。此人對平民百姓十分蠻橫無禮，對名門貴族卻極盡諂媚。只要能拿到錢，他便心甘情願執行鄉紳的職責，若收不到錢，他則是一臉的鄙夷，且毫不隱藏。每次與農民擦肩而過，他總是以鼻孔看人。那次他踩到艾兒希的腳，根本沒停下來關心艾兒希是否受傷，更遑論任何道歉。

這就是兜帽人揭竿而起反抗的巨獸，只是目前這個祕密組織尚且沒把他放在眼裡。

艾兒希真希望兜帽人能對他採取行動。如果兜帽人是羅賓漢，那麼這個人就是約翰王子（注2）了。

她強迫自己放輕鬆，走上去迎向他，並沒讓他有機會走過來，以免被發現磚門已打開的門縫。特納先生是有錢人，所以這個勢利鄉紳有可能會介意艾兒希在其宅邸附近窺探。

艾兒希輕咬嘴唇，行了一個屈膝禮。「如果我干擾到別人，十分抱歉。我在一個石匠那裡

注1 羅賓漢（Robin Hood）為英國民間傳說中的俠盜，小約翰（Little John）是他帶領的集團副指揮官。

注2 Prince John，在《羅賓漢》的傳說中，這位英格蘭國王經常被描繪成主要大反派，蠻橫又暴戾。

工作，剛才只是在欣賞這裡的磚牆構造。」這只能算是半個謊話。

鄉紳挑起一道精心修剪的劍眉。「磚牆構造？妳在開玩笑吧。」鄉紳盯著她瞧，卻完全沒認出她，反倒似乎對她的服裝有些困惑——尤其是裙子，彷彿在納悶除了僕人勤務之外，一個女人竟能還有別的工作選擇。艾兒希此時當然不是女僕的裝扮。

艾兒希不能讓自己發窘臉紅，只好假裝尷尬，挪開目光。

鄉紳說：「別偷懶了。妳的雇主看到妳在這裡浪費時間，會生氣的。」

艾兒希真想頂嘴回去，再次重申她是得到老闆的許可，但這不算是實話。奧格登向來不太管她，她在上班時間十分自由，而奧格登其實也不太清楚她在幹嘛。如果她現在離開，就能趕在晚餐前回到布魯克利，奧格登可能都不知道她曾經出門過。

艾兒希又行了一個屈膝禮。「抱歉，是我不對。」

她見鄉紳沒有反應，於是索性直接退開，只是步伐有些太快。她一繞過轉角，便立刻抬頭挺胸前進。

不，對於違反法規，她一點都不感到愧疚。一點也沒有。

艾兒希回到布魯克利時，太陽已然下山；她花了一筆錢搭出租馬車到蘭貝斯市（Lambeth），再徒步走回布魯克利。她把兜帽人的信箋在口袋裡撕碎。這個時候，家裡爐子應該生火了，可以把碎紙交給高熱的炭火去善後。

有時，她眞希望自己能有一個知交閨蜜，不過她覺得自己已經算幸運了。兜帽人將她從救濟院救出，帶她脫離貧窮的命運。現在她能做的，就是保守住他們的祕密。

布魯克利地處倫敦南邊偏東一點，差不多等距位在克羅伊登（Croydon）和奧爾平頓（Orpington）之間，是一座被當地居民維護良好的古鎭。主街從古鎭中央蜿蜒而過，就像一條圓石河流，向南通往克朗林（Clunwood）和田野，再往埃登布里奇（Edenbridge）而去。古鎭小巧雅緻，卻擁有普通平民百姓所需的一切，各有一家銀行、郵局、一位裁縫師和一座教堂。不過，如果想添置女帽，就必須去倫敦或肯特郡了，但艾兒希對帽子並不講究，也就不需要特別爲此事費心。

布魯克利有許多有趣的地方，其中一個就是位於鎭北的石器作坊。它藏身於主街的一條小路之中，雖然位於通往倫敦的方向，卻十分隱蔽。

艾兒希抖掉鞋子上的塵土，從作坊隔壁的屋子後門走進去。頭頂的晾衣繩上掛著幾件上衣，空氣中飄著羊肉的香味。廚房裡，女僕埃米琳（Emmeline）正在爐子前攪拌鍋裡的菜餚。艾兒希在逃出鄉紳家、來到奧格登的作坊工作之後，也曾在那個位置待了好多年，直到奧格登提升她做助理，再另外聘用一個新雇員。

艾兒希脫下帽子掛好，把腰際小袋放到桌子上，向埃米琳揮手打招呼，穿過通道並繞過轉角進入工作室；這是屋子裡最大的房間。大門旁有張櫃檯權充為店面，用來接待客戶；除此之外，房裡都是防水布、未雕或半雕刻的石頭、畫架、油畫布和毯子，以及一系列的架子；架子上收放了各式各樣的工具、器皿收藏品，五花八門，遠超出一般人的想像，還有一堆的白漆。對於一個只須動動手指碰觸一下物品，就能改變物品色彩的人，是不需要花錢買顏料的。庫斯伯特・奧格登（Cuthbert Ogden）駝背坐在工作室中央的一張凳子上，被兩盞檯燈和三根蠟燭包圍；在半個人高的畫布上，他正細心地為大房子的瓦磚上填加雪花。每次看到他如此工作的身影，總令她感到欣慰，有種既親切又安全的歸屬感。艾兒希十分需要這類的感覺。

「你繼續在燭光中瞇著眼工作，以後就需要戴眼鏡了。」艾兒希拿起一根快燒光的蠟燭，靠近畫作。

「我還年輕，而且身體健壯。」奧格登低沉的聲音彷彿沿著地板爬了過來。

「是啊，健壯。」艾兒希說，她的老闆瞥了她一眼，藍綠色的眼睛在燭光中閃爍。他的黑眉挑起，佯裝不悅。

「五十四歲不算老。」他逗趣地說。

「五十五歲就老囉。」

奧格登頓了一下，若有所思地用畫筆輕點嘴唇。「我還沒到五十五歲吧？」

「你二月時就五十五歲了啊。」

「我是五十四歲。」

艾兒希嘆口氣，試著憋住笑意。「奧格登先生，你出生於一八四〇年，女王嫁給艾伯特親王那天（注）。這是你逢人就誇耀的事啊。」

奧格登撇嘴。「我確定他們是一八四一年結婚的。」

「你這是在硬拗。」艾兒希走到他背後，繞過檯燈審視那幅畫作。奧格登已經盡力了，他讓灰敗的冬日天空添加了一抹活潑氣息。前門上繫著紅色蝴蝶結的豐碩大花環，代表了聖誕節。房子、煙囪和屋子兩側的地面上全都是積雪。奧格登有個奇怪的習慣，總是先將畫布的邊緣填滿細節，再往畫作的中心移動。

「曼徹斯特（Manchester）經常下雪嗎？」

奧格登搖搖頭。「並不會，但這是客戶的要求。」

「現在到聖誕節還有七個月。七個半月。」

注 維多利亞女王（Queen Victoria）與其表弟艾伯特親王（Prince Albert）於一八四〇年二月十日完婚。

「但我需要先畫出來，過幾個星期再看看效果，」奧格登看著畫作，兩眼瞇起仔細打量。「然後讓妳送它去裱框。這又要耗掉一個月，假如他們要求修圖……妳知道接下來的流程。妳晚上過得如何？」

艾兒希聳聳肩。「跟往常一樣，沒什麼不同。都在走路，觀賞了一些櫥窗。」

奧格登不假思索地把粉紅色指頭，插進調色板上的白顏料中。艾兒希感覺到從他身上放射出的魔咒，那道白光逐漸激烈灼熱。奧格登是個物理造像師，但不是很厲害的那種。造像法力的強弱，人人皆不相同，這與遺傳無關，似乎都是上帝隨機賦予的。奧格登知道的魔咒都是初級階段的，只能稍稍改變他周遭的物理世界——例如改變畫作上的色彩。但他似乎對此並不介意，反正只要能應付一個藝術家的創作工作，就已足夠了。這是他親口告訴她的，而且不只一次。

艾兒希看著他拿畫筆沾取顏料，再用精細的筆尖輕點著房子的屋簷和一棵樹下的葉子。看起來像是眞實的白雪了。奧格登是個才華洋溢的藝術家，根本不需要強大的法力。

他畫了幾分鐘後，放下畫筆。「剩下的妳可以幫我清理一下嗎？」

艾兒希拿起一根蠟燭，另一手圈成杯狀護住火焰。

「我在等奈許。」奧格登補上一句。

「他要留下來跟我們一起用餐？」艾兒希問。

奧格登搖搖頭。「妳跟埃米琳說一聲，幫我留飯菜。」

艾兒希點點頭，拿著蠟燭來到旁邊的桌子，收起檯燈並放到櫃檯上，再吹熄其他的蠟燭——沒必要浪費蠟燭。奧格登清洗完畫筆，小心翼翼地搬著放有新畫作的畫架到角落裡；艾兒希捲起腳下顏料斑斑的帆布。她知道自己這麼做是多此一舉，奧格登明天第一件事就是站到同樣的位置，做同樣的工作。不過她要努力讓自己顯得有用。自從她從最低階的洗碗女僕晉升爲自負的助理起，這九年多來，她都在這麼做。

艾兒希拍了拍兩手的灰塵，拿著那根還在燃燒的蠟燭走下通道。黑暗的樓梯上有動靜，嚇得她屏住呼吸，心跳瞬間加快。

「埃米琳！」艾兒希壓低嗓子斷聲說：「妳躲在陰影裡幹嘛？」

比艾兒希小四歲、年方十七歲的女僕，抬起黑溜溜的眼睛，透過樓梯欄杆看著她。「他到了嗎？」

「誰？」

埃米琳抿了抿嘴唇。「奈許。」

埃米琳的聲音細如蚊蚋，幾乎聽不到。

艾兒希翻個白眼。「還沒有。妳也不用擔心，他不會留下來用餐。奧格登要妳幫他留飯菜。」

埃米琳點點頭，但臉色依舊惶恐。只要奧格登的送貨員在這裡，埃米琳就會坐立不安，艾兒希也搞不懂為什麼。那個男人個子很高，但削瘦得像根會被強風颳斷的樹枝；性格倒是不錯，滿討喜的，總是笑臉迎人、生氣勃勃，而且待人接物也不會粗野蠻橫——雖然他很少跟艾兒希和埃米琳說話，但只要一開口交談，態度一向都是親切和善。

埃米琳挪了挪身子，樓梯板吱嘎唧歪叫了起來。「妳能陪我一起擺餐具嗎？」

艾兒希呼出一大口氣。「眞是的，埃米琳。」

「他幹嘛總是晚上過來？」埃米琳不服氣地問。

「因為他還有其他客戶要處理？因為奧格登只有晚上有空？而且他也並非總是晚上才來。」

「經常。」女僕退讓一步。「他經常晚上來。他眼神怪怪的，艾絲（Els）。我不喜歡。」

喔，這點艾兒希倒是很清楚。埃米琳打從第一天到奧格登家幫傭，就對亞伯．奈許（Abel Nash）保持高度警惕。面對一個魅力十足、活潑開朗的男人，埃米琳的反應十分奇怪。

艾兒希有次拿這件事逗她，問她是否其實是對那個金髮青年暗藏情愫，卻換來埃米琳的冷眼相待，害得艾兒希從此不敢再提。相較起來，奧格登還比她更有可能愛慕奈許。

艾兒希雙肩聳了聳。「好吧，我幫妳。」

埃米琳鬆了一大口氣，全身癱軟，一副要昏倒的樣子。「謝謝妳。明天早上，我先給妳上早餐。」

艾兒希輕哼一聲。「那我們等著瞧，看奧格登會有什麼反應。」她跨上階梯，抓住埃米琳的手臂，挽著她向廚房走去，不過埃米琳還是緊張地瞥了工作室的通道一眼。她感覺自己現在就像埃米琳的姊姊。這感覺啃蝕著她的心，肚子隱隱作痛起來，她連忙收回心神，拒絕胡思亂想。

兩個女孩擺好餐具，上了菜，然後坐下來一起用餐。埃米琳專心聆聽艾兒希敘述小說期刊的男爵故事，兩人還討論起男爵接下來將要面臨的命運。用餐完畢，奧格登仍然沒有過來吃飯，不過這很正常。他和大部分藝術家一樣，偶爾會心不在焉、不在狀態裡。

艾兒希拿了燭台朝樓梯走去，卻被工作室傳來的交談聲吸引住。奈許的步伐向來輕盈，幾乎悄無聲息——艾兒希根本沒聽到前門被打開的聲音。

艾兒希偷瞄了一眼。奈許在奧格登的襯托下顯得瘦弱，畢竟奧格登擁有石匠的體格，肌肉結實，粗壯厚重——現在只要客戶委託的繪畫和雕像案件稀少時，他都會去採石創作。奈許的個子比較高，髮色是那種蒲公英黃，臉龐年輕且瘦長；他年約二十五、六歲，穿著簡單樸素且顯得蒼白，基本上就是個完全無害的人。

艾兒希聽不到他們的談話，但這不重要。他這位老闆向來一板一眼，嘴裡吐不出什麼有趣的事。她往內瞄一眼，就知道他們只是在談公事而已。如果想聽八卦，她必須依靠埃米琳和本地的商家。但她都是只聽不傳，反正教區牧師講道時，從沒反對過「聽」八卦。

然而，就在艾兒希轉身要上樓睡覺時，亞伯．奈許的淺色眼睛上飄，透過奧格登的肩頭，對上了她的目光。接著，他隨即又移回去看著面前的奧格登。就在那四目相對的瞬間，艾兒希感到一股寒意竄過背脊。

2

巴克斯（Bacchus）在商船上待了三個星期，腦袋疼得跟兩腿一樣渴望陸地。二十七年來，這趟航程他跑了無數次，但從未習慣長期的船上生活。每一趟的大西洋總是比記憶中的更遼闊。如此耗時漫長的航程，令他渴望實實在在的陸地，以及柳橙。這些商船上多的是鮮美的食物，但它們全部是進出口的貿易商品，不是給船員和乘客享用的。

巴克斯抬頭仰望積聚的烏雲，耳朵聽著快步衝向甲板的水手用英語吱吱喳喳交談，瞬間覺得自己與巴貝多（注）的家萬里相隔，遙遙無歸期。他跟父親待在英國的日子，與他待在那座島

注 Barbados，位於加勒比海與大西洋邊界上的島國。

上的時光差不多，但除了加勒比海，其他地方都給不了他歸屬感。至於他母親的家鄉，葡萄牙南部的阿爾加維（Algarve），他只造訪過兩次。他的破葡萄牙語，總令他感覺與那片土地格格不入，也就不想再回去了。

他對貼身家僕約翰和瑞勒點點頭，他們連忙走去拿他的數個行李箱。他原本想輕裝上路，但又不確定會在英國待多久，可能只待一個星期，或者數月，這完全取決於物理宗派學府（Physical Atheneum）的住宿環境。

他有預感，住宿環境並非物理學府的強項。

他抓起旅行袋，勉強振作精神，朝通往碼頭的跳板走去。數名水手紛紛退開，讓他通過。他尚未領授頭銜，特別在英國，他更是個沒有頭銜的男人，然而卻是衣著光鮮亮麗的大地主，而且也是即將參加晉升測試的造像師。因此，在這個躁動不安的社會中，他的身分地位於牧師之上，低於男爵。麻煩的是，他在英國社會要面臨的障礙，並不只有晉升測試。他一踏上岸，就感覺到他人的目光聚焦在自己的臉龐、頭髮和雙手上。即便身穿高級衣著，也隱藏不了他的外國血統。儘管父親是英國人，但他一點也不像英國人，而他的膚色因長年生活在豔陽下，被曬得黝黑。

不過，巴克斯已經習慣成爲眾人注目的焦點。

慶幸的是，就在微風帶著魚腥味吹過他濃密的頭髮、拂過他的頸背時，他在翹首引頸的人群中，看到了一張熟悉的面孔，就站在低矮平房對面的路邊。那張面孔，蒼白得跟巴克斯的眼白一樣，髮色甚至比臉色更白。鷹勾鼻，逆齡的威嚴體態，身上的背心帶有金線鑲邊。

以賽亞·史考特（Isaiah Scott），肯特郡公爵。

巴克斯咧嘴笑開，大步朝對方走去。這次，擋路的英國人紛紛東倒西歪地潰散，不止因爲他的步伐，更因他高壯的身材。巴克斯就像一枚銅幣般，單槍匹馬闖過一片白銀之海，但這可是一枚非常大塊頭的銅幣——他天生的優勢。他伸手握住公爵的手。巴克斯的父親跟公爵最小的弟弟馬修一起上了大學後，與公爵家變得十分親密。他父親繼承遺產搬到巴貝多島後，仍然與公爵家保持密切的聯繫。巴克斯的父親第一次帶他回英國探親（至少是他有記憶以來的第一次），就是因爲馬修因狩獵意外身亡，父親帶他回來悼念故友。儘管巴克斯的父親已經過世，巴克斯與公爵一家人仍然親密，就像一家人。

「眞沒想到，你居然長大成人了。」肯特郡公爵眼裡閃動著光芒。

儘管這位老先生上個月已滿七十大壽，他的手仍然強勁有力。

「因爲我們現在在海平面嘛，」巴克斯自然地換上了英國腔。「等我們爬上你領地旁的那些綠色山丘，我們就能平視了。」

公爵咯咯一笑。「你的物理眞是差勁，需要好好補課了。你確定你選對了魔法專業？」

巴克斯選修的是物理造像魔法——作用於物理世界的魔法——打從青少年時期就開始修習

了。他父親是個大地主，擁有繁茂的甘蔗園，足以提供他豐厚的教育資金，所以他要選修一門專業並不難。英國社會的排他性原本就高，他實在不想自找麻煩，給英國人另一個理由來懷疑自己，因此理智宗派魔法自然被他排除在外，避免別人懷疑他蠱惑和迷惑他們的心智；靈性魔法，基本處理的是祈福和詛咒，這些與日常生活的關聯不大，投資報酬率低；而時間魔法，對他毫無意義。時間造像師無法改變時間，只能更改時間的作用。但是讓老化的農作物重新抽芽、爲牲畜返老還童，這些只在巴貝多島有實質的效用，巴克斯知道若是修習時間魔法，以後花錢聘雇自己的，都只是請他幫忙撫平皺紋，或者去除古董上的鐵鏽。他總是很同情那些耗盡畢生積蓄去購買時間魔咒的人，覺得他們的追求毫無意義。

至少直到他也面臨同樣需求的那一天。

貼身家僕約翰和瑞勒走到他身旁，兩人眼睛睜得大大地四處張望。較爲年長的約翰，曾造訪過歐洲一次，那是三年前爲了隨侍巴克斯而來。至於瑞勒則是第一次到訪，他滿臉驚訝，彷彿那些圓石和雲朵都是刺進他骨頭裡的釘子。

他應該不會喜歡這裡。

「走吧。」公爵抬手搭在巴克斯的肩頭，引領他走下狹窄的馬路，朝等在路邊的馬車走去。「坐那麼久的船，你一定累了。你的房間已打理好，隨時可以入住，我幫你帶了一張坐墊，以免你受不了乾脆自己用跑的過去。」

「是啊，我好想一直跑，跑到腿軟為止。」這次的航程比之前少花了一些時間。一陣疲憊襲來，巴克斯強壓下不適，做了表情管理，不讓自己臉部肌肉痛苦地扭曲。他瞥了自己兩腿一眼，揉揉胸口。「那艘船是個籠子，大海就是拴住籠子的門閂。」

「好詩。」公爵說。一位家僕打開車廂廂門，巴克斯退步讓好友先上車。在巴克斯心裡，公爵不只是個叔叔，更是知交摯友。巴克斯上車坐了下來，感受著車廂的晃動。

「方便的話，」廂門關上了，巴克斯的行李也陸續裝上後座。「我想盡快和物理學府聯絡。」

公爵兩手按在膝蓋上。「為什麼這麼急？」

「不是急，只是想好好利用時間，不想浪費。」

「啊，所以和我在一起是浪費時間？」公爵擠眉弄眼地逗趣他。

巴克斯輕笑著。「這要看你給我們安排了什麼好玩的節目。我收到你關於領地問題的信了，我會盡我所能幫你。」

公爵點點頭。「實在感激。至於學府，我會想辦法去周旋，盡快給你安排會面。應該不會有問題才對。順利的話，明早就會有回音了。」

巴克斯不想顯得自己不知感恩，只好點頭道謝。他望向窗外，車廂震了一下後便出發了。一個在倫敦物理學府註冊的造像師，有資格提出面談申請。但無論走到哪裡，任何事都躲不過派系鬥爭，因此他的面談最終被安排在夏末。還要再等四個月，這實在荒謬，更何況他在二月時就已經遞出申請書。公爵雖然並非制咒師，卻是權勢沖天的貴族世家，足以為巴克斯周旋、提前日程。但無論如何，巴克斯都清楚他的面談不會太順利。

巴克斯看著碼頭逐漸退離視線外，他撫弄唇周的鬍鬚。蓄鬍在此地是時尚潮流，但他的長髮就不是了。不過長髮比短髮好照護，反而省事，但若是有需要，為了能給倫敦物理學府好印象，他會考慮剪髮。

他知道自己想要什麼樣的魔咒，很多年前就知道了，而且比領授頭銜一事更加渴望。移動魔咒，可以在不接觸的情況下移動物體——任何物體。現在只需要說服學府那些自以為是的隱士，允許他擁有此魔咒。雖然四大宗派各擁有上百種魔咒，但學府跟守財奴一樣，謹慎守護這些強大的魔法，只將咒語出售給那些值得信賴、可靠的造像師。而且即便造像師購得了魔咒，還需要面臨吸納的挑戰——這可是要付出極大的代價，而且不是付出就能保證得到。

巴克斯揉揉眼睛，他可能比自以為的還要疲累。他最好先在公爵的府邸好好睡上一晚，明早再著手辦事。他需要腦袋清醒，步步小心，才能遊刃有餘與那些造像師過招。

3

翌晨，艾兒希幫奧格登記帳完畢後，寫了一封信摺好，然後戴上她最體面的帽子，挽著一個簍筐，手拿埃米琳的購物清單走進小鎮裡。她先朝教堂走去，教堂就在布魯克利主街的街尾。克朗林附近小鎮的農民，經常在那裡趕集、販售農產品，而且艾兒希也想散散心。藍天白雲，陽光燦爛，微風拂來，清涼爽朗。

艾兒希不疾不徐地閒逛，從大街的這一邊逛到另一邊，瀏覽商店的櫥窗和住家的窗戶。她注意到伊麗莎白・戴維斯的早餐餐桌上，放著精緻的瓷器。是有什麼大事嗎？玻璃師傅正在工作，但他們好像不是在爲窗戶裝玻璃，而是某個比窗戶還大的工程。那是精心製作的碗嗎？或是某種枝形吊燈？艾兒希看不出來，但最好別多事亂問。更何況，她最好別引起他人的注意，這樣對大家都好。

她轉身離開那家玻璃店時，左邊有人突然倒抽一口氣，聲音聽著很熟悉。艾兒希臉上的笑容僵住。不是別人，正是蘿絲和亞莉珊卓．萊特走了過去，她們的帽子華麗，緞面裙輕掃過地面。姊妹倆是銀行家的女兒，有名的長舌婦，現在兩顆腦袋就靠在一起、竊竊私語著。她們眞該爲自己的行爲感到羞愧。

艾兒希繞過一輛運貨馬車，小跑步跟了上去，伸長脖子偷聽。

「他是男爵嗎？」蘿絲問，指尖按在下唇上。

「而且不是一般尋常的男爵，」亞莉珊卓嘰嘰喳喳地說：「他前年夏天來過這裡。」

蘿絲倒抽一口氣。「鄉紳的客人？」

「還有啊……」亞莉珊卓壓低音量。「這件事就發生在他自己的床上。」

蘿絲搖搖頭。「但有可能不是謀殺。那些人，妳不可能事先得知他們死亡後會變成什麼形式。」

艾兒希踢到自己的後腳跟，差點被絆倒。謀殺？一個男爵！小說期刊裡的故事成眞了?!不過犯罪本來就是小說劇情偏好的手法。她思緒飛轉，繼續拆解姊妹倆的閒話。

那些人，妳不可能事先得知他們死亡後會變成什麼形式。

所以那個男爵是造像師？無論哪一宗派的造像師，一旦過世，並不會像一般人那樣變成屍首被埋葬下土。因爲魔法改變了造像師。他們死亡後，身體便會轉化成藝譜集（opus），也就是轉化成一部集結他們生前所學一切魔法的咒語書。不過說實話，*咒語書*這個說法並不算恰當。這些由他們身體轉化而成的咒語書，其形式完全按照造像師生前是什麼樣的人來決定。儘管奧格登是個擁有很少咒語的低階造像師，但同樣也會在死亡後轉化成藝譜集。艾兒希每次都想像，奧格登過世後應該會轉化成一塊精巧的小石碑。

這位石匠無妻無子——原因呢，艾兒希只敢私下亂猜——不知道他會不會把自己的藝譜集留給她或埃米琳。一般說來，制咒師的藝譜集會成爲他所屬學府的資產，以防止危險的魔咒落入無恥之徒手中，但艾兒希不認爲倫敦物理宗派學府會在意一部小小、不起眼的咒語書。

此外，藝譜集有個特點——*任何人*都可以施放藝譜集裡的魔咒。這是奧格登告訴她的。任何人只須撕下一頁，唸出：*激化*（excitant），魔咒便會自己拋設成形（如果藝譜集並非書頁形式，用手輕拂過咒語即可）。不過這種魔咒只能使用一次，因爲紙頁上或銘刻出來的魔咒會在使用後立刻消失，但即便如此，也足以讓所有的藝譜集成爲無價之寶。

然而，艾兒希一定捨不得施放奧格登的藝譜集魔咒。她應該只會小心翼翼地珍藏起來，將它視爲他倆多年情誼的紀念品。因爲，奧格登是她這輩子所擁有的事物中，最接近父親的存在。

*專心！*她暗罵自己。她差點被姊妹倆的裙襬絆倒。

「然後他就徹底消失了？」亞莉珊卓語帶譏諷：「我告訴妳，他肯定是被殺害的，而他的藝譜集則被人偷走。報紙上也做了多方面的推測。也許他被綁架了，但誰能拖走一個大男人逃下那麼多層的樓梯，而且不留下痕跡？那部藝譜集很可能被人挾帶走了，沒人看見。」

一名男子快步穿過馬路而來，他一手按住帽子，免得帽子被吹走。「萊特小姐！我有個關於妳們父親的問題——」

兩個女子停下腳步，艾兒希連忙往旁邊一閃，免得撞上她們。艾兒希繼續走到了木匠家才回頭偷瞄，卻只看到那三人專心交談，絲毫沒注意到她的存在。

她自然希望那個男爵能突然再從某個地方現身。一想到有人在自家的床上遇害身亡，艾兒希便全身打了個寒顫。即便是上流人士，也不該有如此的下場。等回到家後，她要拿奧格登的報紙來細讀，填補上空白的資訊。

艾兒希琢磨著剛才聽到的故事，這才注意到，路邊有幾個農民帶著妻兒在販售農產。她看了看埃米琳列出的清單，買了兩顆包心菜、一捆紅蘿蔔和一顆洋蔥。她非常不喜歡洋蔥，只買了一顆。如此，埃米琳就必須節省著用，一頓飯裡的洋蔥份量也會少很多。最終對一家人都好。

艾兒希讓路給兩名騎著馬的男士，接著原路返家，又一次瞥了瞥伊麗莎白·戴維斯的家。他們現在都坐在餐桌邊了，不過沒看到有陌生人。這麼說來，她擺上瓷器並不是因為有客人。這事有點古怪。

過了那排有露台的房子就是郵局，它整潔的門面與格林先生家相連，格林先生家是鎮上數一數二的大房子。他日復一日地收送信件和電報，事業相當成功。

艾兒希踏進郵局時，剛好有個人走了出來。那人爲她拉開門，她點頭道謝。今天負責前檯的，是格林先生的雇員瑪莎．摩根，她微笑看著艾兒希走上前，其中一隻郵差犬在櫃檯後面搖尾巴。牠們是經由靈性造像師訓練，專門用來收送信件和包裹。狗兒尾巴拍打的聲音，幾乎掩蓋過毛皮下魔咒運作的嗡嗡聲。

「一張一便士的郵票。」艾兒希將信件放到瑪莎．摩根面前，用戴著蕾絲手套的手抹平信紙。她已經有六個月沒寄信到朱尼伯唐（Juniper Down），也有五個月沒收到亞嘉莎．霍爾（Agatha Hall）的信了。她經常寫信給亞嘉莎，而不是亞嘉莎的丈夫。亞嘉莎比較和藹可親，回信的速度也更快。艾兒希的信一向簡短，其中還重複了許多之前書信的用詞。

親愛的霍爾太太，

希望妳和孩子皆順心如意，身體安康。這封信，自然是想再一次確認，是否有任何人來尋找我，是否有姓肯登的人路過？衷心感謝妳的回覆，萬分感激。

謹此

艾兒希．肯登

艾兒希數不清自己已寄出多少封信到西邊的朱尼伯唐了。在奧格登雇用她並教導她讀寫後，她那時寫信的頻率比現在更加勤奮。這又是個她感激奧格登的原因。假如她一直在鄉紳家工作，就不可能讀懂兜帽人的書信。兜帽人在她即將過十三歲生日的數月前，開始寫信給她。

瑪莎將郵票遞過來，艾兒希將郵票小心地貼在信封上。她看著信封上自己寫下的「亞嘉莎·霍爾」幾個字，回憶瞬間湧現。霍爾家在那個天寒地凍的冬夜，給了艾兒希一家人遮風避雨的庇護所。艾兒希已記不清他們一家人原本要去何處，更別提是從哪裡出發的，霍爾一家當然更是不知情。霍爾夫婦只知道她有三個手足，艾兒希的父母帶著她和兩個兄弟、一個妹妹於早上抵達，後來除了艾兒希，其他五人消失得無影無蹤，就跟萊特姊妹八卦中的男爵差不多。整座小鎮的人成群結隊地出來搜尋他們，卻仍徒勞無功。

那個時候，霍爾夫婦當然不認識艾兒希，而且霍爾一家並不富裕，又有五個孩子嗷嗷待哺，只好在搜尋無果後，將六歲的艾兒希送到救濟院。艾兒希在救濟院待到了十一歲，直到救濟院被燒燬。

那晚，救她的人帶著她趕路趕了數公里，來到一座僅有一室的小屋。那個人，一整路戴著兜帽，到了小屋後留下食物和毛毯，並囑咐她待在屋裡別亂跑，也別為了燒屋一事感到內疚，接著便把她扔在那裡。但在百般無聊的等待之中，艾兒希仍然不時地回想救濟院燒燬的細節。準確來說，她等了四天。不過她有精神支撐，沉浸在希望、美味食物，以及有人想要她的美妙暈眩中，所以那四天並不難熬。等到第五天睡醒後，她發現大門內側釘著一張地圖、一張火車票和寫有一處地址的字條。她一言不發地循著地址，來到了鄉紳休斯的家。

雖然休斯家沒人知道她要來，但結果卻是，他們正好需要雇用一名廚房幫傭。兜帽人必定知道這件事，這才安排她過來。她不僅討厭那份工作，也討厭那個鄉紳，所以一年後當庫斯伯特·奧格登公開尋求助手時，她立刻去找奧格登，當面請求他雇用自己，甚至承諾自己只需要食宿。

所幸，奧格登後來還是支付了她薪資。

關於那棟小屋和那場火，艾兒希從沒跟任何人提過，甚至包括奧格登。她絕對不能給他們理由拋下她。

「小姐？」

艾兒希眨眨眼，奮力回過神來，微笑說：「是，麻煩妳了。」

她將信遞過去，瑪莎將那封信放到一疊信上面，然後說：「今天沒有奧格登先生的信。」

「好的，謝謝妳。」

也許亞嘉莎·霍爾終於有了艾兒希家人的消息，艾兒希已有十五年沒見過他們了。也許思念、愧疚或者好奇心，會使得她的某一個家人情不自禁地納悶：**艾兒希過得如何？**

她把籃子換到另一隻手上提著，默默地離去，退回到陽光之下，沐浴在暖和的朝陽中。直到另一個客人要進郵局，她才不得已讓路，離開郵局門口。

艾兒希回到家時，埃米琳正在後門附近擦地，但似乎在想心事，既沒抬頭，也沒要求艾兒希脫鞋。艾兒希還是主動脫下鞋，提著購物籃，在不想弄濕襪子的情況下，東倒西歪地朝乾燥區塊走去。

「奧格登在嗎？」艾兒希走到樓梯口時問。

埃米琳搖搖頭。「妳出門後他也出去了。派克先生來找他，似乎是想要他去看看牆上的新石雕之類的。」

派克先生，討厭鬼鄉紳休斯先生的員工。艾兒希對此嗤之以鼻。但鄉紳向來出手大方，奧格登才得以有錢雇用她和埃米琳。

這樣看來，她得負責看店了。這個工作大部分時間有些無聊，它不像郵局，一般人不會經常來逛石匠的店舖。但她有小說期刊的陪伴。如果再仔細地重讀一遍，或許能發現第一次閱讀時遺漏的細節。

她快步爬上樓梯並經過走廊，進入自己的房間，帽子往床上一扔。小說期刊就塞在角落裡的小櫃子上。她抽出期刊，一張灰色信箋掉落在地板上。

她立刻就認出它來，即便信箋的火漆印是朝下的。

她很想立刻拆信閱讀，不過仍然耐住性子，走去關上門並鎖住。她走回去撿起摺疊起來的信箋，翻轉到正面。只見鮮豔的橘蠟上，一隻鳥腳印重疊在一輪弦月上。

這麼快？艾兒希納悶著。最近，他們的來信變得頻繁，也更「親密」。他們以前會把信留在她床上、被單下，現在是直接放在她的書櫃上。假如她今天不打算重讀《紅寶石之咒》（*The Curse of the Ruby*）的最新進展呢？也許這次的任務並不緊急。也或許，最近他們對她的看照，比她以為的更加嚴密。

艾兒希轉身面向窗戶，那扇窗戶有兩層樓高。怎麼可能會有人——尤其是一個披著斗篷的人——冒著生命危險掛在窗戶外，監視她的一舉一動。這想法太可笑了。

信還在等著她呢。

她用指甲撥開封蠟，幾枚先令掉落到大腿上。

權力使人腐化。肯特郡公爵府裡，有人在僕人房的房門上下咒。太陽下山後，從房外解除魔咒。這次的魔咒與高溫有關。做好心理準備。行動時，乘坐出租馬車過去，但要低調隱密，不要引起他人注意。抵達肯特郡的酒鋪後，進店裡要一個肖太太的籃子。

就這樣，信裡連一個署名和日期都沒有。她必須先找到公爵府附近的酒鋪——信裡也沒有提到地址。假使那附近不止一家酒舖呢？

她的胃頓時翻攪起來。其實，找到那家酒舖還算小事。這次指派給她的任務是過往以來最危險的。現在只能祈求這位公爵不是制咒師。制咒師大多會在府邸周遭布下各種險惡的魔咒，這是兩個世紀前，那場叛亂遺留下來的謹慎提防。如果公爵也是制咒師，那麼要想侵入公爵府邸，就不只是用指尖拂過外牆那樣簡單了。她用力吞嚥了下，開始自我安慰：兜帽人不可能安排超出她能力範圍的任務給她。也許，肖太太的籃子能幫上一些忙。

艾兒希想像著，假使奧格登對石器作坊下咒，將她和埃米琳關在店裡，她會有什麼樣的感覺。信箋上寫了，這次的咒語是火的魔咒……難道是想燒死逃走的僕人？財富究竟是如何將那些上流人士迷惑到如此心理變態，居然把人類當成牲畜般圈禁起來？

她緊抿嘴唇。肯特郡並不遠，搭乘馬車過去再回來，日落前就能到家。鄉紳不是笨蛋，必定會雇用奧格登，這表示她老闆接下來的數天都會很忙碌。

就這麼決定了。艾兒希打算盡快忙完手上的工作，確保在離去之前一切安排妥善。埃米琳可以幫忙看店，招待午後上門的客人。

她把小說期刊放回到櫃子上，隨手將灰色信箋撕成兩半，再兩半。儘管天氣暖和，她還是點燃房間壁爐裡的柴火。她將碎紙片扔進火焰中，確保它們全部燒成灰後，才踏出房門下樓。

那家酒鋪距離肯特郡公爵府——七橡園（Seven Oaks），有好一大段路。酒鋪的門面十分講究體面，艾兒希抬頭挺胸，調整一下帽子後才邁步走進去。店裡一位矮矮胖胖的男子過來招呼她，艾兒希沒有浪費時間，直接開口向他要肖太太的籃子。

她根本不認識什麼肖太太，也不知道這個人是否眞實存在。

男子聞言，立刻走進裡面的小房間，拿出一個結實的籃子。籃子裡有兩瓶昂貴的馬德拉葡萄酒、幾塊乾乳酪和一串葡萄，乳酪和葡萄散發著濃濃的土壤氣息。葡萄剛好熟成，被施加了時間魔咒以保持新鮮度。但它的氣味並不討喜，這也是爲什麼艾兒希不太喜歡吃被下了時間魔咒的食物。奧格登帶回家的聖誕火雞大餐上，通常都附有一個簡單的符文，但她在大快朵頤之前都會悄悄移除它。

這籃食物已經有人結帳了，艾兒希道謝後，挽著沉重的籃子走出酒鋪。

籃子裡並沒有塞紙條，但艾兒希清楚兜帽人的策略。這次任務的目標魔咒被施加在僕人房的房門上，艾兒希要假扮成挨家挨戶兜售雜貨的小販，好接近那扇門——從籃子裡豪華的食物看來，這裡面有管家想要的東西。她納悶這些食物的價錢，以及自己沒賣出去的話，又該如何處理它們。兜帽人希望她把東西還回去嗎？他們信裡沒提到，但將東西還回酒鋪也很奇怪；留下來呢，她又不喜歡這些東西。

她經過幾個雜貨攤販，停下來逛了逛，用自己的錢買了一本二手書，再用一塊乳酪換來一枚飾釦和鞋油。既然是小販，最好帶齊多樣的商品。就算不能引起那些僕人的興趣，至少能更好地僞裝自己。

她瞥了自己的衣服一眼。她一向努力讓自己跟上潮流，但太時髦了又容易引人側目。終於，她抵達了豪華的府邸，挽著沉重籃子的手已然瘆得要命。她強迫自己摘掉帽子上的飾品，裝進口袋裡打算事後再別回去，然後使勁把裙子弄皺。一個乾淨可靠的人，但又不至於太體面。這應該足以說服他人了。

她不知道僕人的出入口在房子的哪一側。這棟房子——*不要直勾勾地盯著看*——最起碼有二十個房間。但她又不能在房子附近閒逛，必須讓人以爲她是當地人，像個熟門熟路的小販。一個*女商人*。如果她是男性小販，計畫會進展得更順利……不過人啊，還是得善用既有資源。

她瞥見一條通往房子左側的小路，沿小路繞過去，快接近房子的後側時，發現了一扇比較樸素的門。就在門的不遠處，有個瘦小的女孩正拿著小臉盆往外潑灑。

門把放射出一道微弱的橘光，艾兒希伸出手——

門板打開了，一個大約四十歲的大臉女人嚇了一大跳，抬手捂在胸口上。她的軟帽邊垂掛著幾縷鬈翹髮絲。

「老天啊，女孩，妳快把我嚇死了！」女人大喊，上下打量著艾兒希。

「抱歉，我正打算敲門。我帶了一些東西，也許你們家的人會需要。」艾兒希指著手臂上的籃子。

看起來像是廚娘的女人抬起手，正準備要趕人，但一看到籃子裡的馬德拉葡萄酒，立即停住。「那些多少錢？」女人指著酒瓶問。

「兩瓶，兩英鎊五先令。」艾兒希故意壓低價錢。

女人雙眼圓睜。「兩英鎊五先令？妳不知道——算了，在這裡等著。」

她轉身走開，留下敞開的門。門後是一間釘有掛鉤的狹小房間。地板上放著一雙骯髒的靴子。再往裡面望去，房間的一側是食品儲藏室的入口，另一側就是廚房。她探頭進去，卻感到一陣刺痛劃過臉頰。難道附近有理智魔咒？或者只是她太緊張了？也許這個公爵在附近的某個房間裡布下了巨大的幻象，又或許是某個人設置腦力魔咒，以維持高效的記憶力。這種有錢的豪宅裡，通常到處都布有魔咒。

艾兒希放下籃子，回頭瞥向那個正在洗東西的女孩。女孩不見了。房子深處傳來一陣腳步聲。附近有一匹馬高聲嘶鳴。

艾兒希退回半步，兩手放在那個被施了魔法的門把上。雖然門把上的魔咒只是個小小的物理魔咒，卻並不簡單。那不是繩結，而是由光線打出來的光結，並且打得十分緊實。光結的中心白白亮亮的，像一顆害羞的星星閃閃發光，周圍微微泛藍。她找到結的尾端時，眼睛稍稍失焦了一下。這道魔咒在反抗——是個十分精巧的布置，出自高手的中級魔咒。她鬆開那個符文，然後一條條地挑起拉出，直到再也拉不出來；最終，符文像煙火的最後一道火星，嘶然消失。

片刻之後，廚娘興沖沖地返回。她遞給艾兒希三枚金幣。「兩瓶酒我都要。再加一塊乳酪。」她指著灰白的乳酪塊。

艾兒希將商品交給廚娘並道謝。廚娘根本不知自己逃過了一劫。要不了多久，那張臉上的興高采烈，就會變得名符其實，不再只是貪小便宜的沾沾自喜。

此次動手後的結果，應該還需要幾天時間才會被發現。當然不會有人大張旗鼓地登報，或站在屋頂上大叫，但「出名」本就不是這次任務的目的。

艾兒希帶著滿滿的成就感，一邊甩著變輕的籃子，一邊離開了公爵府邸。

眞希望兜帽人有把這一切都看在眼底。

4

倫敦物理宗派學府，是英國最出名、最顯眼的古老建築之一。它被興建於中世紀，從外觀上來看，像是一座城堡和大學的結合體。就某種意義來說，它確實既是城堡，也是一所大學。它擁有世上最大的造像師圖書館，那些巨大窗戶的玻璃都施有魔法，以保護館內的魔咒，防止咒語未得到許可而非法外流。

巴克斯讓約翰和瑞勒留在肯特郡，也遣散了車伕。有幾個人正在整理那片精緻的庭園，裡面的花園就連女王也會爲之欽羨。似乎只有一人注意到他。巴克斯挪開目光，今天的行程並不包括給路人留下好印象。

巴克斯越往前走，建築物就越顯宏偉，幸好他有事先打探，否則這時一定會抱怨這沒完沒了的走道。他知道有些魔咒能夠放大物體，但施放這種魔咒，地面的石頭必定會裂開。不對，這只是他太緊張了，所以才產生如此錯覺。巴克斯並非容易緊張的人，很不習慣這樣的情緒。他低吼一聲，雖然緊張依舊，但至少能振奮精神。

雄偉的圖書館門口，兩名警衛站在沉重的雙扇門前。巴克斯向警衛點點頭，報上姓名。他原本還有些忐忑，擔心會被斥回，幸好警衛已得到通知，知道他今日會造訪。他們推開右側的門板讓他進入。

上午的陽光燦爛，因爲突然進入室內，他眼前頓時一黑，過了一會兒後才適應。地板上鋪有小地毯，石牆上垂掛著掛毯，但空氣中透著一股涼意。恍惚間，巴克斯覺得自己像一名時光旅人，各種現代化物品在這座館內裡幾乎銷蹤匿跡。

他幾步走過了前廳，來到一張長桌前，桌上只擺飾著精巧的銀燭台，燭台風格與上方低低垂掛的枝形吊燈相稱，它們的尖端都在中級的光亮魔咒下閃閃發亮。遠處的牆壁上，有一短排的書本典籍被織品隔開。這個隔間的盡頭是一條拱道，通往圖書館的主體。高大的櫃子裡塞滿書冊，一路向上隱入高處陰影中。他彷彿聽到了隱隱的低語聲，迴盪在古老石壁之間。

巴克斯向前跨出一步，卻引來警衛抬手阻攔，要他原地等待。巴克斯的不耐煩順著手臂來到了雙手，他暗罵一聲，兩手緊握成拳。幾分鐘後，另一名警衛從轉角走出來，那個吊燈隔間想必有條暗道。

「巴克斯．凱爾西先生？」警衛上下打量著巴克斯。

巴克斯點點頭。

「你的議會法庭準備好了，請跟我來。」

巴克斯一言不發地跟了上去。法庭。他們真以為自己是高高在上的國王，還是我真要被判刑了？

兩人來到了圖書館的迴廊，穿越有著一排排書架的小房間，幾名助理正在裡面埋首工作。檯燈在沒有繩索的狀態下懸浮半空中，應是被導師們施了法，在需要之處提供照明。他還來不及打量其他擺設，就跟著警衛進入了另一個大房間；他們從挑高的天花板底下穿過，在昏暗的光線中，來到一道寬敞的螺旋樓梯前。這道樓梯是老古董了，但保養得宜，應該是有魔法穩固支撐著。也許是聘請了時間宗派的魔法師，來移除階梯上百年的磨損，但巴克斯猜想，這些物理宗派學府的老頭們，應該高傲地不屑向其他宗派的魔法師請求支援。

警衛帶著巴克斯來到二樓，這裡應該是教室和宿舍區；上到三樓後，兩人走下一道長長的走廊，兩側牆上的肖像畫分別是英國王室和知名的造像師。巴克斯的四肢開始有些疲軟，雖然現在還只是一大早，但他硬是將身軀挺得筆直，絕不流露出疲態。陽光從左側的大窗戶灑下，照亮了造像師的肖像畫：除了一個法國姓名，其他全是英國人，並且都是男性。女性、中低階層，以及外國人皆無法進入制咒師之列，這情況一直持續到十七世紀初的暴動爲止。但傳統習俗早已深入人心，要想改變並不容易，社會大眾只能緩慢調整觀念。

他的嚮導帶領他又爬上了樓梯。這地方真是座迷宮。又一個樓梯間出現眼前，巴克斯這才意識到這是魔法變出來的，這座學府建築並沒有那麼龐大。

然而樓梯終於來到了盡頭，巴克斯發現自己站在一道狹窄走廊上，面對著比學府大門更沉重的木門。此處也有兩名警衛守著。巴克斯他們走過去時，其中一名警衛走下樓梯，應該是去填補巴克斯嚮導的空位。嚮導抬手敲門敲了三下，打開門，宣告巴克斯的到來。

「巴克斯．凱爾西先生，高階物理造像師，從巴貝多島前來議會面談。」

沒人回應。嚮導退回到走廊上，比手勢示意巴克斯入內。

巴克斯抬頭挺胸，邁步走了進去。

房間裡很冷。這裡指的不是溫度，而是裝潢風格。牆上裝飾了幾張布織品，但都位於陰影處，看起來就像黑洞。沒有吊燈，沒有燭台，更沒有蠟燭；一切的光亮，全都來自於一面牆上的窗戶。唯一的地毯，是從門口延伸到階梯座位的長條紅地毯，階梯座位被一道過高的石製隔牆區隔開。巴克斯的身高大約一百九十公分，而議會成員的座位區竟高於地面三公尺。

總共有十一名造像師，最年輕的應該也有四十幾歲了，最年長的則是七十多歲，精神矍鑠。這幾個人幾乎與長廊上的肖像畫吻合，除了那個唯一的女性，她就坐在右手邊，第二排最靠右的座位上。

巴克斯知道他們十一人的姓名，卻對不上臉，但至少能從座位的安排上判別出其中幾位：

例如坐在正中央的男人，他的座位甚至突出於席列之外，有著一頭灰髮，臉上溝壑交錯，似乎一輩子都繃著那張臉。伊諾克・菲利普斯（Enoch Phillips）法師，一個授銜的伯爵，此學府的領導人。

巴克斯深深地一鞠躬。「感謝諸位同意接見。」

「你不辭遠道而來。」菲利普斯法師說，語氣透著驚嘆，卻又帶著一絲不屑。「歡迎。」

巴克斯點頭致謝。

「你的資歷令人印象深刻，也不容忽視。」唯一的女子出聲。她的名字倒是容易配對得上：露絲・希爾（Ruth Hill）法師。她翻了翻文件，巴克斯只能聽得到她翻閱的聲音，卻看不到。她年約五十多，不過保養良好，而披肩的金髮中摻有幾縷白絲。「你在最適當的年齡啓蒙，日益精進，儘管周遭的資源有限。」

她的潛台詞是：你大半輩子都待在巴貝多島。那是座小島，而島上的魔法社群更是小。

「你的魔法考察測試都是來這裡進行的。」女子左側的男人說：「明智的選擇。」

「英國是我的第二個家。」巴克斯盡全力保持謙謙有禮。他必須順利通過這關，這不只是爲了他的晉升。「我敬重國家，也敬重我們的學府。」更不能枉費之前那些往返郵寄資料的繁瑣冗長過程。

「是的，」菲利普斯法師搓揉著尖下巴，打斷他的話頭。「我們都看在眼裡。你的造像資歷十分純粹。你很清楚自己要什麼，我一向欣賞這種人。純粹，是走得長遠的必備條件。」

菲利普斯法師刻意瞥了身旁的男子一眼，那個人聞言緊抿嘴唇。這麼看來，他就是維克多・亞倫（Victor Allen）法師。此人雖然已經是位法師，但在見習生時期的前兩年，是跟隨一位靈性造像師學藝，後來才轉而投靠物理宗派。這種事並不稀奇，但一個人在某個宗派習得的法力，是無法轉嫁到另一個宗派上，甚至還會有所阻礙，一輩子都擺脫不了。事實上，在第一個宗派耗費了心力後，再轉換到第二個宗派，大多數人都很難晉升到法師的境界，由此看來，這位亞倫法師顯然是個法力超群的人。也許，這才是菲利普斯法師排斥他的眞正原因。

「我小時候就已確定自己的志向，而且是在展現出潛能之前。」巴克斯解釋：「這一路以來，我從未有過猶豫。」

在十一雙緊迫盯人的眼睛下，巴克斯強壓下肌肉抽搐的衝動。

「確實。又一個值得讚賞的品格。」菲利普斯法師點頭說。他十指交扣放在主席台邊緣。「這些在你的履歷和推薦函中都看得出來，凱爾西先生。議會已就你的申請書討論過，大家一致同意你晉升爲法師。」

巴克斯只感到一股驕傲自胸口如泡泡般不斷冒出。現在，他只需要在某個議會成員的監督下學習一道法師級魔咒，並證明自己可以吸納成功，之後他便是名正言順的法師了。

「然而，你對於法師級移動魔咒的申請，並未通過許可。」

驕傲的泡泡破滅。巴克斯費了好大的勁才沒讓肩膀垮下。不能讓對方看出他受到重擊，也不能讓怒氣浮現出來。

他開口回話，卻感到喉嚨異常地緊。「感謝你們的認可。」他一鞠躬，乘機穩定情緒，釐清混亂的腦袋。「但很抱歉，我想知道我的魔咒申請爲何被拒。我並沒有要求其他的魔咒。」內心的絕望催促他追問原因。要想自己猜出一個魔咒幾乎天方夜譚，因爲咒語通常既冗長而且是拉丁文。某些魔咒可以直接從制咒者或藝譜集收藏人那裡取得，但法師級的魔咒因爲法力強大，較具危險性，因此受到嚴格控管。當然，上有政策，下有對策，自然有非法的取得管道，但對於濫用魔法——無論是何種形式的濫用，懲罰都將來得又快又重。違法的造像師一旦被逮到，其執照會立即被撤銷，這還得是在未遭到砍頭處決的情況下。「我絕不會消耗學府的資源，也不會將魔咒洩露出去，就算在我彌留之際也不會。」

若沒得到這個移動魔咒，他的法師資格只是具空殼。

也沒有未來可言。

「那是一個強大的魔咒，並且稀有罕見，彌足珍貴。這點你十分清楚。」菲利普斯法師回應，目光彷彿只是盯著巴克斯的頭頂，根本沒對上眼睛。

「我確實清楚。」巴克斯小心翼翼地用字遣詞。他鬆開不了憤怒的拳頭，只好將其藏在背後。「但我並不是因爲其珍貴性才申請它。這個魔咒對我的莊園十分有用。」這點並不算是說謊。「我必定慎重地補償學府，當然，是用滴幣（drops）支付，並且是我自掏腰包。」

要想精通某個新魔咒，就必須掏錢，也就是以造像師的滴幣支付——滴幣是魔法世界的通用貨幣——不過，巴克斯的滴幣早已存了好長一段時間。他已做好準備。

「我知道它的用處很大，年輕人。」菲利普斯法師回應：「但這個法師級移動魔咒是學府之寶，必須留在學府之人手中。」

巴克斯的眉頭抽動著。「抱歉？」他從孩童時期開始就一直是學府的學生。

菲利普斯法師嘆口氣，一副懶得再跟孩子嘮叨的父親模樣。「你的才華無庸置疑，但你並不算是本學府的人，凱爾西先生。你不是**我們**的一員，因此你的申請被否絕了。然而，假使你給學府的捐贈足夠慷慨，我們可以另外想辦法，給你其他法師級別的魔咒作爲替代，並且提供你必要的見證。」

巴克斯全身的肌肉緊繃得像是鋼鐵。他聽得出其中的弦外之音。「我父親跟你們一樣，都是英國人，菲利普斯法師。並且，如同議會所陳述的，我的造像師資歷十分純粹。」雖然他們很可能知道他是私生子，而且想必在他抵達前還針對此事閒聊了幾句。「我之前所有的測驗，一直都是在倫敦物理學府進行的，並且都有獲得學府的通過和認可。」

然而菲利普斯法師卻只是拿起小木槌，敲在牆邊上。「謝謝你的前來，凱爾西先生。你可以離開了。」

巴克斯全身的肌肉瞬間沮喪地癱軟。就這樣?他甚至無法為自己辯護?然而,他亂糟糟的腦袋裡浮現出來的辯詞,都不可能在此刻討到便宜。不行,他擠到唇邊的話語全是罵人的話,如果脫口而出,他很可能將徹底失去這次晉升的機會。他最後只能閉口不語,看著議會成員們紛紛起身,從一扇後門魚貫離去。唯一多看他一眼的人只有露絲・希爾法師。而她眼裡的同情,只讓巴克斯的嘴裡冒出一股酸澀。

巴克斯背後的門打開了,他的護衛們如期而至。他在警衛的催促下離開,但這場戰爭並未結束。無論如何,巴克斯一定會取得這個魔咒,學府的人走著瞧吧。

現在,他必須告知公爵,自己將延長作客的時間了。

5

奧格登先生忘記帶上抹泥刀了。

埃米琳發現這點時，奧格登已出門將近半小時，並前往鄉紳道格拉斯・休斯的宅邸工作。他出門前，將沾著灰泥的工具袋放在前門，最後卻從後門離開。艾兒希並不確定奧格登今天是否要上灰泥，但既然他將袋子放在顯眼處以免自己忘記，就表示他今天需要這個袋子。儘管艾兒希極度不願靠近那名鄉紳，但她更不想讓奧格登丟掉這份工作，最終沒錢雇用她，害得她也丟掉工作。她只好勉爲其難地拿起袋子，並且盡量拎得遠離身體，免得灰泥沾到連身裙。她穿越布魯克利，來到鄉紳的宅邸。

鄉紳休斯先生的宅邸和他本人簡直一個模樣。遠離普通的民宅，外觀華麗而俗氣，毫無風格可言。艾兒希抵達時，腰部兩側因維持拎袋子的姿勢而無比痠痛。她實在不想加入後門那一排僕人的等待行列，決定索性直接登門找人。她大步朝前門走去，用力敲打門上的鐵環。

門敲了一陣，又等待了一陣，僕役總管終於前來應門。鄉紳的管家派克先生也一同出現，他對僕役總管點點頭，總管便先行離去。派克先生的年紀比總管更大，滿頭白髮，外加一個大肚子。他的穿著古板，有些跟不上時代，後退的髮際線倒還滿對稱的。鄉紳的手下大多惹人厭惡，而派克先生是少數幾個尚可的人之一，但艾兒希在此擔任廚房助手的期間，甚少跟他有交流。

派克先生眨眨眼，驚訝地問：「肯登小姐！有什麼能爲妳效勞的嗎？」

艾兒希也吃了一驚，沒想到派克先生居然還記得她。相較於那個十一歲、渾身髒兮兮的洗碗小女孩，現在的艾兒希在外觀上早已不同，而且她甚少在城裡遇到這位男管家。艾兒希拿起袋子說：「奧格登先生忘記帶他的抹泥刀了。」

沒等她多做解釋，派克先生諒解地點點頭，邀請她進門。「請往這裡走。」兩人來到一道打磨得光亮的樓梯前，派克先生又問：「需要我幫妳提袋子嗎？」

艾兒希確實很想把袋子交給他，卻突然想到，一旦袋子交出去，她就沒理由再待下去了。她大老遠跑這一趟，何不乘機好好欣賞一下鄉紳的宅邸，看看他是否更換了什麼的擺設，又或者藏匿些什麼，好滿足滿足她的好奇心。

「不用勞煩您，我很喜歡這份雜務，派克先生。」艾兒希微笑回答。派克先生有些不解，卻只是和藹地點點頭，接著繼續帶領她上樓、穿宅而過。

在艾兒希看來，這比一般的鄉紳宅邸寬敞太多了，更像是一座男爵的府邸。記憶中珍稀而昂貴的室內裝潢並未改變，卻也不見老舊，儘管她現在的品鑑眼光與當初在此工作的期間，已有些不一樣了。她突然想到，或許鄉紳之所以保持原狀，是因為他未曾成功說服任何女人嫁他為妻，也就沒必要重新裝修宅邸。所有的木製品被打磨得光亮，窗戶也都光潔明淨，而室內的燈具都像點綴上水晶般閃閃發光。廚房傳來烤百里香的香氣，他們應該在烘烤某種加了百里香的菜餚，然而在她還來不及搞清楚究竟在烤什麼時，派克先生已引著她來到庭院。

這座庭院完全被房子吞沒，大約是奧格登工作室的兩倍大。一條環形的石子小徑，穿過茂盛的綠植和細長的樹木。對面的陰影中，置有一張長椅。花園與房子的交接處是一道道的磚牆，磚牆的頂緣塗著灰泥。應該說，正在塗抹灰泥。艾兒希想像著奧格登的作品將會被嵌入灰泥之中，屆時，造訪的客人在石子小徑上漫步時，就能有東西可以欣賞和讚嘆。艾兒希以前曾想偷偷走一走那條小徑，卻被女領班發現，她的下場不只被責罵，還因她的「不守本分，去了不該去的地方」而被打手，結果手疼得隔天洗刷鍋具時痛苦不已。

奧格登此刻正蹲在東北角裡，就在修剪整齊的山茱萸樹叢之後，從外面幾乎看不見他。

「奧格登先生，有客人找你呢。」派克先生的語氣帶著一絲輕快雀躍。怎麼有人在鄉紳底下工作還能開心得起來？艾兒希實在想不透。

「應該說是一個跑腿的來找你。」艾兒希一邊說，一邊看著奧格登轉身過來。奧格登的目光立刻移到抹泥刀的袋子上，臉上表情立即舒展開來。

他踏著小徑走來，一邊說著「妳眞是個天使」，一邊接過袋子。

「還有埃米琳。是她發現這個被你遺忘的袋子。」

奧格登看著她，眼神無聲傳達了：**我太了解妳了，妳其實很高興被表揚**。艾兒希堅定地無視他。

她撣了撣裙子上的塵土，一邊檢查是否還有殘餘的灰泥，一邊說：「好了，這樣我的事情辦完了。派克先生，這房子那麼大，我很可能迷路呢。」畢竟她已經離開十年，況且當時她的職位太過卑微，幾乎沒見過大廳。「你能帶我出去嗎？」

管家微微一笑。「當然，我很榮幸爲妳帶路。祝你工作順利，奧格登先生。」

奧格登點點頭，轉身回去繼續埋首工作。

兩人一走進屋中，艾兒希便開口詢問：「這麼大的房子，瑣事必定多得要命，要想一切都在掌控中應該很費神吧？」

派克先生搖搖頭。他步履從容閒適，正適合好好地聊天。「其實一點也不會呢。我把一切安排得有條不紊，並且鄉紳本人也不是挑剔難搞的人，所以事情簡單多了。」

艾兒希大膽一試，說出自己的想法：「有鄉紳在，事情就不可能簡單吧。」

所幸派克先生只是咯咯笑著說：「我能理解妳爲什麼這麼說，肯登小姐。他最近心情不太好，因爲子爵去世了。」

子爵？

艾兒希原本期望能套出一些男爵的八卦，如果萊特姊妹的消息屬實，那個死亡的男爵曾與鄉紳一起度過兩個夏天。但派克先生現在提到的子爵又是誰？

看來還有其他的八卦，她不禁興奮起來。但從派克先生的語氣聽來，他似乎認爲艾兒希已經知道子爵是誰了。他的態度並非在測試她。艾兒希思緒飛轉，連忙問：「他對此心煩嗎？」

「當然。」兩人走上一道長廊。「他們兩個的臥房只隔著一個空房。事情就在他的眼皮子底下發生，卻沒人聽到任何動靜。他從倫敦回來後，簡直變了一個人。他和子爵雖然不算親近，但子爵走得太突然……眞讓人感到世事無常，我們終將一死。」

艾兒希快速思索著，想找出自己缺失的片段。

此刻兩人已快走到門廳，鄉紳本人從轉角處突然冒了出來。他高大的身影正一臉沉思，也將專心思考的艾兒希嚇了一跳，輕呼一聲又連忙閉嘴。爲了端莊得體，她最好別先開口說話，正好藉機迴避對方。

可惜的是，鄉紳並沒放過她。他猛地停下腳步，緊盯著艾兒希，彷彿他是隻鬥牛，而艾兒希是那面紅旗。他冒火的目光挪到派克先生臉上。「派克，你在這裡做什麼？還有這個女子是誰，她為什麼在我的房子裡？」

艾兒希一聽也冒火了，卻又不能回嘴，只能暗暗咬牙切齒，弄得牙齒發疼。起碼鄉紳沒認出她就是他在倫敦街頭遇到的那個女孩。

「只是奧格登先生的一名助手。噢，奧格登先生正在您的內院，施展他的長才呢。我正要帶她出去。馬克森在找您，要跟您確認午餐會的事宜。」

鄉紳癟了癟嘴，顯得十分不悅。不過這個沒禮貌的人也不再多言，只是推開他們，從他們之間穿過，氣極敗壞地走開。

拜託，誰想來啊？艾兒希心想，但不敢說出來，只是雙臂交抱在胸前。

「抱歉，請別介意。」派克先生快步走過入口通道，握住門把。「休斯先生本人十分……傳統。」他眼神一閃，但艾兒希讀不出他的言外之意。「請幫我向小埃米琳問好，好嗎？」

艾兒希正往門口走去，聞言猛地停住，端詳著派克先生睿智、帶有風霜的臉。「你認識埃米琳？」

派克先生撫順領帶。「這是我的工作職責，親愛的，我必須對布魯克利瞭若指掌。」他是不是眨了一下眼？或者，他的眼神暗示些什麼？

他知道她的事？知道**他們**的事？

艾兒希愣愣地點點頭。「當然了。謝謝你。」

她走了出去，聆聽著背後的門被闔上，卻沒聽到上鎖的咔啦聲，然而當她轉過身去查看時，門卻已被鎖上。她呆立了片刻，打量著房子的正面。

一個管家必須對布魯克利瞭若指掌？而且他又知道了**哪些事**？他爲什麼跟她說子爵的事？

艾兒希一整路都在琢磨這幾個疑問，仍然毫無頭緒。

「它這個樣子已經好久……好多年了。」湯．湯瑪斯（當地人都叫他阿湯）舉起一尊耶穌基督的小石膏雕像，兩隻老手微微顫抖。小雕像的長袍已出現一些剝落，左手更是斷得乾淨俐落。老農場工人輕笑一聲。「從我兒子還在家的時候就這樣了。妳看，就是他拿這雕像去敲壁爐台的。之後我們就把它收起來，沒再拿出來擺飾了。」

艾兒希點點頭，謹慎地接過那尊小雕像及它的殘手，將它們對合上。當天下午，她又出了一趟門去購買一些補給品，打算分散自己的注意力，不再過度琢磨造訪鄉紳宅邸時的遭遇。阿湯在街上看到她時，應該是正前往石器作坊的路上。

「這修復起來應該不難。」甚至她都能動手修復，不過奧格登的手還是比她靈巧熟練太多。「修理費用預計不會超過一先令，或兩先令，如果超支的話，應該是因爲奧格登需要用石膏填補長袍的部分。」

阿湯微微一笑，他的下排牙齒缺了兩顆牙。「可以。成交。」他從口袋翻出兩枚灰暗的先令，遞給艾兒希。「她一定會很驚喜的，下星期就是我們的結婚紀念日。四十三年了啊。」

其實阿湯剛才就已對她說過結婚紀念日的事，不過艾兒希只是笑笑。「你眞體貼。我一定像抱自己的嬰兒一樣，把它抱回店裡。你可以在結婚紀念日前一天來店裡取件。或者，我幫你送過去。」

阿湯搖搖頭。「我可以走去你們店裡。我會抽出時間的。」

老人與她握手告別。艾兒希脫下手套，包住兩個石膏物件並將它們放進籃子裡。

她轉身返家，將先令放進她的腰際小袋中，指尖剛好碰到一張摺疊起來的紙。她的第一個念頭是，等等需要去一趟郵局寄信。緊接著她第二個想法竄出，自己並沒有寫信，也沒有要寄的信。

她任由硬幣滑下手指，再拈起那張紙的邊緣抽了出來。那甚至不算一張完整的紙，只是四分之一張羊皮紙大小、帶有光澤的紙，折了一次又一次，火漆印是一輪弦月和一個鳥爪印。

她的心震了一下，猛地轉身，差點把籃子裡的耶穌基督雕像甩出來。阿湯已經走過馬路，朝克朗林原路返回。但他從未接近過她的腰際小袋。沒有人接近過……而且……他不可能是兜帽人，除非他演技驚人。阿湯在克朗林住了一輩子，生活簡單且單純。然而，她十分確定自己上午出門時，腰際小袋裡並沒有任何信箋！她上午只去了……

派克先生從她腦海裡冒了出來，但他根本沒碰到她的袋子，對吧？然而派克先生對她的事知悉得太多，這點有些蹊蹺，畢竟他們兩個交情並不深。艾兒希回想上午與對方交談時，彼此位置靠得有多近……她同時心跳越來越快。她的想像力又失控了！必須集中注意力，不能再胡思亂想！

但如果真的是派克先生……艾兒希一直不清楚到底是哪些人在引導她，現在最起碼知道了一個……

她不能在大街上讀紙條，免得被人看見。她把紙條塞回小袋中並緊抓著，匆匆離開馬路。她從肉販小店後方長滿雜草的田野切穿過去，再從一個圍繞水井的死巷冒出來，正好看到亞莉珊卓．萊特挽著一名薑黃色頭髮的男子，兩人朝主街走去。

她的心臟劇跳了一下，瞬間徹底忘了小袋裡的紙條。不可能是……別在這裡……

此時，那個男子正好轉頭看向萊特小姐，咯咯笑著說事情。從他的側面來看，艾兒希並不認識他。

艾兒希瞬間鬆了一口氣，儘管心仍劇烈地跳著。對方只是看起來像阿弗烈德（Alfred）。她的前男友已將近兩年沒來布魯克利了，現在又何必造訪呢？只要是跟那個男人有關的事，她碰都不想碰，想都不願去想，即使萊特小姐的男伴跟他一點關係也沒有。

艾兒希加快步伐，又抄了一次捷徑，從郵局和馬具店的後方經過，朝石器作坊走去。她從側門進入店內，沒有脫鞋，便逕自上樓到自己的房間。

她關上門倚靠在門板上，拆開紙條讀信。

事態緊急，速去肯特郡破解那裡的魔咒。

就這樣。非常言簡意賅。

艾兒希眨眨眼，瞪著紙條。破解肯特郡的魔咒？但是她已經破除了啊，就在不到兩天前！他們必定知道已經有人取走了那個酒籃，難道他們以爲她失敗了？

雞皮疙瘩從艾兒希合身的袖子底下冒出來。她從來沒有令兜帽人失望過，也從沒有任務失敗。她太害怕失敗所帶來的代價。不是害怕兜帽人，而是害怕被拋棄，害怕被看成無用之人，害怕失去人生的意義；同時，她也不願意失去機會，無法弄清楚這些雇用她的人的身分。沒錯，每次的任務都是一次測試，只要她證明她……

她沒有辦法回信，無法自我辯護。她也沒有證據，即使有，也沒能力提交出去。

艾兒希撕碎紙條，扔進房間的壁爐裡，兩手卻顫抖地點不著火柴。她必須再去一趟肯特郡。這次她必須自己添購僞裝道具了——但葡萄酒好貴啊！而且短短兩天之內她就二次登訪，會不會很奇怪？那些僕人還需要買酒嗎？即使它的價格不菲。

她咬著唇，來回踱步，同時火焰吞噬了紙條。如果又一次假扮小販，同個花招耍兩次必定會讓人起疑心。她絞盡腦汁，思索其他較佳的藉口。來找工作的？廚娘必定會認出她，但這也沒關係。麻煩的是，要去哪裡弄來一份推薦函。她是可以僞造一封，但如果被人識破，會衍生出什麼麻煩？司法和執法人員，都是艾兒希得想盡辦法避開的人。沒有登記造冊的造像師及破咒師，都將面臨嚴峻可怕的刑罰。最常見的，就是上絞刑台。

*想啊，快點想。*她或許可以直接走上去破解魔咒，然後掉頭就走。很可能根本沒人注意到她。但那又算是擅闖民宅，對吧？難道只有在她挽著一籃商品上門才算合法？

她必須入夜後再行動。她之前也曾在夜間爲兜帽人執行過任務，但都是特殊任務，極爲罕見。沒錯，就在夜晚行動，但如果她被逮到……

艾兒希的腦海中浮現出萊特小姐挽著一名神祕男子的畫面。對了，她可以辯解自己正和一個男僕約會，她是來偷跑來看他的。如果對方審問那個男僕的姓名，她可以拒絕透露，堅稱要保護他。或者，聲稱她走錯路，找錯男僕工作的地方。又或者，她男友騙了她，謊稱他在這裡工作。她也可以假裝心臟病發作，痛苦落淚。只要她哭了，就能安然被送走，不用承受任何刑罰。

不過話說回來，那是一個會囚禁自己僕役的人家，所以她的盤算也許無法如願以償。但艾兒希沒有其他辦法了。

她打算晚餐後偷溜出去，在黎明前趕回家。也許，奧格登根本不會注意到她不在家裡——有人敲了門一下，嚇得她尖叫出聲。她瞥了壁爐一眼，微弱的小火已經熄滅，她朝門走去，故意很用力地開門。

埃米琳吃驚地眨眨眼。「奧格登先生在找妳。」

艾兒希猛地轉身望向窗外。竟然快天黑了——已經好幾個小時過去了？奧格登肯定從鄉紳家回來了。

「謝謝妳，小埃。」艾兒希抓起門邊的籃子快步下樓，年輕女僕在後面喊著：「在工作室！」

奧格登斜倚在工作室前面入口處的工作台邊，低頭在素描本上畫畫。他仍穿著沾著石膏的工作服。「啊，妳來了。」艾兒希走過去時，他出聲說道。

「阿湯在鎮上叫住我。」艾兒希讓自己放鬆下來，以免說話語氣洩露出她的緊張。她把耶穌基督石膏雕像從籃中取出，放到奧格登面前，再翻出兩枚先令。「他希望能在下個星期把它修好。」

奧格登頓了片刻，放下鉛筆，打量著雕像。「修復這個倒是簡單。」他望向艾兒希。「妳沒事吧？」

艾兒希感覺臉蛋一下通紅起來。「沒事。只是走路加快了血液循環，精神有點振奮。」

奧格登把雕像安置到工作台下方的架子上。「妳記得在韋斯特勒姆（Westerham）的那家小五金店嗎？」

艾兒希揉揉眼睛，強迫思緒切換到工作模式。「記得，是那家種有櫻桃樹的小店？」

奧格登咧嘴一笑。「就是那家。我需要他們家的金屬漆，想請妳去幫我買一些，如果要他們送來，恐怕會耽誤時間。」他甩甩頭，艾兒希這才注意到她的老闆一臉疲憊。「鄉紳的要求不斷在變，但我需要幫另一個客人準備金屬漆了。艾兒希，管住自己的舌頭。」

奧格登太了解她了。艾兒希連忙強行嚥下已到嘴邊的批評：**鄉紳那個人，乖僻難搞**。她於是只好點點頭，接著挺直身子。

韋斯特勒姆在布魯克利南邊，而肯特郡在東南方……返程時，應該能繞去公爵宅邸吧？

「我可以今天晚上就去。」她勾起嘴角，開心地面露微笑。「我有個朋友住在——」**快想**！「——納克霍特（Knockholt），那裡有點遠，我想今晚去跟她一起吃飯，明早再回來，可以嗎？」

「妳可以叫出租馬車，」奧格登說：「不過當然，只要妳能在早上趕回來顧店，就沒問題。我明天幾乎都不在店裡。妳去跟埃米琳說一聲，妳今晚會不在家。妳買過那些肋骨肉嗎？」

「我會再買一些。而且我買過。」

奧格登帶著父親的慈愛，對她微微一笑。「妳眞是個天使，艾兒希。」說完，他便轉頭埋首繼續對著素描本工作了。

你的金屬漆買的太是時候了。艾兒希開始構思接下來的行動，在腦中浮現今晚要穿的最暗色服裝，並小小做了祈禱儀式——她需要今晚一切順利。

她將油漆藏在一家烘培舖的柴堆後面。

快到公爵宅邸時，天空已有一些星星冒出來，閃閃發亮。她的周遭一片漆黑，感覺星星變得好大，四周也更顯得陰森。馬路對面是一面厚重的石牆，但牆後方卻是片林地，只有公爵和他的客人才能進入狩獵。但今晚不一樣。

艾兒希十分不喜歡在黑夜中穿越森林，但她別無選擇，只能心裡祈禱自己別被誤會成是盜獵者。

她提著裙襬，悄然無聲地邁出步伐。當代的時尚並未考慮到女子有在荊棘叢中移動的需求。月光皎潔，但彷彿與樹影和雲朵在玩躲貓貓，使得眼前景物時而清晰、時而昏暗，艾兒希只能走得非常緩慢，以免被絆倒。如果因扭傷腳而困在肯特郡公爵的森林裡，應該相當不妙吧？

她想像中的祕密情人，會來拯救她脫離**那種窘境**嗎？

幸好，這趟穿林之旅最後平安無事。樹木越來越稀疏，地面也逐漸平坦，一片修剪整齊的草皮自眼前延展開來。她鬆了一口氣，邁步踏上宅邸後方的狩獵小徑。

然而才走了幾步，她的一隻腳就猛然陷入小徑中，完全動彈不得。不是泥濘造成的——最近幾天根本沒下雨，也不是樹根或洞——一道閃閃發亮的符文解答了一切，它的微弱光芒從她鞋邊冒出來，包覆住她鞋子的泥土像鐵手般，狠狠攫住鞋子。這個符文與之前門把上被她破除過的魔咒差不多，但更爲複雜，由好幾個光結纏繞、環環相扣。

所以公爵又設置了更多魔咒，好將僕人禁閉在僕役房？艾兒希一面納悶，一面心不在焉地想把腳拉出來。她蹲下來打量周遭環境，並伸手碰了碰符文。她並不認得這道符文——是一個物理魔咒，但與她之前破除的都不同。她輕扯符文一邊的結，又拉了拉另一邊的，最後才找到一處的末端，再一點點地解開。符文閃爍一下，她彷彿看到它不甘心地掙扎著，然後隨即消失，而攫住她鞋子的土堆也回歸原貌。

艾兒希抖了抖鞋子，接著謹慎地往前走。符文往往並不顯眼，很難單靠目視尋得。它們只會在她接近時才顯現。有些時候，特別是大師級的符文，要近到伸手碰觸得到的距離才能看到。艾兒希退離小徑，沿著小徑邊緣踮腳前行，終於看見大約一公尺遠的前方，又有一個限制移動的陷阱符文。她定下心神在陰影中搜尋，等待著任何動靜和聲響。她嗅聞到馬廄的氣味，卻沒聽到馬匹的動靜和聲音。看起來一切正常。很好。

僕人房的門陰森森地聳立前方。如果兩天前她沒過來賣酒，很可能就會錯過那扇門；門被房子的陰影隱藏了起來。艾兒希耳中的心跳聲怦怦巨響，她無聲地竄跑過去，又前進了一小段距離，後背貼著冰涼的牆壁。此刻她距離森林還不算太遠，應該能安然無事地撤退。她小時候是個攀爬高手，只要被追趕，她能把裙襬緊抓成一團、塞在雙膝之間，神速地爬到樹上。

她掌心冒汗，嘴唇發乾。**趕快搞定，然後從原路撤退。這次，兜帽人一定會知道妳完成了任務。**

那扇門距離她彷彿無限地遠。艾兒希往旁一躲，暗罵一聲從濃霧後面探出頭的月光。她向門把伸出手，符文產生的灼熱舔舐上她的手指。魔咒被啟動了，艾兒希感覺門把上的指尖一陣燒灼，立刻抽回手。這座府邸有多少僕人被這可惡的東西燒傷過？

艾兒希換成用指甲出擊。這次的拆解變得簡單許多。她已經知道光結的走向，也知道該從何處下手。她只花了幾秒鐘——

一隻手猛地抓住她的上臂。艾兒希機警地吞下湧到嘴邊的尖叫，而那隻手使勁將她拉開。

「就是你這傢伙破除了我的魔咒！」一道粗獷的男聲大吼，完全沒想要壓低音量。

艾兒希轉身往對方抓住她的手一靠，卻正好與一名身材頎長高大的男子面對面，而男人的手比狩獵小徑上的魔咒抓得更緊。艾兒希又扭又扯地想掙脫，心跳如戰鼓般怦怦作響。

「妳是女人？」男子沉聲低咆：「妳是誰？叫什麼名字？」

艾兒希沒有回答，只是不斷掙扎。她朝男子的小腿一踹，用指甲狂抓對方的衣袖，陷入極度的恐慌中。她思緒茫然且不知所措，只知道自己必須趕快逃走。**不要回答，不要回答！**如果回答了，男子就會知道她的聲音，也許還會用此來對付她。她可以利用夜色的掩護，想辦法**逃走——**

男子把她往前一推，朝宅邸的後方而去。「很好，我相信警方會逼問出答案。」

「不！」艾兒希大喊，並用全身力量往地上一跪，男子因而連帶被絆了一下。「不要，拜託！」她語氣絕望，聲音沙啞。「我會乖乖配合，但千萬別報警。」

男子輕哼一聲。「在擅闖私人住宅前，妳早該想到這種下場了。」他把她拉起來。但艾兒希又跪了下去，男子咒罵一聲。

她看見一道微弱的閃光，隨後裙襬全變成像石頭般硬化，使她再也無法跪地來拖延。**他是物理造像師。**

男子轉身抓住她的另一隻手臂，艾兒希連忙將僵硬的身軀往他一靠，用尚能移動的另一手解除了腰部附近的硬化魔咒。

衣裙變回柔軟的布料，她用力地往男子的腳狠狠一踩。

但效果不如預期——憤怒的男子似乎完全未感痛楚，只是嚇了一跳而已。艾兒希才逃了兩步，手臂就再度被他的大手抓住。艾兒希只能解除物理性魔咒，卻對抗不了真實的體能差距。

「你在這裡大言不慚地教訓我，自己卻禁止僕人離開房子一步！」艾兒希往上一跳，想拉得對方失去重心。

男子往後退了半步，再將她拉起來。「那個符咒只是安全考量，就是為了防堵妳這種小偷。」男子繼續拽著她往後門走去。

「我才不是小偷！」艾兒希不斷扭動掙扎，試圖朝他的眼部攻擊。然而男人的力氣實在太大，一下就制服了她。**我們用魔法對決，這樣才公平！你這個自以為是的蠢貨！**

「是誰派妳來的？」男子大吼。

「沒有人！拜託放過我吧——」

但男子只是輕哼了一聲。後門就在前面了。馬上會有其他人前來查看，等到那時，她脫身的機會就更加渺茫。只要再來一個男子過來抓住她，接下來就會——

「我沒有登記造冊！」艾兒希壓低音量說。

男子稍稍頓了一下。他當然知道這種非法行使魔法的下場，就只有死路一條。相形之下，偷竊罪根本只是小菜一碟。

「拜託，」艾兒希進一步說服：「我不是來做壞事，而是來協助那些僕人的。」幾縷髮絲掉落到她臉上。

男子再次沉聲開口：「是誰派妳來的？」

艾兒希緊抿雙唇。

男子的手勁加重，一字一字咬牙地問：「誰派妳來的？」

「就算我想，也不能告訴你。」艾兒希嘀咕著。兜帽人會救她出監獄嗎？但是，如果她有破咒能力一事被公諸於世，他們可能就不再用她了。「我唯一的罪行，就是解放平民！」

「那道魔咒只是安全考量而已。」男子回應，艾兒希卻聽出他話裡帶著一絲陌生的輕快活潑，她猛地驚覺過來。此人絕對不是公爵——艾兒希知道公爵年事已高，而且應該也不是造像師。在月光的照射下，艾兒希發現自己的箝制者手臂膚色黝黑。這個男子是外國人。

「你如果放我走，我絕對不會再擅闖進來。」艾兒希停止掙扎哀求著。這個男人似乎不太好糊弄……如果交易不成功，那她的餘生就要盯著監獄的天花板了，也許她在監獄裡也待不了多久。

他們會絞死她嗎？

然而這名制咒師似乎在考慮她的提議。不懷好意地。他的惡意就像白蘭地的難聞酒氣，擴散在他全身。「平民，」男子輕哼一聲。「我才不相信妳的鬼話。一道受保護的門，怎麼會傷害屋裡的人？只要他們願意，隨時都可以自由離去。畢竟他們對社會做了很多貢獻。這點，妳不妨學習一下。」男子朝門走去。

「等等！」艾兒希一股怒火上來，卻被男子扯著走向她的末日。沒必要再保持沉默了，也沒必要再討好這個蠻橫無理的傢伙。「我對社會也有貢獻！難道你覺得我看起來像流氓惡棍嗎？」

男子又頓了一下，上下打量著她。在黎明的曙光中，她被盯得無比忸怩。

「那就說清楚妳的來歷。」男子的聲音低沉，語帶威脅，但手上的力道減輕了一些。

「我是個石匠助手，到這附近來購買油漆。有人告訴我，這裡的僕人遭受不公平待遇，我就過來幫忙了。求求你——」她語帶哽咽。這倒不是演出來的，她是真的很害怕。「——放我走。那個被我破壞的魔咒，我可以賠錢給你，或者幫你打雜之類的。我願意立下契約，保證以後再也不踏進這片領地！」

男子思索片刻。「妳是個破咒師。」

這還用問？艾兒希滿懷希望地點點頭。

男子收回左手，但右手仍然抓著她。在依舊昏暗的晨光下，艾兒希看到男子摸了摸鬍鬚。

「告訴我妳的名字。」

艾兒希噘嘴。

「老實地告訴我，不然警方也能問得出來。」

她的腦中浮現出一堆謊言。**貝蒂。我是糕點師。**這個人不是靈性造像師——他應該拆穿不了謊言，對吧？但如果他可以呢？

最後她只好虛弱地坦承：「艾兒希・肯登。你可以四處去打聽，我沒有騙你。」

「爲了賠償妳的行爲，妳必須幫我做事。」男子說：「我有一些任務要派給妳，破咒師不好找，而且酬庸也昂貴。妳自己選吧！爲我工作，或者死路一條。」

艾兒希倒抽一口氣，男子放開了她，但她並沒有逃跑。反正她說的都是眞眞切切的實話，沒必要逃。

「我已經有全職的工作了。」艾兒希解釋著，這還不包括兜帽人派下來的任務。

男子聳聳肩。「不是我的問題。」

艾兒希挺直身子。「我必須在天亮前趕回家，但是可以明天再過來找你。」希望鄉紳那裡的工作能支開奧格登，讓他沒多餘的心思注意到她翹班。三個雇主……這該如何是好？

但她別無選擇。

「明天破曉時過來。」

「我不是當地的居民。」

男子指了指後門。此時，二樓有人點亮了蠟燭。

艾兒希緊張得要命，彷彿有蟲子在她身上爬。「好，好。我盡力可以吧。所以我過來要找誰？」

「從僕役的出入口進來，說要找凱爾西先生。」男子又轉向後門，但右手已然鬆開箝制。「如果妳沒出現，我會找到妳，並且告發妳，讓妳嘗嘗法律的厲害。」

艾兒希用力吞嚥，十指緊張地扭絞。男子不再說話，逕自走進屋裡。

三樓的一扇窗戶又亮起了燭光。

艾兒希的心怦怦狂跳，連忙跑離並避開了那條狩獵小徑，直到森林吞噬了她的身影。

她並不想惹兜帽人生氣，但更不想惹火這個凱爾西先生。

假如她沒依約定出現，凱爾西先生的懲罰必定來得比兜帽人可怕。

6

「艾兒希，把水壺拿給我。艾兒希？」

艾兒希眨眨眼，爬出自己剛剛掉進的白日夢。她倚在廚房的牆上，眼神茫然地盯著前方。埃米琳站在爐子前也正盯著她看。艾兒希這時才瞥見水槽附近的水壺。

「抱歉。」她連忙拿起水壺遞給埃米琳。年輕女僕接過去，一邊往鍋裡倒水，一邊攪拌。牛蹄凍，奧格登最愛的菜色之一。

「妳今天早上不在家呢。」埃米琳說。

艾兒希只是點點頭。沒錯，她累了。昨晚她花了大錢，搭乘一輛深夜出租馬車，在布魯克利邊界下車。雖然她溜回房後有睡了幾小時，但還是必須在大家醒來前再出門一趟，這樣才能假裝在原先說好的時間回到家。她盯著奧格登的帳本，但上面的數字在眼前旋轉起來，她腦子裡想的全是肯特郡的事。

凱爾西先生**真的**會調查她嗎？她很確定，自己的名字並不在任何的政府名冊上，而她在救濟院的資料早就全燒得灰飛煙滅了。所以他會怎麼做？在每一家郵局布下眼線，直到她的名字出現？

她當時眞該說謊的，但那男人那麼嚴厲而無情，彷彿能一眼就拆穿她的謊言。兜帽人會生氣嗎？他們將會看到那個熱氣魔咒仍然在門上，完整無缺。凱爾西先生說那個魔咒只是安全考量，是眞的嗎？艾兒希感覺自己像浸沒在水池中，雙手卻在滑溜的瓷磚牆上，瘋狂而徒勞地尋找可以抓住的支點。

只要撐過這段時間就好，不會持續太久的，她盤算著。從以前的經驗來看，兜帽人很可能這幾個月都不會指派任務給她。奧格登又經常忙得不可開交，也不太管她每天的工作安排——這是她那麼多年來的好表現，所換取到的信任和自由。而且肯特郡也不算遠，一、兩個星期的加倍工作，她有信心可以應付。這樣也應該足以償還她認知中合理的賠償數目，之後凱爾西先生就會放她走了。

既然凱爾西先生願意開出交換條件，並放她一條生路，就不會是個不講理的人。

廚房僕役鈴此刻突然響起，艾兒希和埃米琳嚇了一大跳。奧格登不常使用僕役拉鈴，除非他很忙，或者需要在會客室體面地招待某個客人。艾兒希和埃米琳彼此交換了一個眼神，艾兒希才說：「我去吧。」

埃米琳點頭道謝。艾兒希撩起褐紫紅色的裙襬快步上樓，來到會客室。會客室的門開了一條縫，裡面並沒有訪客，所以她沒敲門直接進去。

「奧格登先生？」她喊著，但顯得有些多餘。奧格登正坐在壁爐旁的一張小凳上，壁爐內沒有升火。他手裡拿著一支筆毛滑順的畫筆，正在自己手臂上以藍色墨水書寫拉丁字母。

他在學習新的魔咒。

「去幫我拿滴幣，艾兒希。」奧格登回頭說。

艾兒希連忙快步走出會客室，去到奧格登的房間。他的房間裡只有幾件家具，充滿男子氣息──刮鬍膏、石膏味及香料。幸好是艾兒希回應了僕役鈴，埃米琳並不知道奧格登的滴幣收在哪裡。埃米琳雖然受雇進來作坊工作已將近兩年，但如此機密的事越少人知道越好。

艾兒希蹲下來，在茶几底下摸索到一把小鑰匙。她抽出鑰匙，來到上鎖的窗邊矮櫃，將鑰匙插進矮櫃側面小門的門鎖，拿出一個小皮袋。滴幣在袋裡叮噹叮噹地作響。她一邊拉開皮袋，一邊朝會客室走回去。

袋子裡共有七枚滴幣，每一枚的價值，都比同等重量的金幣還昂貴。一枚滴幣差不多是一枚先令的大小，卻不是完美的圓形──它的成分稀奇，是石英、玫瑰水和黃金的完美混合品；外觀呈半透明狀，是邊緣有些歪扭的圓形，能在陽光下閃閃發光。滴幣是向宇宙──或者說是向上帝——討要魔咒時，必須支付的貨幣。它們不需要魔法也能製造，造像師自己就能製造，但滴幣歪扭角度的測量太過精密，造幣的過程又昂貴費工，造像師通常寧願拿一般的錢幣，到最近的宗派學府換取滴幣。那可是相當多的花費。魔咒的層級越高，價格就越高。滴幣的存在，正是造成窮人無法透過魔法提升財富的原因之一。

當然，破除魔咒本身無須花費代價，但學習一個魔咒就需要花錢。

「我要七枚。」當艾兒希輕手輕腳進屋時，奧格登出聲指示。

「袋裡數量剛好。」艾兒希將手掌上一枚枚滴幣翻到正面，來到奧格登背後等他完成工作。魔咒用到的文字一直都是拉丁文，必須一字不差地謄寫在他手臂上，艾兒希不想打擾他。如果這個魔咒——加上奧格登的天賦夠高的話——帶著每一個符文都吸收進他肌膚之中，這個魔咒就會成為他的一部分，成為他未來藝譜集的一頁。同時，滴幣也會消失無蹤。

有人說，滴幣成為了身體的一部分，轉化成法力，提供魔法使用。還有一些人說，它們再次回歸宇宙，或者落入上帝自己的保險櫃裡。無論滴幣去了哪裡，都不能二次使用。滴幣，是魔法中最不可或缺的神祕存在之一，也許只有魔咒本身才能與之匹敵。寫出第一個魔咒的人，與寫出最後一個魔咒的人一樣，都是破解不了的謎題。每個魔咒的創造者都是匿名的，無人知曉，而四大宗派所有的魔咒都已設置完成。有很多人研究魔咒的語言及創作風格，渴望解讀它們是如何被寫出來的。有些人或許會想進一步創造出新的魔咒，但從沒人成功過。這些魔法就像銘刻在石板上的《十誡》，無可撼動。

奧格登用藍色墨水書寫，這個顏色專屬於物理造像師所用。紅色屬於理智宗派，黃色是靈性宗派，綠色則是時間宗派。爲什麼呢？她也不知道。上帝就是這麼安排的。

她在旁邊的小沙發坐下，掌心中的滴幣被手握暖。她的目光落到旁邊摺起來的報紙上——奧格登習慣早上讀報。她翻開薄薄的報紙，頭條新聞立刻迎面撲來。

子爵造像師　晴天遭雷擊

子標題是：

藝譜集尚未尋獲

艾兒希蹙起眉頭，將報紙拿得更近。拜倫子爵是在倫敦一場議會後的半夜裡，突然遭到擊斃。儘管當夜沒有暴風雨，分叉的閃電還是穿過他家的窗戶，直劈到他身上。目擊證人（此人要求匿名）見狀後大喊著跑去通報，但子爵家屬抵達現場時——以及稍後的執法人員——子爵和他的藝譜集都已然消失無蹤。

與派克先生之前的談話冒了出來，一陣寒意竄過她的脊背：他最近心情不太好，因為子爵去世了……在他的眼皮子底下發生，卻沒人聽到任何動靜。

艾兒希突然感到嘴唇一陣乾澀。男管家說的子爵，就是拜倫子爵嗎？而鄉紳就是那個匿名的目擊證人？

她的思緒翻騰起來。按照懷特姊妹的說法，鄉紳跟那位逝去的男爵也有關聯。這太巧了吧，他應該知道這兩人的藝譜集都被偷走了。還有，怎麼會突然冒出來一連串藝譜集的相關犯罪？現在又不是十七世紀——

「艾兒希？」

艾兒希放下報紙，強迫自己回神，並將報紙藏起來，打算之後再找時間好好研讀一番。她走過去將滴幣放到奧格登等待著的手掌上。滴幣一開始閃閃發亮，不過那只是陽光照射出來的效果，而奧格登的手一挪開，它們立刻顯得黯淡許多。

這是滴幣的另一個面向——它們的光亮會隨一個人的魔法強度做出反應。越是厲害的制咒師，滴幣就越是光亮。然而，它們並不會對破咒師的魔力產生反應。如今滴幣在艾兒希手裡微弱地發光著，呈半透明狀。奧格登是有些魔法，但並不強大。她在肯特郡公爵那裡遇到的魔咒，就遠遠在他法力之上。但他盡力嘗試了，偶爾會成功。

「這是哪種魔咒？」

「改變氣溫。」奧格登伸直畫有符咒的手。「這可以讓我的某些工作輕鬆許多，對製陶也可能有幫助。」

艾兒希退開一步，奧格登開始吟誦拉丁文。拉丁文這種古老的文字，艾兒希只認得幾個，奧格登現在吟誦的咒文中她一個也聽不懂。她嘗試看著奧格登手臂上的文字，並一字一字地跟著吟誦，但奧格登的汗毛太濃密，而且他將前臂朝內，難以看清楚上面的字母。奧格登吟誦完畢，手掌握成拳狀包住滴幣，滴幣微微發亮，隨即黯淡無光。

奧格登嘆口氣，魔咒並未成功被吸納進他體內。

「也許再試一次？」艾兒希提議：「我幫你檢查手臂上的文字，有可能筆畫出錯了。」

「這是中級魔咒，」奧格登放下手臂，看起來很疲憊。「對我來說難度太高。看來我只能在初級魔咒好好安分守己。」

艾兒希抬手搭在他肩上。「你知道的魔法還是比我多。」這既是實話，也是個謊言。

奧格登苦笑地輕拍她的手。「我沒事。我是藝術家，不是造像師。這也只是我自己的興趣罷了。」

「起碼你只需要買白漆來作畫。」奧格登最常用的是改變色彩的魔咒，儘管他無法模仿艾兒希昨晚買回來的金屬漆光澤。「我把新漆放到工作室了。」

「謝謝。麻煩妳拿一塊茶具抹布給我，我來把這個擦掉。如果上衣沾到墨水，埃米琳又要抱怨啦。」

她點點頭後轉身，但又頓住。「你看了今天的報紙嗎？」

「看了。」

「那你是怎麼看……那些謀殺事件？還有那些藝譜集？」被偷藝譜集的主人，都是法師級魔法師，掌握了最高強的魔咒。咒語書的價值不在金錢，而一旦落入有心人手裡，將會變得極其危險。在十七世紀末的暴動中，藝譜集裡的魔咒就遭到濫用，使人忘記自己支持的黨派，攻擊原本效忠的國王。還有的被用來縱火，一座學府圖書館為此被燒燬。

奧格登蹙眉說：「我希望這些只是報社的危言聳聽，為了刺激報紙銷量。我們只能祈禱，希望子爵是最後一個受害者。」

艾兒希點點頭，然後快步下樓去拿抹布，但腦中仍然充斥著謀殺、藝譜集，以及肯特郡。

石坊工作室的門被猛然打開，正在顧店的艾兒希嚇一大跳，手上整理的筆刷因而掉落滿地。她以為門口會站著一個高大、陰森的男人，嘴裡說著，**我們約好了，今天剛破曉時**，然後往旁邊一站——執法人員一個個在他背後現身，準備逮捕她，將她押解到最近的宗派學府用刑。

幸好，門口只站著一個看起來不到十四歲的男孩。男孩身形瘦小，穿著灰色僕役裝。完全無害的模樣。

以防萬一，艾兒希仍伸長脖子打量男孩背後的馬路，但上帝似乎沒打算在今日送她上審判台。

她吐出長長一口氣，拾起筆刷朝櫃檯走去。「有什麼能爲你服務的嗎？」

「我來找艾兒希．肯登。她在嗎？」男孩搔抓著滿是雀斑的鼻側。

艾兒希放下筆刷。「我就是。有什麼事？」

男孩四下掃視一圈，但感覺他只是好奇，而非緊張。他想起了正事，收回心神看著她。

「喔，呃，派克先生要我來找妳。我來自鄉紳休斯先生家，派克先生說……」男孩拖長尾音，努力回想被交代的任務。「需要請妳幫個忙，還有，奧格登先生少帶了一份文件。」

派克先生。一聽到男管家的名字，艾兒希心跳加快。派克先生明明可以等明天請奧格登順便帶文件過去就好，爲什麼特地現在要她送去？男管家向來跟她沒什麼交集，彷彿他特意低調、隱藏自己，而現在，卻突然一次又一次出現在她面前？

她先前猜測他與兜帽人有關聯，難道猜對了？如果眞是這樣，這是否表示他們終於準備讓她入伙了？她等待這一天等了好久……

男孩仍在看著她，她連忙敷衍一句：「噢，原來如此。」看來金屬漆暫且用不到了。如果鄉紳打算給奧格登的工作加量，奧格登也沒有空檔處理新案子。至少今天是如此。就算有什麼高尚的王公貴族想來插隊，他也沒那個時間。「等我一下好嗎？」

男孩點點頭，艾兒希抽出記錄奧格登接案的業務帳本，試著別讓自己興奮地手抖。業務帳本上記有客戶姓名、日期、委託案類型和估價，以及結算實價。鄉紳也有專屬的一頁。奧格登十分精明，一開始就會把額外附加的工作記錄下來，事後好方便計價。艾兒希還會請派克先生在此頁上簽名。她才不會任由鄉紳老鼠佔他們的便宜。

也許，她還能請派克先生用印刷體簽名，看看字跡與她收到的任務信箋是否相同。儘管她向來讀完後就直接燒燬，不過信箋的字跡都一樣，是同一人所寫。她有把握一定能認得出來。

艾兒希拿起帽子，將帳本塞在腋下並比手勢示意男孩帶路。男孩一言不發地在前方引領，只是他走得實在太慢了。艾兒希很想趕快過去。她需要知道。

今天的雲層較多，不過陽光仍然可以經常探頭下來溫暖空氣。萊特姊妹在馬具店外交頭接耳。她們一定又在八卦了，艾兒希微翻白眼，卻也很想靠近偷聽，這次又是什麼吸引了她們的興致。此時一位靠近作坊的鄰居利維．摩根，他手臂下夾著一團大包裹，對她抬帽致意。艾兒希點頭回禮。

她和男孩兩人繼續穿過馬路，經過裁縫店、法院和警官的家。不久後，馬路逐漸變窄，到處都是飛揚的塵土，兩人再經過一條小溪和一片稀疏的林地，最後終於抵達鄉紳的宅邸。這時的艾兒希已經有些微喘，她的嚮導很體貼，將她帶到派克先生的書房後才離開。書房的門半啓，派克先生就坐在書桌前，一副輕巧的眼鏡橫在他鼻梁上，讓他顯得更加老邁。管家正在紙上寫東西。艾兒希走了進去，派克先生聽到動靜後抬眼，一看到她便左手立刻覆住書寫的文件。

這令艾兒希更加好奇他在寫什麼，但派克先生的大手完全蓋住紙張，什麼也看不見。而且他一定把紙上的墨水都弄糊了！究竟什麼如此機密，不能被人看見，並且還遮掩得那麼明顯？

就在艾兒希將目光從管家的手挪開之時，她看見了放在旁邊的封蠟。她的心跳瞬間加速。那是一根鮮橘色的蠟棒。

跟兜帽人的信箋火漆印一樣。

她震驚地雙唇微張。當然，使用橘蠟的人多得是。這點艾兒希很清楚。但是橘蠟……再加上管家遮掩的舉止……難道派克先生不想讓人看到他的筆跡？

派克先生現在應該都能聽到她的心跳聲了。**如果是他，那他可能還沒準備好現出真實身分。**艾兒希強壓下衝動，才沒撲過去搶過桌上那張紙，還有脫口而出**你是否就是一直在指引我的人？**

這一切都符合邏輯。他的年齡、橘蠟、他對她的興趣，還有當初她為何能輕易進入鄉紳家工作……一切都對得上，但必須先由他表態，否則艾兒希什麼也不能做。

幾秒鐘內，她的思緒飛轉，手指發涼，腦袋空白。

不久後，對方叨叨絮絮的聲音把她拉了回來。「肯登小姐，謝謝妳特別跑這一趟，事情太突然了。休斯先生想在一面外牆上多加一些石雕，我知道奧格登先生的每項案子都有做紀錄，修改、增添也有一定的流程。」

艾兒希看著管家的藍眼睛，用力吞嚥。「嗯，是的，當然。」她抽出帳本，穩住自己的手不要發抖。**就跟平常一樣跟他說話。一切都只是推測而已。**但橘蠟、遮遮掩掩的態度……還有，上次過來時，派克先生刻意向她提起拜倫子爵。是因爲他知道了什麼？因爲他知道她的事？

當時他說，**這是我的工作職責**。

艾兒希清清嗓子，翻開帳本到鄉紳案子的那一頁。「請借我筆和墨水。」

「當然，請用吧。」派克先生將那張紙滑到書桌之下，把筆和墨水瓶朝她推過去，再指了指一張椅子。

艾兒希把椅子拉過來坐下。她現在情緒無比激動、興奮，也十分迷惑，終於忍不住脫口而出：「你剛才在寫什麼？希望沒被我搞砸才好。如果害你重寫，我很內疚呢。」

她說話的速度會不會太快了？**慢下來，艾兒希。否則他會感覺到妳的疑心**。

就算他猜到自己的另一個身分已被她知曉，這樣不好嗎？但兜帽人一定有他們的考量，才對她隱瞞他們的身分。他們可能在等待某件事吧。又或者，等待她證實自己的能力。他們給她的已經太多了：將她救出救濟院、保護她的非法破咒師身分不被發現，否則無論年齡，她都將遭受極刑。他們也幫她找到好工作——至少**表面**來看是份好差事。她辭掉那份工作、改去奧格登那裡時，也不知道他們是否生氣。但她當時還只是個孩子，他們自然不會跟她一般計較，對吧？

以前，他們會在任務完成後寄信給她，告訴她表現得不錯，以及她祕密行動的成果。但幾年前，她就不再收到回饋的信箋了。或許是因爲增加寄信的往返，容易曝光他們行跡，更何況她也長大成人，不再是個孩子。但她仍然渴望對方的嘉許，而且他們給的，正是她所需要的。

他們繼續雇用她，給予的任務越來越複雜、重要，而且頻繁。艾兒希感覺得到，她的轉捩點就要到了，半輩子以來渴望的謎底終於要揭曉。

「只是一些清單而已。」派克先生語氣輕快，但聽起來言不由衷。這讓她更加好奇。

專心。

她拿筆沾了沾墨水。「麻煩你詳細說明休斯先生的要求。」

管家一邊說，艾兒希一邊記錄，但艾兒希今天的字跡潦草許多，筆在她緊張的手裡微微顫抖。希望派克先生沒有注意到。

她計算了費用，並記錄在價格欄的第一行，接著在該頁的下方畫了一個X和一條直線。最後，她寫下**加百列．派克先生**。她將帳本轉過去給派克先生，然後說：「請你檢查一下，然後簽名。奧格登先生馬上就可以動工。」

管家推了推眼鏡，一絲不苟地確認著，儼然就是一名專業管家該有的模樣。艾兒希乘機打量對方一番——他的白髮、手上的寫字老繭，以及沾滿了墨水的左手掌心。他已經毀了剛剛那封信。若只是一些清單，怎麼可能讓他反應如此之大。他真是兜帽人中的一員嗎？

派克先生為鄉紳工作，會不會就是為了監視？從內部瓦解鄉紳的家產？

再仔細想一想，管家之前提到子爵的話，以及萊特姊妹說男爵曾在這棟房子住過一次的八卦……造像師之死，鄉紳是不是有責任？

鄉紳不是制咒師，但使用藝譜集的人未必是制咒師。即便是個小侍從，也能釋放出一位法師藝譜集的高級魔咒。

艾兒希的思緒飛轉，搞得她有些暈頭轉向。她必須盡快離開這裡，好好思索。

派克先生確認並簽完名後，把帳本推回來給她。艾兒希乘機瞥了對方的簽名一眼，不過卻只是潦草的一筆帶過，自然不是他原本的字跡。

她極度渴望知道管家藏在書桌下的東西。但——唉，又不能逼他拿出來，如果她表現得太感興趣，很可能會暴露自己的身分。

艾兒希站起來向派克先生道謝告別。派克先生並未如往常般起身送她離開書房——不過，當然是因爲他很忙，畢竟他剛剛正忙著寫**那封信**——於是她自行走了出去。她的神經緊繃，走回作坊的腳程比去程快上許多。回到作坊後，她腦海裡便一直拼湊派克先生和兜帽人可能的種種關聯。她眞希望自己有保留以前兜帽人的來信，這樣就能拿來與管家說話的遣詞用語做比對了。

天色漸黑，艾兒希直到準備上床睡覺時，才想起一件更緊迫的事。

她必須在隔天破曉時分趕到七橡園，因爲還有個男人知道她最亟欲守護的祕密。

為什麼每次來肯特郡公爵府邸，艾兒希總感覺那棟房子趁她不在時變得更加巨大？現在她站在府邸前面，整棟建築就像城堡般陰森嚇人。

今天破曉前，她輕而易舉地溜出作坊，因爲奧格登又開始埋首鄉紳的案子——艾兒希總會時不時想到神祕的派克先生——而埃米琳則全副心神都集中在手上的家務，經常沒注意到艾兒希出門了。在石器作坊完成出貨和存貨盤點後，艾兒希帶著財務帳本一同出門。她在出租馬車上完成記帳工作，只是這批字跡全都歪歪扭扭的。她打算做完凱爾西先生的工作，然後迅速返回作坊，再熬夜把奧格登隔天所需的雕刻工具磨利。這樣，她仍然有足夠的睡眠時間，一切都安排得剛剛好，完美。唯一可能突發的事態是：她表現得太好，凱爾西先生就此原諒她。

但這種事只會發生在小說中，連她自己也不信。

假使派克先生知道了她的困境，會出手解救她嗎？

當然，她並不知道他就是兜帽人成員，所以她什麼都不能透露，還不到時候。

跟首次造訪時一樣，她從正面的大柵門進入公爵府邸。這位公爵既不是國王，也不是造像師，所以並未安排守衛，但確實有一群男僕。她繞到僕人房大門前時，一個人都沒看見，這樣也好。無論凱爾西先生安排給她的任務爲何，她都不能讓任何人、甚至是廚房僕役，知道她的祕密身分。

她敲了敲門，鬱悶地發現自己之前來回奔波的成果全都白費了。魔咒又回到了門把上，只是當下並未啓動。片刻後，一位小女僕——是之前拿著洗臉盆的那個？——探出頭來，卻又立刻關上門。艾兒希咬咬牙，足足又等了一分鐘，接著又一分鐘，才再次抬手敲門。

門板猛地被拉開，激起一陣旋風，微微揚起她的裙襬。一個高大男子的身形塞滿了門框。

「妳遲到了。」

艾兒希目瞪口呆。和陰影發生衝突是一回事，看到陰影沐浴在明亮的晨光中，又是另一回事。

他的身高超過一百八十公分，寬肩窄腰，衣著筆挺。皮膚被曬得黝黑，是那種深褐色；一小圈黑鬍包著他的薄唇。茶色長鬈髮被梳到後腦杓上，綁成一條反折回來的馬尾。臉上有幾處皮膚被陽光曬得有些褪色，難以判斷整體膚色是偏深還是偏淺。

他的一對雙眸不可思議地綠。

艾兒希立刻挺直身軀，會自己辯護：「我是個受過教育、有教養的女人，先生。我早上有一系列的梳妝程序，不能馬虎，特別是即將造訪公爵府邸的時候。」她必須捍衛自己的尊嚴，否則這個制咒師會把她吃得死死的。

她彷彿看到凱爾西先生不以為然地挑眉，但他踏出了門框，逼得艾兒希連忙向後退開。凱爾西先生關上門，艾兒希瞥了門上閃著微光的符文一眼，那個被她破除兩次的魔咒。

兜帽人一定知道她已經盡力了。

凱爾西先生不發一言地朝府邸後方走去。艾兒希跟了上去，幾乎是小跑步才能跟上他的腳程。

「這座府邸有幾個粗製濫造的魔咒，我想解除它們，」凱爾西先生直盯著前方。「都是公爵夫人以前聘人設下的。有些年代久遠，有些是拼湊出來的中級魔咒，早都該換上高級的了。」他瞥了艾兒希一眼，打量她片刻。「我想妳應該沒接受過任何正式的訓練。」

「應付這些粗糙的符文，我絕對有信心，凱爾西先生。至於我們的交易，我相信你也能言出必行，說到做到？」

凱爾西點點頭，而這讓艾兒希頓時鬆了一口氣，整個人放鬆下來。凱爾西先生說：「公爵一家出門了，大部分僕役今日也都放假。剩下來的，也不會敢來窺探。如果眞有人膽敢管閒事，也會以爲我是透過正當管道雇用妳。」

艾兒希聞言不禁蹙眉。起碼他保證了她的隱私安全。

凱爾西帶領她朝宅邸東側走去，來到那面包圍主屋的大石牆前。石牆上設置了防禦魔咒——每隔六公尺就一個！——艾兒希一個接一個拆解它們。她的動作還滿快的，每次一完成拆解，凱爾西先生就上來著手換上他自己的魔咒——他設置的符文光結比她拆除的更大、更複雜，而且更加閃亮。他並沒有唸咒——造像師吸納完魔咒後，就無須再唸出咒文。魔咒會化入體內成爲他們的一部分，成爲藝譜集的一部分。凱爾西只是將手放到牆上後，就完成了符文的設置。而這些符文只有破咒師看得見。艾兒希的確看見它們一個個既整齊又閃亮對稱，只不過在她走遠後，那些符文就消失無蹤。她最多能一眼看見三個，還必須十分專注，這也是在她知道哪裡設有符文的情況下。

他稍早說過，要換上高級的魔咒，這表示他是個高階物理造像師，還不到法師階級。他看起來年紀不到三十，想必是從小就接受魔法教育，但他又不是貴族出身。至少不是英國本土的貴族。也許有人資助他，而從他的衣著打扮來看，他的資助人出手顯然十分慷慨大方。最有可能的是，他其實是一個外國來的大地主。看他老是臭著一張臉，不太可能是商人。

就在她來到外牆大門時，她的雙腕開始癢得不得了，不管怎麼搔抓也無濟於事。艾兒希停下腳步拉起袖子，以爲會在皮膚上看到一堆紅疹。但肌膚完好如初，只有幾道她抓出來的粉色抓痕。

「妳以前做過這類工作嗎？」凱爾西先生冷冷地問。

「當然，我破除過牆上的魔咒。」艾兒希的語氣帶著一絲防備。

但男人搖搖頭。「我的意思是反覆破除魔咒。」

艾兒希望向他。

他指著艾兒希的手腕。「過度使用魔法，是要付出代價的。痲癢、疼痛、疲憊……每個制咒師和破咒師的反應都不同。」

艾兒希拉下袖子。「這個我知道。」

她並不知道。

她奮力壓抑搔抓的衝動，繼續破除魔咒。又過了半小時後，一名僕人提著一籃食物出現。凱爾西先生點頭接過籃子，男僕便隨即退回到主屋那裡。

他遞給她一份包好的三明治。

艾兒希遲疑了。

凱爾西先生嘆口氣。「我並不想餓死妳。這裡還有一大堆魔咒要破除呢。」

就當是讓她的手腕休息一下。艾兒希接過三明治。「謝謝。」

凱爾西先生嘀咕了幾聲，拆開包裝後開始進食。他們兩人正處在一片綠地上，附近沒有任何遮蔭，而最近的長椅還要走一小段路，艾兒希別無選擇只好站在原地用餐。

「你沒有住在這裡，」艾兒希說：「我是指，你平常不住在這裡。」

她並未使用正式稱謂，而且語氣隨興，男人看了她一眼，表示他也注意到了。「就我們現在的關係來看，」她補充說明：「我不認爲有必要如此『正式』。而且，如果你只是個高階造像師，並沒有頭銜，這樣你並沒有比我高貴多少。」

男人撇了撇嘴。「或許吧。但我身分合法，妳不是。」

艾兒希的臉色刷地變白。

男人繼續說：「我在爭取晉升法師資格的這段時間裡，都會待在公爵府上。我父親與公爵一家是好朋友。」

「喔，」這麼看來，他**的確**比她高一等，但她不打算就此認輸。「所以他要你幫忙看家？」

男人的一道深色眉毛挑起。「無論妳是怎麼看的，肯登小姐，公爵是個好人。我是出於感激，自願做這些工作。」

「那麼就跟我一樣，我也不得不委屈自己工作，好保住我的頭不被砍下來。」

男人怒瞪她一眼。艾兒希聳聳肩，咬了一口三明治。三明治精緻美味，她咀嚼吞嚥，讓自己放鬆下來。

「這個嘛，」艾兒希繼續說：「交易有來就要有往。所以我要做到什麼程度，才能得到你的饒恕？或者說，你的沉默？」

「等妳把工作完成。」

艾兒希蹙眉。「還真是具體的說明啊。」

男人的嘴角勾起，起碼這沒禮貌的人懂得幽默。「這座府邸和領地規模遼闊，我還沒有全部走過。」

「**領地？**」她的膝蓋發痠，她倚靠上圍牆。「先生，你這是要把我累死，我還有別的工作呢。」而且是兩份工作，考量到兜帽人近期與她聯繫增加的頻率。「這樣會害我丟工作的。」

「我想應該不需要我提醒，這些都是妳自找的。」

艾兒希輕哼一聲，轉而去攻擊三明治。她默默地吃完了一半後，正覺得兩人之間的沉默很尷尬時，抬眼偷偷一瞄，卻見凱爾西先生倒是一副輕鬆自在。**不可理喻的傢伙**。她受不了這陣沉默，於是脫口而出：「所以你是哪裡人？土耳其人？」

男人瞇起雙眼。「這是妳的第一個推測？土耳其人？」

「我不是位公爵夫人，凱爾西先生。我沒怎麼出去旅行過，不過我倒是強烈懷疑你是法國人。」

他把最後一口三明治扔進嘴裡，拍了拍手掌走到牆邊，一隻手掌從牆上拂過。牆上有一道裂縫，他不發一言對牆的兩面施法，最後石頭自己將縫隙填滿。

這不算什麼神奇的魔咒。

「如果妳眞想知道，我是從巴貝多島來的。」他的下巴朝她剩下的食物一揚。「別浪費。」

艾兒希盯著他瞧，慢條斯理地吃完三明治。於此同時，凱爾西先生繼續更換上他的防禦魔咒。儘管剛用完餐，但他看起來有些疲累，眼神流露出疲憊。

他們兩人繼續處理第二面牆剩下的一半範圍，破除魔咒、換上新的魔咒，最後來到樹林邊。艾兒希的麻癢已蔓延到肩膀，但她只在凱爾西先生看向其他地方時才偷偷搔抓。等工作完成時，她的膝蓋和下背部早就又痠又痛，她只想趕快回家泡澡。

「今天就這樣吧。」凱爾西先生回望著他的工作成果。他微垂著肩膀，看起來老了幾歲。

艾兒希納悶，這是否爲過度使用魔法造成的，但凱爾西先生似乎更累，狀況比她的麻癢更嚴重。「明天再繼續。」

「明天是安息日。」

男人垂眼看著她，他的瞪視顯然一點也不耗費他的體力。「我還以爲妳是個不會畏懼上帝的女人。」

艾兒希兩手往胸前一抱，反擊道：「我只在星期天畏懼祂。」

凱爾西先生輕笑出聲。雖然那笑聲很輕柔，卻剛好能讓她聽到，是實實在在的歡笑。令艾兒希驚訝地的是，她竟然覺得那道笑聲很好聽，充滿男性魅力。「大部分的人都是如此。」

艾兒希鬆開環抱的雙手。「星期一也是個不錯的日子。我的老闆會出門，爲我們鄉紳的大型石雕工作，所以我會比較好脫身，這樣對大家都好。」

「他叫什麼名字？」

艾兒希瞪他。

「妳不說，我也能自己找出答案。」

「那就請便吧。」艾兒希心不甘情不願地行了一個屈膝禮。「晚安，凱爾西先生，今天過得很愉快。」

「如果妳願意等，」男人轉頭對著從身旁經過的她說：「我可以讓男僕把馬車駛來。」

「謝謝，但不用了。」艾兒希停下腳步，卻發現自己靠得他太近，連忙後退一步。她腦子裡的念頭飛轉，從他貼身的上衣轉到……轉到一個有趣的東西上……她強迫自己停住。「我還是別搭乘公爵的馬車回到布魯克利，免得被人看見。」

「布魯克利，是嗎？」他重複，語氣裡帶著令人討厭的笑意。

艾兒希抿緊雙唇。她以後還是少說話爲妙，就像忍受手上的痲癢一樣，強忍住沉默的尷尬。她的袖口變得好緊。「我能自己回去，謝謝你。」

她轉身離開。一走到馬路上，她終於把強壓下來的感覺釋放出來。就在剛才那幾分鐘，她在凱爾西先生身上察覺到一件很奇怪的事。

一個魔咒。她嗅聞到了。如果是經驗不足的破咒師，很可能會以爲那是凱爾西先生挑選的精品麝香，但艾兒希是內行人。她知道那股混合著新砍下來的木頭和柑橘香氣，是天然的氣味——而且並不難聞——但在那股氣味之下，有一股類似蕈菇的土壤氣味，暗示著那是個魔咒。一個時間魔咒，就設置在凱爾西先生的身上。

但那是什麼樣的魔咒？

7

奧格登宣布，他們作坊的三人要去倫敦上教堂。準確地說，是倫敦坎伯韋爾區（Camberwell）的教堂，他們曾經去過一次。奧格登從來都不是什麼虔誠的教徒，卻堅持他們三人每個星期天都要上教堂，這點實在奇怪。只是他們時常更換地點，次數比四季的更迭還要頻繁。

布魯克利的禮拜堂，距離石器作坊要走一小段很舒服的路，不過艾兒希也不介意大老遠跑去倫敦一趟。即使萊特姊妹一定又要四處亂說奧格登一家又走上了「地獄小徑」，她也不想管了。畢竟鄉紳只要不在倫敦，就一定會上布魯克利禮拜堂，他還會用那根肥胖的手指對教區牧師頤指氣使。如果可以，這個鄉紳絕對會重寫整本《聖經》。不過也很可惜，她錯失了一次觀察派克先生的機會。

天空陰沉沉的。厚重的烏雲蔓延至天邊，空氣顯得涼爽，必須披上披巾。他們三個——艾兒希、奧格登、埃米琳，共同搭乘一輛出租馬車。艾兒希從車窗望出去，瀏覽著繁忙的街道和擁擠的小屋舍。一輛由造像師魔咒驅動的無馬馬車，從他們馬車旁邊經過；幾分鐘後，他們途經一家遠離水源的磨坊，它同樣也是以魔咒來驅動風車。這類魔咒在倫敦十分普遍，但在布魯克利卻算罕見。聽說，有人在用與魔法無關的能量讓玻璃燈炮發亮，但艾兒希還是相信眼見爲實。

坎伯韋爾區的教堂已經相當古老，但維護得當，仍然美麗如昔。奧格登帶著她們朝教堂正門走去。這座教堂和其他許多教堂一樣，雇用了一個靈性造像師。這些靈性造像師雖然接受過神學教育，但並非神職人員，更像是整個宗教信仰的崇拜偶像。許多虔誠的教徒，將靈性造像師視爲奇蹟降臨的顯化。還有一些教徒相信，喚起內在寧靜的魔咒，其實喚醒的是聖靈——不過艾兒希覺得，那只不過是一種讓靈魂安定舒服的魔咒。靈性造像師也可以召喚出眞相，使謊言無處容身，讓人無法說謊。這在宗教信仰裡十分有用，就更別提它在司法審判上的用途了。

並非所有教堂都會雇用靈性造像師，但有造像師在布道會後爲教徒禱告祈福，能幫助教堂的教徒人數成長。他們爲教徒的祈福禱告，都是一般常見的祈求好運、心靈平靜，或擁有敏銳洞察力這一類絕不會出錯的普通願望。倘若教徒渴望的不只如此，而是更大更複雜的祈願，就必須支付額外費用，這與造像師必須付錢獲得魔咒是相同道理。

想到這裡，艾兒希用力呑嚥了下，輕扯衣領。這件束腹有點太緊了。假如凱爾西先生告發她，他們會派一個靈性造像師過來，強迫她吐出從小到大藏在心裡的所有祕密嗎？

「噢，那眞漂亮。」坐在她身旁的埃米琳說，艾兒希順著她的目光望去。艾兒希第一眼以爲那是個天使，再仔細一看，那個半透明的人形只是一個男人。一個長相普通的男人，儘管他呈半透明狀。那是一個靈魂投射魔咒——如果艾兒希沒記錯，那是屬於法師級的靈性魔咒。

她向奧格登靠過去，悄聲問：「那是誰？」

「應該是……沒錯，是維克多．亞倫法師，隸屬物理宗派學府。一定是另一個造像師在幫他投射。」

亞倫法師的靈像朝教區牧師點了點頭，然後在一張無形的椅子坐下。教區牧師朝布道台上走去。

「他如果人就住在倫敦，」艾兒希繼續問：「爲什麼還需要投射？而且爲什麼投射到這裡？」男人的影像模糊不清，看來人必定在倫敦的另一端。倘若艾兒希把她的影像投射到教堂前方，在這麼近的距離之下，這個影像必定清楚得就像她的雙胞胎姊妹。

奧格登聳聳肩。「不知道。這實在奇怪。」

的確奇怪。布道會開始了，艾兒希盯著那位法師瞧了片刻，打量對方單薄的五官。一個既在現場，又不在現場的男人。一個存在動機有些匪夷所思的男人。

這讓艾兒希聯想到兜帽人。

自從她被逮到的那晚之後，他們就再也沒跟她聯繫。她有些擔心他們不再指派任務給她，因為她任務失敗，或因為她認出了派克先生。不過話說回來，破咒師十分難得、很有價值。也許他們需要她。她希望他們需要她。

令她煩惱的還有另外一件事。凱爾西先生堅稱，那道熱氣魔咒只是安全考量。而那位與艾兒希交談過的廚娘，看起來也沒有不快樂；也許是廚娘太興奮，好不容易有機會可以沾沾霸道主人的光，用便宜的價格買到上好美酒。

羅賓漢曾經好心幫倒忙過嗎？

她無聲地清清嗓子，強迫自己盯著前方的牧師，專心聆聽布道，但低沉的布道聲很快就將她催眠。她開始打起瞌睡。半個小時後，埃米琳也開始搖頭晃腦，但奧格登一直保持清醒，他的目光來回游移在牧師和坐在布道台邊的靈性造像師之間。布道終於結束，靈性造像師向會眾揮動雙臂。輕柔的叮噹鈴音輕敲著艾兒希的耳膜，她突然感到一陣安心，好似有塊鐵砧板從她大腿上被移走，一件柔軟的毛皮溫柔地環繞住她的雙肩。若非一開始就留意到，她很可能會辨識不出那是一道魔咒。祈求心靈平靜的魔咒，只算是最初級魔咒，但要將魔咒施展到全體會眾身上，就得是法師級的魔咒了。這種魔咒就像疾病傳染，能從一個人傳到另一人身上。

艾兒希感覺到肩膀的肌膚微微刺痛，她假裝皮膚發癢，撥開了它。她當然喜歡心靈平靜的感覺，但她想要的是**真實的**心安理得，而不是某個富裕的陌生人把它像荊棘一樣，強行覆蓋在她身上。

她跟其他人一起低頭做閉會禱告。艾兒希的嘴唇唸的是她自己的禱詞——下個星期，請讓鄉紳用工作纏住奧格登一整個星期。

希望這座古老的教堂，能把她的祈求送達天聽。

「剛接任的伯爵正在出售他父親的收藏品，應該是爲了還債吧。」貼身男僕瑞勒一邊說，一邊搓揉兩手。「其中包括他曾祖父遺留的法師級藝譜集。」

巴克斯·凱爾西用拇指和食指撫弄著小鬍髭。他站在走廊的一扇露台窗戶邊，望著公爵的花園。太陽在他背後，使得這個有陰影的小凹室變得太冷，他不喜歡。「學府不可能允許他拍賣如此貴重的藝譜集。小心謠言，別道聽途說。」

瑞勒兩手一攤，好似在道歉。「您說得對，倫敦物理學府想要那本藝譜集，但新任伯爵告上法院，而高等法院有它們自己的遊戲規則。總之，伯爵現在可以出售它的**複本**，而買家必須辦理一系列的手續。買家很可能會被要求簽署一份協議書，承諾絕不會將魔咒流傳出去。班奈特（Bennett）大人是個物理造像法師，就我所蒐集到的消息，他很可能擁有您正在找的那個魔咒。」

巴克斯聞言挺直了身子，滿懷希望。他要求他的兩個貼身家僕，想辦法繞過學府議會來達成目的，竟然這麼簡單就成功了？他並不需要原版的藝譜集——一份複本就足夠了。「太好了，瑞勒。」他面露笑意。「幫我在拍賣會上弄一個位子，你今天就可以自由活動了。」

瑞勒聳聳肩。「這裡沒什麼能引起我的興趣的。」

「那花個幾英鎊，小玩兩把呢？」

瑞勒的眉毛立刻挑起。

一個女人在他們背後清了清嗓子。

巴克斯轉過去，看見他的另一個家僕約翰就站在艾兒希．肯登小姐身旁。約翰儘管個頭魁梧，卻似乎對那個女人畢恭畢敬。她揚著下巴，一副自己是公爵女兒的高傲模樣，儘管她的服裝不及公爵女兒那般高級，卻十分合身，而且似乎價格不低。看來，石器作坊給她的薪資不錯——起碼關於工作的部分她說了實話。瑞勒已經去證實過了。

艾兒希看著他的表情帶有一絲俏皮。那表情既高傲，又帶著古怪的吸引力。反正對一個英國女人來說，他是這麼感覺的。

「謝謝你，約翰。你可以退下了。」巴克斯對瑞勒點了個頭，兩個家僕一起退了出去。褐灰色的牆壁上，裝飾有公爵家族的肖像畫和紅絲絨掛簾。

艾兒希看著兩個家僕退出去後，才開口說話，同時兩手往腰際一扠。「他們知道我的事嗎？」

巴克斯搖搖頭，逕自穿過走廊。艾兒希趕緊跟上，免得聽不到他的回答。「沒有人知道妳的事，我說話算話。目前大家都以爲妳只是顧問。」

艾兒希琢磨片刻。「我的品味確實很高。」

就一個石器作坊的員工來說，她自信得離譜。一般說來，巴克斯欣賞有自信的女人，但眼前的這個案例，只令他心生疑竇。她仍然沒說清楚，那晚為什麼闖進公爵府邸——他才不相信她眞是爲了解救僕人而來。他暫宿在七橡園好幾次了，知道這裡的僕役待遇都不錯。「今天我們在舞會大廳工作。」

艾兒希的步伐放慢下來。「公爵一家人呢？」她的自信篤定瓦解得跟出現時一樣突然。

「公爵在書房，而且他有比跟蹤我們更重要的事要處理。」他注意到艾兒希幾乎是小跑步才能跟上他，便稍稍放慢了步伐。「公爵夫人帶女兒進城了。」

「那他們的兒子呢？」艾兒希追問。

「沒有兒子。」

「只有女兒？」她的語氣帶著嘲弄。「眞悲哀。」

巴克斯沒有回應。

片刻後，艾兒希說：「你說話時爲什麼要假裝？我是指你的口音。」

他聞言吃了一驚，步伐放得更慢。「不好意思？」

一抹俏皮又回到她臉上。艾兒希讓他想起一位糖販的妻子，她們的表情總能在嚴肅認眞和輕鬆無所謂之間切換自如。「你對你家僕說話的口音，跟與我在一起時不同。」

眞的嗎？他沒注意到這點。他繞過轉角，舞會大廳的門展現在眼前。「每次都要重新解釋實在讓我厭倦。很多人，只要遇到不是他們聽習慣的英語口音，就會聽不懂。這樣說吧，我不只是英國人，同時也是巴貝多人或阿爾加維人。」他的語氣帶著一絲的防備。

「阿爾加維人？」艾兒希頓了一下。「嗯，我只是覺得這個詞聽起來拗口。」

他再次放慢步伐，從眼角打量著艾兒希。眞奇怪，她的評論聽在他耳裡十分眞誠，並不做作。「那妳跟其他人不太一樣，肯登小姐。」

「我聽得懂你的英文，沒問題。」

他在門口前停下腳步。阿諛奉承是無法收買他的。「妳剛剛開口說話之前，在那裡聽了多久？」

艾兒希只是微微一笑。巴克斯沒理會她的故弄玄虛，逕自推開門，一間奢華的舞會大廳展露眼前。地板被打磨得光亮，幾乎看不到鞋子的刮痕；兩側長長的牆壁前，有兩排白色圓柱，兩端盡頭的短牆是精雕細琢的壁板，繪有花紋，並被紅色幔簾區隔開來。天花板上有三盞水晶吊燈，還有一扇玻璃雙扇門通往戶外花園。

「公爵夫人請我把這座大廳的色調換成酒紅色。」他無聲地嘆氣。舞會場地裝飾不是他的專長，但無論是哪個宗派的造像師，偶爾還是會碰上不喜歡的工作，就當作是磨練和挑戰吧。他從背心口袋裡抽出公爵夫人的指示字條，再確認一次。「我可以直接用新魔咒覆蓋那些舊的——」用魔法重新粉刷牆面，比用眞實的油漆更快、更整潔。「——不過先清除壁板再刷牆，這樣會更完善。」

他一轉身，卻看到肯登小姐目瞪口呆地環視周遭的金碧輝煌，將一件件事物納入眼簾，又抬頭仰望天花板上的天國壁畫。巴克斯明白她的驚嘆——小時候，他第一次看到這座豪宅時反應也跟她差不多。他在巴貝多的產業不算寒酸，但那座島很小，而他的農舍與英國菁英階層的祖傳府邸相比，簡直與精緻有著天壤之別。

他以前憎恨這一切，但現在已經能夠忍受得了。

「要開始了嗎？」他問。

肯登小姐晃了晃身子，回神後，便大步朝對面的壁爐走去。她的手撫過壁爐台，撫過一塊浮雕壁板，碰到紅幔簾。她頓了一下。「嗯，果然沒錯，我看見它了。」她三兩下就解開了那個魔咒，幔簾變成一種違和的藍綠色。「嗯哼。」艾兒希傾身向前，手指在魔咒上撥弄一下後，幔簾顏色再度改變成了藍色。

她後退一步，打量自己的成果。「既然要用魔法染色，爲什麼不從黑色或白色開始，用這一類中性的色彩？」

巴克斯揉揉眼睛。「拜託別跟我討論這些裝飾的細節，這類話題我實在沒興趣。」他放下手，看到她臉上又露出那副俏皮的表情。「請繼續吧，要在公爵夫人回來之前弄好。」

她連忙正色，點點頭後朝下一面幔簾走去，解除覆蓋在上面的魔咒。幔簾再次恢復到原本的藍色。巴克斯則開始用新的魔咒，將第一面幔簾變成酒紅色。變色魔咒，是他少年時期修習的第一類魔法，希望這個色調就是公爵夫人心目中的首選。如果公爵夫人要他再改一次，他可能會被這無聊的工作搞到抓狂。

幔簾部分告一段落後，接著是改變柱子和牆面的色調；他們兩人最後把原本的紅與白，全都更換成酒紅與奶白。巴克斯只覺得自己眉心好緊，緊得發疼，而大量使用魔法後產生的疲憊感開始滲透到四肢，儘管現在時候尚早。他想像得到，如果某些人知道他今天都做了什麼，必定會大笑不已，這些人之中包括他的亡父。

此時，豪宅裡有一扇門開了又關上，門板開闔的聲音迴盪在廊道間。肯登小姐全身一凜，看來她的警戒心很高，巴克斯不禁同情她，她之前擅闖私宅的過錯就先算了。

他指著通往戶外的雙扇門。「從這裡出去。佃戶那裡還有工作要做。」

「佃戶？」她重複道，卻連忙邁步穿過雙扇門，快步來到通往花園的石子小徑上。「凱爾西先生，現在一定已經下午兩點多，我必須回布魯克利了。我可以用來搪塞老闆的翹班理由並不多，必須節省著用。」

巴克斯雙手往背後一負。「喔，都是哪些理由啊？」

肯登小姐瞬間雙頰通紅，臉頰上的紅暈顯得頗可愛，儘管她正不悅地蹙著眉頭。「跟你沒關係。」

「那妳第一時間就不該把我牽扯進來。」

她氣得跺腳，就像個孩子般鬧脾氣，巴克斯差點笑了出來。

「你眞是不可理喻，凱爾西先生。」她放低音量說：「如果我是註冊過的破咒師，一定會好好收取你一大筆費用，而且這筆費用絕對夠我支付擅闖私宅的罰款。」

「但絕對不夠妳付保釋金，如果我沒搞錯的話。」

她的臉色又刷白了，不過這次並不明顯。她振作起精神回答：「我保證明天再過來一趟，這比我今天遲歸更好處理。希望你能體諒我的難處，拜託。」

一看到倔強的她放低姿態懇求，他不禁心軟了，最終點頭同意。「那今天就先過去大致看看就好。」

「但我在佃戶那裡要如何隱藏身分？」

「我在意的不是他們的住家，而是田地。」只有極少數的地主會雇用物理或時間造像師，來爲佃戶的家施放鎮宅魔咒。不過如果佃戶的房舍建造得完善，自然也就不需要什麼鎮宅魔咒，但巴克斯仍自發性地花費時間，爲公爵大部分的佃戶房子都設置了魔咒。「不如妳假裝是管家呢？」

她緊抿雙唇，考慮著巴克斯的建議。

「啊，巴克斯，原來你在這裡！」

巴克斯聽到公爵的聲音，轉身過去看著剛走出雙扇門的公爵；公爵兩、三步就走下了階梯。如果公爵的出現令肯登小姐不自在，那麼她並未表現出來。

公爵的目光瞥向破咒師一眼，接著就回到巴克斯的臉上。「如果你問我這個外行人，我會說這次的舞會大廳改得太完美了。公爵夫人一定也跟我一樣讚不絕口。謝謝你爲她實現了她的奇思妙想。」

巴克斯點點頭。「我只是做了自己能力所及的事。」

公爵微微一笑，轉向肯登小姐。「幫我和這位年輕小姐介紹一下吧。」老人眼神裡流露出的興味，讓巴克斯感到有些不妙。

巴克斯清了清喉嚨。「當然了。肯登小姐，這位是以賽亞·史考特，肯特郡公爵。大人，這位是艾兒希·肯登小姐。」

肯登小姐熟練地行了個屈膝禮。

「我的榮幸，肯登小姐。」公爵咧嘴咯咯笑著。他當然會那樣囉。巴克斯自從來了倫敦後，除了那次物理學府不順利的造訪，他幾乎足不出戶。而現在，公爵好不容易逮到他和某個端莊高雅的年輕女子在花園裡**散步**。他眞是搬磚塊砸自己的腳，活該。

「親愛的，」公爵繼續說：「我們最近總是找不到共進晚餐的客人——」

不會吧。

「——如果有新面孔出現在我們的餐桌上，那就太完美了。」

巴克斯瞇起眼睛斜睨著公爵，但很顯然，老人是不接受威脅的。公爵夫人在巴克斯搭船來歐洲前的最後幾封來信中，就提到她正忙著爲他到處說媒，但巴克斯沒當回事，更沒想到公爵夫人居然還拉攏了她的丈夫一起張羅。巴克斯一直打算娶巴貝多島上的女人，只是還沒找到合適的對象。

「不如就明天吧？如果妳明天沒有其他計畫的話。」公爵完成了他的相親安排。

肯登小姐又一次羞紅了臉。「我、我……是這樣的，謝、謝謝您的邀約，但我不是什麼重要的——」

「胡說。巴克斯的朋友，就是我的朋友。」

肯登小姐一副關節炎發作的樣子，全身僵硬，說不出話來。片刻的冷場尷尬後，她才僵硬地點點頭。「謝謝您，公爵大人。」

巴克斯仍然不發一言。

公爵稱心如意地說：「太完美了！那我就不打擾你們兩個啦。」老人向兩人頷首致意，就轉身回到屋裡去了。

巴克斯嘆了語氣。「請原諒我的朋友。」

肯登小姐愣愣地點點頭。但她回神後，立刻喊了他：「巴克斯。」

他看向她。

她微微一笑。「豐收之神和酒神（注）。嗯，沒錯，這名字很適合你。」

他陰沉地說：「這不是什麼少見的名字。」

這時肯登小姐打開腰際小袋似乎在翻找東西，卻什麼也沒拿出來；也許她只是想找點事做，化解尷尬氣氛。「現在時間已經太晚了，我無法幫你確認佃戶土地的狀況，凱爾西先生。等你告知公爵我只是個無名小卒後，通知我一聲，否則我明早會過來繼續還債。」

她草草地行了屈膝禮後，又一次自行離開，以免他又提出另一項工作要求，或者提議叫馬

注 巴克斯（Bacchus）也為羅馬神話中的酒神及豐收之神，對應的希臘神祇為戴歐尼修斯（Dionysus）。

車送她回家。特別是現在他滿臉陰沉，不是太友善。

巴克斯轉身朝屋子裡走去，一邊走一邊琢磨，如何在不背叛他對肯登小姐的承諾下，向公爵解釋他們兩人之間的關係。他不認爲可以完全信任肯登小姐，但既然答應了她，就必須言出必行。

然而，他總有一股不好的預感，公爵到時應該只會跟他虛與委蛇。那個老人一旦下了決定，誰都阻止不了。

8

艾兒希正準備又一天的出門，朝後門門把伸出手時，奧格登猛然從外面拉開了門，嚇得她放聲尖叫。

她抬手捂著胸口，另一手拿著腰際小袋，喘息地問：「奧格登先生！你今天不是要去鄉紳家嗎？」

她正準備出發去肯特郡公爵府，*再一次*。同時她也琢磨著調整路線，順道去寄出兩封報價文件。她在工作室準備好了兩份訂單的出貨，讓奈許過來收件。

奧格登一臉沮喪。「我是要過去，但還沒。我告訴妳，艾兒希，像我們這樣的小鎮石匠作坊，一年要工作三百六十四天！等於全年無休！」他大步打從她身邊經過、走向工作室，顯然有要事。他拉開櫃檯下方的一個抽屜。「我的抹泥刀呢？」

艾兒希蹙著眉頭，快步繞過他，往抽屜一看。空的。她又打開旁邊的抽屜，再旁邊的抽屜。「我把它們都收在這裡的。」

「埃米琳！」奧格登大吼。「我的工具呢？」

「一切沒事吧？」艾兒希一邊問，一邊像尾巴般地跟著奧格登。

奧格登走到碗櫥翻找。「沒事。」他的頭撞到碗櫥的櫥頂，他痛得倒抽口氣。他退了出來，重重嘆息。「沒事，眞的。只是……人啊。」

艾兒希把重心移到一腳上，打量著他。「你一向喜歡和人來往啊。」

奧格登輕哼一聲。「我才懶得八卦，艾兒希，但鄉紳的手從沒乾淨過，沾過各種骯髒事，那棟房子到處都沾滿了鮮血……埃米琳！」

骯髒事？

她的肩膀垂下來。「不會是萊特姊妹又說了什麼？」也許那對姊妹花能省下她不少時間，幫她解開鄉紳、男爵和子爵之間的謎團。

奧格登沒有回答。埃米琳繞過轉角快步走來，兩手在圍裙上擦了擦。「喔，我應該知道它們在哪——」

前門傳來一陣敲門聲。

艾兒希放下腰際小袋，快步走去開門，門一開，就看見教區牧師和她大眼瞪小眼。

「哈里森先生，早上好啊。」艾兒希的心跳太快了。

教區牧師摘下帽子。「都好，都好。我來出公差，談一談貼瓷磚的事。我和奧格登先生之前談過——好像是三月時的事，要爲教堂補貼瓷磚。」

他最後強調了為教堂三個字，可能以爲這樣能享受折扣。

牧師繼續說：「奧格登先生現在有空嗎？」

但奧格登已經搬空了會客室，正翻箱倒櫃地尋找工具。通道的另一頭，似乎有什麼東西——從那聲響聽起來，應該是很多東西——匡啷匡啷地掉落在地。艾兒希推測，應該是埃米琳把樓梯下方的東西撞倒了。

「很不巧呢，他正在忙。」艾兒希微微一笑，自動切換到能幹祕書的角色。她從分隔她和牧師的窄櫃檯下方拿出業務帳本，翻到空白頁，順便瞥了時鐘一眼。凱爾西先生對她的遲到必定不會有好臉色，但他總不能支配她一輩子吧……他會嗎？「您可以把您的需求告訴我，還有之前和奧格登先生討論的明確細節。」她想起奧格登曾提過教堂馬賽克磁磚之類的事，但記不起細節了。

牧師從口袋裡翻找出一張摺疊起來的紙，打開並遞給了她。紙上畫著簡單的設計草圖。艾兒希只能說草圖非常的「奧格登」。黑色與白色瓷磚互相交錯，形成兩個近乎圓圈的圖像，一個圓在另一個圓之中。這幅草圖有些眼熟，但她說不出來爲什麼。她有股衝動想去碰觸它。

牧師繼續陳述他和奧格登之前的討論。艾兒希的鉛筆迅速記下相關訊息，然後在最右一欄潦草地寫下數字，還不時地發問。

「藍色和白色。」她複述。

「孔雀藍。應該說是柔和的孔雀藍。我不希望教徒做禮拜時分心。」

艾兒希寫下**柔和的**，並在下面重點畫線。「我們會再聯絡您，商討動工時間和費用。」

「我和奧格登先生討論過預算。」牧師繼續說。

「我向您保證，奧格登先生有著無懈可擊的記性。」

此時前門又打開了，一頭金髮閃過，吸引住艾兒希的目光。她抬眼看著亞伯．奈許走進來，但青年只是繞了工作室一圈，下巴朝她一揚後又離開了，完全忽略掉她準備好的出貨包裹。那人在搞什麼？難道他期望她把包裹**親手**交給他？

艾兒希嘆口氣。「謝謝您，哈里森先生。」

牧師離開後，艾兒希走去找埃米琳和奧格登，後者正在通道上低聲暗罵，並被一堆盒子和小擺設團團包圍。那些都是從樓梯底下的櫥櫃搬出來的。

「所以不在廚房裡嗎？」艾兒希問，卻沒人理會她。「牧師來談教堂馬賽克瓷磚的事。還有，奈許剛才有來過，又走了。」

奧格登再次暗罵一聲。「他在等我嗎？」

「你問的是牧師還是奈許？」

「當然是奈許，該死的。」

「**奧格登先生……**」埃米琳有些侷促不安，不過艾兒希不認爲那是奧格登的怒氣所致。

「沒有，」艾兒希回答：「他離開了。」

「哼，他當然離開了。」

艾兒希看著那一團亂。「也許你的抹泥刀是忘在工作室的某處？」

奧格登停下翻找，頹喪地垂下雙肩。「妳去找找吧，艾兒希。」

艾兒希點點頭，原路返回。她把帳本放回櫃子底下，開始翻找那些工具。她把工作室四分之三的空間都找了一遍，這時聽到奧格登在通道上大喊：「我找到了！」片刻後，他提著一個沉重的皮袋，大步走進工作室。艾兒希敢打賭，那個袋子一直就在廚房。

「我把教堂瓷磚的製作細節收在紙夾裡。」奧格登擦了擦額頭上的汗水。「妳去採石工人那裡下訂單。」

艾兒希呑嚥了下，仍還是點點頭。這最多應該需要花費兩小時。也許凱爾西先生今天不會留她太久，然後她可以在回來的路上順路去採石工人那裡一趟？但她並沒收到關於公爵晚餐邀約取消的電報，這很可能表示她仍然有必要出席他們的晚餐。也或許，她晚點再找採石工人，只要跟對方致歉那麼晚才去打擾就好？

「好的，沒問題。」艾兒希勉強擠出幾個字。

奧格登整個人放鬆下來。「謝謝妳。我會晚點回來。」他大步走出工作室並從作坊前門離開，但沒關門就走了。艾兒希走過去關上門。看來不可能準時抵達肯特郡了。凱爾西先生會揪著她遲到一事不放嗎？但她早就告知過他，自己還有正職工作要處理！

她絕望地將額頭貼靠在冷涼的門板上。真是一場永無止盡的夢魘。先是被一個造像師恐嚇，而後更被一位公爵邀請共進晚餐。後者的發展根本超乎她想像。她又不是什麼名門貴女！就算拿出她最好的連身裙，也配不上公爵家的餐桌、上不了檯面。公爵一定早識破她的身分階級，所以他究竟在盤算什麼？

公爵到時肯定會提出一些問題，眾人一起對她猛烈攻擊。他會批評她，他們整個家族都會對她品頭論足——

「艾兒希，妳怎麼了？」

她抬起頭離開門板，轉身看到一張十分擔心的臉孔。埃米琳正站在工作室的入口處。艾兒希頹喪著臉。

「噢小埃，真希望我能對妳說出一切。不過……總之，最麻煩的是，有人邀請我到他家吃晚餐。」無視這個邀約，毫無疑問非常無禮。公爵並不算認識她……但他可是位公爵啊，老天！

艾兒希用力深呼吸。**往好的一面看，這是一個機會，弄清楚凱爾西先生究竟在身上藏了什麼魔咒。**也許他的年紀比公爵還大，只是利用魔法讓自己看起來身強體健、年輕氣盛。**愚蠢的制咒師，還有他愚蠢的有錢朋友。**

埃米琳聞言，兩眼頓時發亮，就像一個聖誕節早晨等著拆禮物的孩子。「晚餐邀約？跟誰？教區牧師？」

艾兒希輕哼一聲。「說出來妳也不會相信。」

埃米琳快步走來，抓住艾兒希的雙手。「快告訴我細節！」

「我得去採石工人那裡了。」

「喔，艾兒希，妳還有時間的。快告訴我，拜託。」

艾兒希咬了咬嘴唇。「嗯，我在……鎭上……遇到這位造像師，而他爲肯特郡公爵工作──」

「肯特郡公爵！」埃米琳尖叫一聲。如果兩人的位置交換，艾兒希也一定會興奮到尖叫。不過所謂的八卦，不就是對遙不可及的人好奇，進而去挖掘隱私。

「我必須去，如果拒絕了……誰敢拒絕一位公爵呢？」艾兒希絕望地說。

「一位公爵！」埃米琳的眼睛彷彿冒出星星。「這太不可思議了！」埃米琳轉起了圈圈。

「這個人英俊嗎？」

艾兒希有些困窘。「英俊?他的年紀很大了——」

她的朋友翻了個白眼。「我不是指公爵,小傻瓜。我問的是那個造像師!他是哪一宗派的?」

「呃……」艾兒希環視工作室一圈,但她只是想避開埃米琳熱切的目光。「好吧,他長得不算難看。」

「這太讓人興奮了。妳一定要去,艾絲,然後回來告訴我晚餐的一切細節。妳現在馬上去採石工人那裡,我趕緊把工作做完,挪出時間幫妳打理頭髮。」

艾兒希摸了摸她頭上的髮夾。埃米琳已經很久沒幫她弄頭髮了,自從阿弗烈德——**願他被臭掉的水果餡餅噎死**,她暗自詛咒,但這並沒有平息她肚子裡的翻攪。

艾兒希調整神色,不客氣地說:「我沒打算找男人,小埃。」況且,如果她遲到得太久,凱爾西先生也絕不會對她有什麼含情脈脈的態度。

年輕女僕放開她的手。埃米琳當然知道阿弗烈德的事,以及他們的那段孽緣。艾兒希不該朝她出氣的。但她的朋友天性樂觀,並未在意。「反正幻想一下也不是什麼壞事嘛。」

艾兒希雙手環抱胸前。「對於公爵的晚餐,我一點幻想也沒有。」

「我覺得妳有。」她眉開眼笑地說。

艾兒希微微一笑。她想了想,最終嘆口氣。「妳說得對,我還不如努力讓事情往好的方向發展。」也許幾個恰到好處的用詞遣字，能讓凱爾西先生因他們的口頭契約而難堪。「妳能不能……留意一下，看有沒有信差或電報之類的送到店裡？」雖然都這麼晚了，應該已經不會有電報送來，但她仍然盼望收到一封取消晚餐的通知。

「妳在等朱尼伯唐那裡的信？」

這個地名重重擊打在她胸口上。那是十幾年前她和家人分離的地方。時間癒合了傷口，但傷疤仍在那裡，而那段褪色的回憶總令艾兒希感到自己很渺小。這個下午，她整個腦袋都怪怪的，好像得了重感冒，頭也在痛，整個人變得多愁善感。「差不多吧。」她嘀咕著。

埃米琳點點頭。艾兒希接過她的腰際小袋，找了一頂好帽子戴到頭上，走出作坊往採石工人那裡前進。

她一邊走，一邊想著還有哪些藉口可以擺脫赴宴。

既然沒收到公爵府邸的取消通知，當晚，艾兒希穿上她最好的衣裙來到了七橡園。

這裡的一切，不都是她憎恨、挺身對抗的？有錢人在舒服的豪宅裡，享用奢侈的鬆餅甜點，而窮人只能煮包心菜當晚餐？當年在救濟院裡，幾乎每天都有包心菜。

願上帝祝福庫斯伯特．奧格登，感謝他收留了她。

艾兒希就像正準備踏入一池太燙的浴缸水中，緩緩走下馬車。肯特郡公爵府，又一次動用了放大的技倆。它比昨天又大了兩倍。也許是凱爾西先生設置了什麼魔咒，讓它變得氣勢逼人，好嚇唬她並懲罰她接受晚餐邀約。

但這又不全是**她的**錯，對吧？

她應該拒絕的。她應該發個電報給公爵本人，告訴他，她對他的看法，對他的社交圈還有他虐待僕人一事的不屑。但話說回來，她和他那位冷酷無情的造像師尚未結束合作，如果大家鬧翻，那麼未來見面時可就太尷尬了。艾兒希並不享受任何尷尬的場面。

「是這個地址嗎，小姐？」出租馬車車伕問，似乎很奇怪她爲何猶豫著不進去。其實，要想搞錯肯特郡七橡園的位置並不容易。但艾兒希說不出話來，只能愣愣地點頭。出租馬車車伕又等了片刻，這才吹聲口哨、揮動馬鞭離去。馬車駛走了，剩下她孤伶伶地站在七橡園外，沒有人伴護。她的年齡足以算是老處女，對吧？再過個幾年，她就更加名副其實了。一個壞脾氣、連路都走不穩的老處女，還有什麼八卦可談，還擔心什麼形象問題？

她扭絞著手指，蕾絲手套摩擦著皮膚。她今天身穿栗紅色的連身裙，每次特殊的日子裡，例如上教堂等等，她都會穿這件。埃米琳幫她把頭髮一絲不苟地盤在腦後，再把前面的短髮上髮捲弄得鬈翹。帽子像小鳥般棲息在頭髮上，並插有羽毛裝飾。她沒配戴任何珠寶配飾，她的項鍊或寶石都非眞貨，而公爵一家人肯定會辨識出眞僞，並以此來笑話她。更何況，她這件連身裙的衣領很高，非常能凸顯項鍊。

眼前那棟宅邸彷彿在對她齜牙咧嘴。

「肯登小姐？」

艾兒希嚇了一跳，這才看見有名男僕朝她走來。是一個裝扮光鮮亮麗的男僕，但對方的年紀太輕，不可能是僕役總管。艾兒希羞赧地一笑，心裡不禁納悶這裡的僕役似乎都受到不錯的待遇。難道兜帽人眞的搞錯了？又或者公爵和公爵夫人太擅於做表面工夫？

男僕開口：「我出來看看您是否抵達了，小姐。凱爾西先生擔心您會迷路。」

他當然擔心。那個造像師會因爲她今天沒來爲他工作，而找她麻煩嗎？如果他等等在餐桌上公開她的祕密，又該怎麼辦？他會不會堅持跳過晚餐，要求艾兒希穿著她最好的贖罪衣巡視佃戶的田地？

她好想一路跑回布魯克利。現在太陽即將下山，也許跑回去時都隔天早晨了。**那樣**眞是太棒了，又給鎭上的人提供新的八卦談資：艾兒希．肯登一大早亂糟糟地進城，裙襬更是被磨損得一塌糊塗。她彷彿已經聽到萊特姊妹交頭接耳的聲音。

艾兒希連忙在臉上堆起一抹微笑。「我的確有點搞不清楚方向，謝謝你。」

男僕點點頭，一隻手朝陰森的大宅比去。艾兒希兩腿僵硬，不禁納悶自己該不會又踩到了凱爾西先生的魔咒。不過她設法跟上男僕朝大門走去，大門那裡有另一位男僕等候在側。

艾兒希再次感到震撼，這裡的僕人個個都是精神飽滿、身體健壯。沒錯。一想到如果她還待在救濟院，她也會成爲一名女僕。當然，不會是在這樣的豪宅裡，而是某個狹窄、潮濕的地方。貴族人家不會雇用救濟院出身的人。

男僕帶著艾兒希蜿蜒地走過幾條走廊，又經過一些僕人，最後走上樓梯，來到一間寬敞的會客廳。金光閃閃的掛畫宛若在燭光中舞動，家具陳設精緻，全是明亮的色調；一叢她這輩子見過最大的花束，就安插在矮桌上的瓷瓶中。

她努力不讓自己顯得大驚小怪，並裝出見過世面的模樣。

她不認識房間裡的四個女人，其中三名衣著華麗，另一個的裝扮則跟艾兒希不相上下。年紀最大的那位，不僅身材苗條、衣著適齡，也是她最先看到了艾兒希。女人脖子上的藍寶石項鍊無比閃耀動人。

艾兒希覺得自己相當格格不入。她的目光徘徊在椅子和沙發之間，想找一個不顯眼的地方靜靜坐下來，等到開始用餐——

「妳一定就是艾兒希．肯登！」身材苗條的女人伸出雙臂，熱切地朝她走來，臉上還掛著燦爛的微笑。「噢親愛的，眞抱歉還沒人幫我們正式引見，男人有時候就是粗心。」她牽起艾兒希的雙手，彷彿兩人是許久不見的好友。

艾兒希心中驚愕不已。這是一位貴族仕女對吧？但她似乎人真……好。

女人在艾兒希一頭霧水之際，乘機好好打量她一番。艾兒希不禁臉紅起來。對方當然是在審視她的服裝，但艾兒希沒想到的是，女人居然說：「妳算是高個子，這很不錯呢。」

艾兒希讓驚愕的情緒稍稍平復。**為什麼高個子很不錯**？但她還來不及開口詢問，答案便從腦袋呼之欲出，差點把她噎住。原來這位陌生女士，暗指她的身高恰好搭配凱爾西先生。

女人繼續開口，掃走了艾兒希無聲的驚異。「我是艾比蓋兒．史考特（Abigail Scott）。公爵是我的丈夫。」

原來握住她雙手的，正是公爵夫人。

「這兩位——」公爵夫人鬆開她的手，指向兩個比艾兒希年輕的女子，第一位年約十六歲。「——是我的女兒愛達（Ida）和喬西（Josie）。」喬西簡直就是姊姊愛達的翻版。「這位是莉莉．默頓（Lily Merton）法師，我邀請她來跟我們共進晚餐。」

默頓法師的年齡看起來比奧格登大一些，女法師小跑步過來參與談話。對方雖然是制咒師，但看起來不像一般印象中的有錢仕女。她矮個子，身材豐滿，圓臉，給人一種臉上老是掛著微笑的感覺。她的頭髮鬈翹，髮型有些老土，身穿端莊簡約的紫羅蘭色連身裙——有了她的存在，艾兒希格格不入的感覺才沒那麼強烈。

「親愛的，能認識妳我太開心了。希望妳不會介意我中途加入妳們。公爵一家都是好人，愛達小姐在成為造像師這條路上又十分有潛力。」

艾兒希眨眨眼，轉向公爵的大女兒。「妳是見習生？」

但愛達只是搖搖頭。「還不是。未來也許會吧，但我的確有展現出潛能。」

默頓法師激動地點頭。「現在我只需要說服她加入靈性宗派！」

愛達羞赧地笑了笑。雖然艾兒希不認識這個女孩，但她真心希望女孩能抓住機會，好好修習造像魔法。這個領域太少女子了，特別是在歐洲。唯有具天賦的特權人士才有機會嘗試，以及少數得到資助的窮人家孩子。這類有天賦的窮孩子，經常是在制咒導師們舉辦的招徒會上被發掘，而且還不能是家中的長子或長女。這些條件限制下，使得許多有潛能的孩子與造像師之路無緣，只能回家務農。

若非艾兒希是個破咒師，她根本什麼都不是，兜帽人也絕不會在她身上發現可用之處。

「我相信妳一定會成功。」艾兒希努力附和，默頓法師聞言眼睛一亮。「我覺得造像師對一個年輕女子來說，是一份很好的事業。」

「的確是啊。」公爵夫人附和。她豎起耳朵，聽到走廊上傳來的腳步聲。「他們過來了。我親愛的肯登小姐，妳就由凱爾西先生伴護；默頓法師，我很榮幸邀請您坐我的左手邊。」

「我的榮幸，夫人。」默頓法師興奮地兩手一拍。她的好心情極富感染力，艾兒希不禁跟著也露出微笑。「噢，我們現在有好多話題可以大聊特聊！」

靠近她們這一側的房門被打開，凱爾西先生首先踏入室內。他爲公爵扶住門，公爵一下就注意到艾兒希，咧嘴一笑，然後才將目光轉向默頓法師，致上一段無可挑剔的歡迎詞。

凱爾西先生逕自朝艾兒希走去。他似乎顯得有些惱怒，但一走近她時，他曬黑的額頭上，那些因蹙眉而起的細紋漸漸平緩。老天，與普通人一比，他眞的好高壯。他的目光低垂，落到她的裙子上，又抬眼逗留審視。艾兒希看不出來他的眼神是認同，還是不認同。

但這不重要。相較於今晚其他的事，這一點都不重要。艾兒希挺直身子，因爲她的束腹好緊。

公爵、公爵夫人、他們一對掌上明珠，還有一個造像法師，艾兒希的身分階級與他們整整隔了一條鴻溝，而凱爾西先生是鴻溝上唯一的橋梁，即便這座橋梁也給人無法跨越的感覺。

艾兒希首先開口說話，她小聲地說：「早上我脫不了身。代辦事項接踵而來，我連喘氣的時間都沒有。明天我一定想辦法抽出時間過來。」

凱爾西先生思索了下，才伸出手臂給她。「可以。」

艾兒希看著他，遲疑地抬起手。「可以？就這樣？沒有恐嚇或怒罵？」

「如果妳想要食言而肥、中斷我們的交易，妳就不會來赴約了。」

艾兒希蹙起眉地挽住他的手臂，跟著公爵和公爵夫人朝餐廳走去。默頓法師就走在公爵夫婦身旁。艾兒希看著他們，卻在此時感受到凱爾西先生強壯的手臂肌肉。他和奧格登比腕力誰會贏？

她突然感到脖子一陣燥熱，但沒去理會，只稍稍放鬆她的手，將注意力放在需要留意的地方。「我只是想來嚐嚐這裡的美食，公爵家——」

有魔咒！

有兩個魔咒。第一個，她之前注意到了——就是那股森林氣息，幾乎融合又不完全是他平常身上新砍樹木和柑橘香氣的芬芳。那股森林氣息就在凱爾西先生身上。而另一個魔咒，就藏於森林氣息之下，平靜且柔和，幾乎難以發現，她無法辨識出那是什麼。第一個魔咒的氣味太過濃烈了。但她很確定，絕對有兩個魔咒。

第二個魔咒十分強大，艾兒希無法用一般的感官來探尋——她只能感覺到其存在，卻看不見它。之所以現在才注意到，唯一的理由是，她站得很靠近他。

爲什麼？而且，爲什麼有兩個？

「——的菜色，肯定精緻又美味。」艾兒希終於把話說完了，卻想不起剛才的對話內容。上帝啊，她需要知道那兩個魔咒是什麼，卻不知該怎麼做，才能說服凱爾西先生脫下衣服。她不認爲自己能明確辨識出它們的魔咒類型。

現在，她必須得找東西轉移注意力，因爲腦中的念頭讓她渾身熱得像火爐。她暫且將那兩個神祕的魔咒拋諸腦後，然後努力幻想自己身處雪地裡。

凱爾西先生領著她朝餐廳門口走去，兩位公爵女兒跟在後面。如果這是正式的晚宴，應該會有其他兩個紳士伴護她們入座。但公爵在邀請她時，就已表明了這是非正式的餐敘。

妳算是高個子。她差點輕哼出聲。不過這也讓她緊繃的神經放鬆下來。

餐廳自然跟會客室一樣豪華，只是裝潢陳設上沒那麼繁複。餐桌的面積還算合理，但艾兒希懷疑它可能有延伸加大的機關，或者這只是兩個餐廳裡較小的那間。公爵坐在餐桌一端，公爵夫人坐在另一頭。默頓法師坐在公爵夫人左邊的尊位，巴克斯則坐在夫人右側，艾兒希坐在他旁邊。公爵的大女兒愛達坐在艾兒希對面，喬西則坐在姊姊身邊。

男僕送上第一道菜品。艾兒希不知道那是什麼，但它聞起來太香了。

包心菜，她提醒自己。**大家都在吃包心菜。**

「巴克斯說妳來自布魯克利，」公爵一邊咀嚼一邊說：「我曾經過那裡，覺得那地方相當迷人。」

艾兒希點點頭，不確定自己對個人私事公開一事作何感想。但既然公爵事先打聽了，凱爾西先生總得透露些什麼吧。「是的，大人。我很幸運能住在那裡。」她在腦袋裡踹了自己一腳。如果她坦承自己曾在救濟院待過，當下就會被趕下餐桌。

公爵夫人補上一句。「他對妳的事口風真緊呢。」

艾兒希愣了一下，這才意會到公爵夫人指的是巴克斯和她。艾兒希用力吞嚥，差點就因鬆了一口氣而喘出聲。「是啊，我們只是認識而已。」

公爵夫人向丈夫使了個眼色，艾兒希感到有些不妙。那是一種心照不宣的眼神。

凱爾西先生說：「肯登小姐對舞會大廳的品味無懈可擊。」言畢，便把湯匙送到嘴邊。艾兒希看著他，想知道會不會有東西沾到他的鬍髭上，但他對此似乎相當熟練。真掃興。

「僅此而已？」公爵夫人問。

「默頓法師，您是什麼時候發現愛達小姐的天賦？」艾兒希連忙說。她剛剛的好胃口已經消失了。

「噢，我可不是第一個呢！是湯普森法師先發現的。」艾兒希不確定湯普森法師是男是女，但默頓法師接著揭曉謎底。「他跟公爵的弟弟是大學同窗。如果我沒記錯，同期的還有凱爾西先生的父親，對吧？」

凱爾西先生點點頭，顯然對面前的湯品比較感興趣。艾兒希很羨慕他可以保持沉默。她是晚宴的新客人，由不得她不開口加入談話。

「湯普森法師當時只是有種直覺，就像被吸引的那種感覺。」默頓法師自顧自地說下去：「他在測試愛達時，我正好在現場。我看見十二枚滴幣在她手上像太陽般地發亮！」

愛達小姐的臉頓時變紅。

「真有趣，」艾兒希說：「坦白說，我對於魔法知之甚少——」**別管凱爾西先生的反應。**

「但我的雇主也是個造像師。當然，他和您不是同個等級的，不能與您相比。」

「他是嗎？」公爵夫人饒富趣味地問。

別再談論妳自己的私事了！

艾兒希點點頭。「對了，喬西小姐——」**有教養的貴族淑女平時都在做什麼？**「妳……會唱歌嗎？」

聊了一大段音樂話題後，第二道菜品上桌，艾兒希發現自己的胃口恢復一些。愛達提到了藝譜集遭竊之事，艾兒希立刻豎起耳朵，但公爵夫人制止了這個話題。「別聊這些我們無法控制的壞事。」她的語氣堅決。艾兒希推測，可能是因為她的大女兒即將成為造像師，最近報紙上的大肆報導令她憂心緊張。

公爵將話題轉向名犬的飼養和繁殖，默頓法師熱情地附和，滔滔不絕。艾兒希樂得只當聽眾，直到第三道菜品上桌，她才又再一次成為焦點。

「剛才妳提到，妳現在為一個造像師工作？」公爵問。

艾兒希的兩手在桌子底下纏扭。「我……是的。他是初階造像師，也是個藝術家——」

「是十分稱職的藝術家。」凱爾西先生插話進來，語氣平和且堅定。「肯登小姐也是。」

艾兒希琢磨著他的讚美。但凱爾西先生哪知道些什麼？他只是客套罷了。無論如何，他如此體貼地附和讓她十分感激。

「當然了。」公爵夫人點點頭。「這倒提醒了我，你們兩個究竟是怎麼認識的？」

凱爾西先生回答：「我也要提醒妳，夫人，如果我想說，妳第一次問時我就會告訴妳了。」

公爵夫人擺了擺手。「我告訴過你，正式場合說話要注意禮貌，巴克斯。」

喬西說：「但我們正在用餐啊。」指出現在不算是正式場合。

公爵夫人對小女兒使了一個眼色，喬西連忙把注意力轉移到餐盤上。

「我們只是在市場上遇見。」艾兒希努力回想她是怎麼糊弄埃米琳的。「我……打不開一扇門，凱爾西先生好心地幫了我。」

對於這個接近眞相的說法，另一位當事人不以爲然地撇撇嘴。

「是啊！」默頓法師點頭如搗蒜。「天氣越來越熱，也越來越潮濕，木頭都膨脹起來了。但你知道有道魔咒可以解決膨脹的木頭對吧，凱爾西先生？」

凱爾西先生放下叉子。「是的，我知道，但我不會用在別人家的門上。其實，更有用的方法是用力一推，問題一下就解決了。」

「確實有用。」公爵夫人附和。她用餐巾輕點嘴唇。「既然提到了音樂，喬西，等用餐完畢，妳爲大家演奏一曲如何？」

「當然！」喬西回應。

「我——」艾兒希腦袋一陣打結，編不出藉口。她今晚有辦法熬夜完成奧格登指派的工作吧？奧格登在鄉紳那裡待了一整天，必定會有一大堆事等著交代給她處理。他早上似乎很煩躁，這不太像他。

「肯登小姐住在外地，而且現在已經很晚了。」凱爾西先生說。艾兒希不知是該感激他，還是感到不高興。他就這麼希望她趕快走？「最好先讓她回家，」爲了打圓場，他又補上：「但我會留下聆聽妳的音樂，喬西小姐。」

喬西咧嘴而笑。

「喔親愛的，當然了。我相信妳的伴護已經在等妳。」公爵夫人說。

艾兒希眞希望自己不會臉紅。「是，她應該快到了。」如果讓車伕等的話，車資就會加價。如此毫無節制地花錢搭出租馬車，她很快就要回去救濟院了。

接下來的菜餚流暢地陸續上桌，默頓法師開始聊起造像魔法的刺激和倫敦靈性宗派學府的趣事。最後一道菜的盤子被收走後，凱爾西先生自動起身，伴護艾兒希朝想像中的馬車車伕走去。

那裡當然沒有什麼馬車。

「我有跟車伕說得很清楚，要他十一點回來接我。」艾兒希站在石牆的缺口處，扭絞雙手。她的語氣也許透著一絲防備。

凱爾西先生看著她的方式，使她感到一陣溫暖。「妳表現得很好。」

艾兒希抬頭挺胸。「我不是廚房女僕。」不再是了。「我知道禮儀分寸。」這都要感謝奧格登和小說期刊。她很快就放軟姿態。「謝謝你爲我掩護，守住我的隱私。」

「這沒什麼，公爵和公爵夫人也很清楚分寸。我明天有別的工作計畫，我們星期四再去佃戶的農田。我懷疑那裡被下了某種惡咒。」

「惡咒？」靈性魔咒。

「也很可能是我搞錯了。」他撫弄著鬍髭。「我叫馬車送妳回去？」

「我說過了，我最好別搭著公爵的馬車回到家。」

「妳那麼在意，顯然是家裡有個愛聽八卦的人。」他強忍下一個哈欠。看來他不是習慣早睡，就是覺得跟她的對話有些無聊。

顯然是前者。

兩人回到屋子裡，艾兒希在門廳等著，凱爾西先生則去叫馬車。艾兒希納悶著公爵到底擁有幾輛馬車。

馬車繞過轉角而來，凱爾西先生陪同艾兒希來到門邊，甚至伸手扶她上車。他的手好寬大，但並不笨拙。而且很溫暖。

她一穩住重心後，便鬆開了手。

「星期四再見。」他點點頭，關上了車門。

馬車突地往前一抖，艾兒希撐住坐墊以穩住身子。她發現手裡有東西沙沙作響。是一張被放在坐墊上的紙。

她拿起紙張，憑藉著月光的照射，剛好辨識出那個鳥爪火漆印。是兜帽人。

9

巴克斯聽說了歐洲近期不斷出現造像師遇害的事件，特別是在英國。但眼前克里斯提拍賣所（Christie's Auction House）擠滿警衛的現象，大概連白金漢宮都望塵莫及。

一個穿著制服的警官在逐漸聚集的人群中穿梭，揮動手臂趕走行人。另一名警官在大門附近核實入場的競標者姓名，確認無誤後才肯放行。

瑞勒奮力地推開人潮，回到正在排隊的巴克斯身旁。「我和一個男僕聊過了，昨夜有小偷進來偷東西。」

所以保全措施才加重了——看來謠言還是有些事實根據的。顯然那個罪犯（或罪犯們），不只享受殺害魔法師，也想偷取過世造像師的藝譜集。巴克斯抬眼望向拍賣會場的長形窗戶。

「來這裡偷？」

瑞勒點點頭。「他們沒抓到那個人，所以現在十分謹慎。」

有意思。附近一名警官吹起警哨，尖銳的哨音快把眾人耳朵震聾。

「往前走！」那個警官氣急敗壞地大吼。他的目光落在瑞勒和巴克斯身上。「聽不懂英語嗎？往前走！」

巴克斯的眉頭蹙起。「我沒有排錯隊伍。」

警官一臉困惑。巴克斯強壓下怒氣──永遠都是這樣。他這張異國臉孔，永遠不會被英國上流社會全然接受。

他越快離開英國本土越好。幸運的話，他會在這場拍賣會買到他需要的東西。他能成功晉升法師，然後訂好回家的船票，帶著那個他夢寐以求、寫進他靈魂中的移動魔咒。

「這邊的隊伍是要排進拍賣會會場的。」警官一頭霧水地說。

「我知道。」巴克斯回應。

警官停頓了片刻，接著被一對嚇愣在原地的老夫妻分神。警官連忙過去指揮。「繼續往前走，不要停留！」

人群繼續移動，巴克斯終於排到了入口處。瑞勒開口報上名號：「巴克斯・凱爾西。」

拿著名冊的大塊頭男子打量他們片刻，這才去搜尋名字，然後用鉛筆在紙上劃一條線。他腦袋朝旁邊的同事一歪。

男子身形較矮的同事說：「請翻出所有的口袋。」

巴克斯頓時咬牙切齒。排在他前面的人都沒有經過這道手續，但他還是順從了。他沒帶什麼東西，而瑞勒口袋裡帶著巴克斯的大筆存款。那些錢幣是他存了好幾年的積蓄。如果倫敦物理學府沒把他當猴子耍，他原本是十分樂意奉上這筆錢的。

他的隨身物品被一一拿起來檢查，巴克斯留意每一隻帶著手套的手，以免他的東西進錯了別人的口袋。警衛最後指示巴克斯高舉雙臂，以方便搜身。

巴克斯十分渴望使用凍結魔咒，或將對方變成綠色，好教訓他的無禮。只不過現在巴克斯並不想惹事。一旦有了法師的頭銜，這種事就不會再發生。然而，參加法師晉升測試一事，他一直有些遲疑。也許在他參加測試前夕，學府的議會改變主意，允許他以高階造像師的身分使用移動魔咒。當然這個機會很小，但總是個可能。但他不想把所有希望都寄託在唯一的可能上，因此才來參加這次的拍賣會。班奈特法師的藝譜集將是第一批上場的拍賣品。

於是巴克斯默默地服從警衛，警衛也乾淨俐落地搜完身。他的私人物品全被歸還回來，同時還附上一支標記為「18」的藍色號碼牌，表示他是一位造像師。只有拿著藍色號碼牌的人，才能競拍魔法拍賣品。巴克斯克制住嘆氣的衝動，往會場裡面走去。

他在會場中央找了個位子坐下。會場是由灰牆組成，牆上掛有幾幅肖像畫，以及數量恰到好處的裝飾。瑞勒和其他僕人待在一起，在會場的後方待命。巴克斯本能地想要低調融入，但今天他需要拍賣官注意到自己的存在。他在手中旋轉耍弄著號碼牌，兩眼緊盯前方的拍賣台，直到拍賣官走上台階。拍賣官有著長長的鬍鬚，頭髮灰花。

第一件拍賣品是一幅茶杯的畫作，以出人意外的高價得標。第二件，是班奈特法師的日記，總共五本，外皮的表面布滿了磨損痕跡。一般父輩的私人用品會被保存在家族中，不過如果班奈特法師在這些日記中記錄了一、兩個魔咒，那就相當値錢了。果不其然，那一疊日記的成交價，是前一幅茶杯畫作的兩倍。

下一件拍賣品即將上場時，巴克斯立刻挺直身子，全神貫注。雖然拍賣官尙未宣布拍賣品名稱，但巴克斯就是知道它是自己一直在尋找的寶物。一本厚厚的書冊，被打磨得光亮的紅皮書套包裹著，書脊處有十幾個酒紅色的裝訂環帶；書頁緊緊閉合，頁緣已有毛邊。它被放到展示架上，頁緣閃閃發亮。這是一本眞正的法師級藝譜集，而且內容相當豐富。

「此藝譜集爲已故法師卡西烏斯・班奈特（Cassius Bennett）大人所有，物理造像師，逝於一八九四年。起拍價爲五百八十鎊。」

這個價碼昂貴到足以讓一個大男人爲之流淚。但這是一個法師的藝譜集。

巴克斯握緊號碼牌，強迫自己等待最佳時機。前排一名灰髮男子舉牌。五百八十鎊。六百、六百二十五鎊。「六百五十鎊？有人出價六百五十鎊嗎？」

巴克斯的號碼牌舉向半空。

拍賣商用筆記錄下他的出價。「六百七十五？這可是一本獨一無二的藝譜集。沒有人嗎？六百七十鎊。」

灰髮男子再次舉牌。

巴克斯也舉牌。

一個黑衣女子舉牌。

汗水刺激著巴克斯的髮際和背脊。競標價格飛速飆升，但他沉著地穩住陣腳，等待競標過程恢復冷靜。

「一千零二十？」

他舉牌。

灰髮男子也舉牌。

巴克斯的手掌心開始冒汗。聽到五百八十鎊的起拍價時，他對這次的競價還滿有把握的。畢竟前兩件的畫和日記都很快就找到買家。但這本書的競價卻陷入拉鋸戰，出價攀升到出人意料的程度。

黑衣女子與同伴低語幾句，又舉牌，一千七百五十鎊。

巴克斯舉牌說：「兩千三百鎊。」他低沉的嗓音在現場迴盪開來。

後面有人倒抽一口氣。

灰髮男子幾乎是立刻舉牌，巴克斯的心沉到了腳踝處。「二千五百鎊。」這個價格超出他的預算了，他無法再繼續競標。他不能魯莽，不能舉債競標，陷那些依靠他生活的人於險境中。

「二千五百鎊，一次。」拍賣官大喊。

巴克斯好想再出價。他其實可以繼續競標。只要再使點勁，雖然心裡會覺得有些不妥，但那本藝譜集將會是他的。**可能**是他的。他並不清楚灰髮男子的底限。

他緊握著號碼牌，手臂都快抽筋了。他**需要**那個魔咒。倘若沒得到那本藝譜集，他不知道接下來該怎麼辦。

「二千五百鎊，兩次。」結標的威脅在四壁間迴盪。

他好想大聲宣布自己必須得到那個魔咒，因爲他的佃戶、莊園、家產全都需要它。從某方面來看，的確如此——這個魔咒能支援他妥善照顧他的產業——但它們不需要**他**。最終，那個魔咒只是爲了他自己。

巴克斯挫敗地鬆開了手指。

「十一號得標！」

但他並沒有被打敗。

下一件拍賣品出場時，幾個人嘀咕著起身，朝大門走去。巴克斯不想引起注意，繼續坐著等待拍賣會結束，但沒想到接下來會有那麼多不起眼的小拍賣品，使得拍賣會拖到好久才結束。整個過程下來，他的目光始終鎖定在灰髮男子身上。那個人應該四十多歲，衣裝鮮亮筆挺。男子頭頂已經開始漸禿，但背脊挺得筆直。他同樣也沒離開，直到拍賣會結束前，他還競標了兩件拍賣品，並成功得標一件。

散場後，巴克斯穿過人群擠到會場的邊緣，目光緊盯著灰髮男子。以巴克斯的身高來說，這並不是難事。

瑞勒過來與他會合，還來不及張口安慰，巴克斯就說：「告訴我你知道那個人的姓名。」

「費爾頓．肖（Felton Shaw）。」瑞勒的語氣有些遲疑。「他擁有數間紳士俱樂部。」

「造像師？」

「是的，但謠傳說他已經滿溢。」

滿溢？這表示他的魔法造詣已經觸礁，達到自己的極限。有些人無論花多少錢、學識又是如何豐富，但因爲身體就是裝不下那麼多的魔咒，只能歸於平庸，成爲不了法力強大的造像師。一個造像師能力滿溢後，通常都不會對外公開。看來，肖要嘛是個法師，要嘛就是他花了一大筆錢才取得那支藍色號碼牌。

所以他手上有文件資料，可以證明他有資格擁有藝譜集的複本嗎？

不過眼下，那個人爭取藝譜的理由並不重要。

肖先生悠哉地在人群中穿梭，避開人潮擁擠的後門，從一扇側門走了出去。巴克斯顧不得禮貌，粗魯地連忙從人群中擠出去。脫離人群後，他大步追趕上去，在走廊轉角處追上了肖先生。

他鞠躬道：「肖先生，恭喜你今天收穫不菲。我想和你談筆交易。」

比巴克斯年長、個子較矮的灰髮男子，拿起單片眼鏡放到眼前，打量著巴克斯，片刻後才開口：「請說。」他的語氣不太確定。

「是關於你拍下的藝譜集。」巴克斯開始了攻勢。

「你是指那份複本。沒錯，多虧了你，它的拍賣價才被哄抬到那麼高。」

這不就是拍賣的精髓嗎？「我願意付一筆錢，只爲求讀其中一個魔咒。你可以先過目我的文書證件，你現在就可以檢查。」

肖先生挑高眉毛，眉頭都碰到了帽沿。「這樣啊。我先提醒你，我並不清楚書中所有的魔咒，只知道拍賣資訊上列出來的那些。」

藝譜集的拍賣資訊，是巴克斯進入拍賣會場後主辦方才公開的。「我要讀的，是那道移動魔咒。」

英國紳士的表情垮了下來。「這是違法的。」

「我向你保證，這絕不會違法；我是登記在冊的造像師，手上還有必要的許可證。」

「我不會出售任何一個法師級魔咒給他人。」肖先生往前跨出一步，巴克斯伸手攔住了他。巴克斯雙腕上的脈搏怦怦跳著。

「只要讓我背下那道魔咒就好，我只是爲了提升自己的法力。我支付的報酬你一定滿意。」

他打算支付灰髮男子一個銀茶盤，上面放有裝滿黃金的茶杯。他只是想知道那道魔咒的運行原理。他需要知道。

「兩千——」

「我不賣。」肖先生將他的慷慨價碼擊碎在地。「那些法師級魔咒我自有用途，價值絕非你那些錢能比擬的。我只能拒絕你。」

他繞過了巴克斯。

巴克斯猛地轉身。「你是個商人，一定看出——」

肖先生停下腳步，斥喝出聲：「你再說下去，我就叫警衛了。」

巴克斯愣住，看著那個暴躁的有錢人走開。巴克斯雙臂顫抖，想這樣撲上去、把灰髮男子過肩摔——不用魔法。心跳聲振動著他的耳膜。

先是議會裡的那些人，現在又遇到這種事。他的腦袋一時轉不過來，無法理解這些爛事。他好幾年沒來英國了，難道這幾年英國的變化那麼大嗎？難道是某些政策上的樞紐他沒疏通到？為什麼該死的這麼難？

他實在累了，無法再想下去。他抬手撫摸胸口處，那道魔咒就刻鏤在他的肌膚之下。它不會永遠待在那裡，巴克斯的時間已經不多。時間像沙子一樣，從他指縫間不斷流逝。

他將手移開並握成拳狀。他不會放棄。就算要跑遍全歐洲、搜遍美洲……他也一定要找出方法。

巴克斯快步走出拍賣會場，瑞勒緊跟在後。他沒去理會那些一路跟隨的耳語聲。

10

假使艾兒希的三位雇主同時要求她上工，她肯定分身乏術、焦頭爛額。好在現實情況是，凱爾西先生有其他事要先處理，石器作坊則一切如常，奧格登也正忙於手上的案子，艾兒希終於有空能處理她和兜帽人的問題。

那封信——她從公爵晚宴出來後發現的那封，裡頭竟然對門上的魔咒隻字未提，反倒又指派了另一項任務給她。她要去解除一輛馬車上的魔咒，那輛馬車被雇來載送當地的盜獵者上法院。這個任務時間緊迫，艾兒希於是立刻行動。她快步穿越車水馬龍的街道，給了出租馬車的車伕不少小費，請他快馬奔馳。她個人的存款立刻減少大半，而且在上次的任務裡，兜帽人就沒有在信中附上車資。也許這是對她的懲罰。

不過這不要緊。如果沒人介入，那些在有錢人領地中偷獵的男人、甚至男孩，就將會被送上絞刑台。那些人只是想餵飽家人，卻要為一隻雛雞而付出被吊死的代價。如果艾兒希有能力協助他們逃跑，她一定盡全力嘗試，無論代價。艾兒希打了個哈欠，她已經好幾晚睡眠不足了，但現在補眠一點也不重要。

她抵達倫敦後，找到那輛馬車的公家停驛站；那個應該是管理人的男人正坐在外面，手裡拿著報紙，嘴裡叼著雪茄，帽沿拉得低低地遮陽。艾兒希假裝隨意從對方身旁路過，然後回頭偷瞄了一眼，隨即溜進建築中。

她一進去，便差點撞到牆上的馬具，於是連忙避開，並藏身於室內裡的交通工具之間。她感應到的第一個魔咒，被安置在一輛雙輪馬車的車輪上。然而，兜帽人應該不會派她來干擾一輛乘客能輕易逃離的馬車。一旦被她解除魔咒，馬車肯定不出了這座停驛站，更別提出去載人。於是她繼續搜索，尋找一輛被安置了加固魔咒、門閂，或任何有載送「罪犯」駛向末日審判跡象的交通工具。

停驛站越往裡走，光線越昏暗，所有車輛看起來都差不多。*真惱人*。

她堅持繼續找，但也很清楚車伕和執法人員隨時都可能進來。終於，她找到了——一輛被閃爍發光的防禦符文加固的馬車。她像吃剛出爐的緞帶糖般，把光結一一解開。那些符文如香菸的最後一口，大大地閃爍了下，最後消失無蹤。

停驛站前方傳來交談聲，艾兒希雙臂立刻緊張地起滿雞皮疙瘩。她連忙躲在一輛馬車後方，屏息不動。幸好，那些人並未走到她的附近。一輛馬車倒車出來、離開停驛站，而管理人仍舊低頭看著他的報紙。

她撩起裙襬以免弄髒，踮起腳尖小心地走向自由。但就在她走進陽光時，管理人竟突然抬眼朝她一看，眼神驚訝且困惑。

艾兒希雙手往腰上一扠。「你有在提供公共馬車嗎？」

管理人似乎把她當成了瘋子。「公共馬車？妳看這裡像火車站嗎？」

艾兒希佯裝生氣地轉身就走，繞到停驛站後方準備返程。說到公共馬車，倒是提醒了她，可以搭公共馬車回去省下一、兩枚便士。於是她朝市場走去，尋找公共馬車站。

才剛走到繁忙的市場外圍，一個熟悉的嗓音傳來。艾兒希連忙停下腳步。她緩緩轉身在人群中搜尋，最後找到了那張臉孔。

阿弗烈德。

驚慌像白蟻一般爬上她的四肢。她已經將近兩年沒見到他了。他看起來沒什麼變化，除了頭髮。那頭薑黃色的頭髮有點長，髮型也變得不同。他們之間只隔了一家店舖的距離，他正提著兩個沉重的袋子朝馬車走去。一抹笑容在他滿布雀斑的臉上綻開，卻彷彿在艾兒希的胸口插上一刀。

「妳不需要自己拿那些東西。」那個稍後介紹自己名叫阿弗烈德的俊朗陌生人，快步走過馬路，伸出手來要幫她拿裝有沉重帆布的袋子。

艾兒希雙頰泛紅地看他走近，然後仰起下巴說：「謝謝你先生，但我能自己拿這些東西，不然就不會獨自來買了。」

但最終她還是讓他提了袋子，並讓他送自己乘上一輛出租馬車。他還詢問了她的姓名及住處，兩人就這樣輕鬆地展開交往，並在數月後，他也同樣輕鬆地扼殺了那段感情。

艾兒希眨眨眼，思緒回到現實中。她正好瞧見阿弗烈德的同行者，這一看，讓那把刀插得更深。

是那個寡婦。艾兒希生日那天，阿弗烈德帶她去吃晚餐時遇到的那個女人。但……她不再是寡婦了。從他們兩人的肢體接觸到共乘一輛馬車的親密程度，再到——果然，那個女人的手指上帶著婚戒。

艾兒希胸口一陣發熱，熱氣竄向四肢，最後化爲冰冷。所以，那個女人並非他一時興起的一個過客。那女人並沒有因他的狡猾而離開他。他娶了她。

娶了她。

阿弗烈德剛巧轉頭過來，目光迎上了艾兒希。艾兒希一陣驚慌。想躲也來不及了。她該說些什麼？該——

但那個人只是爬進了馬車車廂，關上了門。

艾兒希震驚地雙唇微張。他……他看到她了。但他不在乎。甚至連點個頭、行個抬帽禮都沒有。

那輛馬車駛了過去，帶起一陣微風拂過她的髮絲。艾兒希好像聽到後面有人說了一聲「借過」，但她僵在原地無法動彈。一個老太太氣呼呼地繞過了她。

過往猶如熱燙的柏油不斷冒出。老天，被遺棄是多麼讓人痛心。她被父母、同胞手足遺棄，她沒有一天忘記過那份痛楚。他們全都遺棄了她，就在她還是個沒能力照顧自己的幼童時，把她丟給了傻傻伸出援助的陌生人。而且，沒有一個人設法找過她。

他們或許在她身上看到什麼難以接受的污點，艾兒希至今還沒找出答案。這些人就這樣紛紛逃離她身邊。阿弗烈德也是。他和艾兒希交往了數個月，甚至都到談及婚嫁、組織家庭，以及構想未來的地步。

然後，他就跟她父母那樣突然離開了。不知怎地，他看到她令人厭惡的那一面，便立刻逃離她身邊。他逃進另一個女人的懷抱，而那個女人現在正過著艾兒希曾放膽想像的生活。

結論還是那一套。

她不值得被愛。

淚水模糊了視線，但她用力把淚水擠回去。躂躂的馬蹄聲打斷了她的魂不守舍。該死！她的視線恢復正常，正好看到一輛公共馬車即將離開，拉車的壯碩馬匹已跑上馬路。車廂內擠滿了人，車頂上也都是人，但車後的小平台空無一人。

艾兒希突然腦子一熱，一鼓作氣地追上去，驚險地抓住車廂尾端，兩腳跳上右側的小平台。她用力抓著橫桿，指關節都發白了。她迎著風，任由微風拂乾淚水，直到兩眼變得乾澀。

公共馬車抵達布魯克利時，艾兒希已全身僵硬得像塊木板。幸好石器作坊在小鎮外緣，不在鎮中心。她現在最不希望的，就是有人注意到自己。她的腦袋一片空白，兩手痠疼不已。

她看見鄉紳的雙輪帶篷馬車停在作坊正門的路邊。喔，不，她現在最不需要的，就是那個男人出現在她家。

她從馬車旁偷偷走過，聽到設置在馬匹側腹的魔咒，於是停下腳步。那是一種發出啁啾聲的靈性魔咒，造像師可以透過此魔咒與馬溝通，以更好地訓練馬匹。郵局也是用此方式來訓練郵差犬。艾兒希三兩下就解開了那道魔咒，然後繞遠路從側門進去店裡。就讓鄉紳以爲那道魔咒設置得太馬虎才自行鬆開的吧。反正不是什麼罕見的事。

「艾兒希！妳去哪裡了？」埃米琳對著正要上樓的艾兒希說：「裁縫師那裡有新商品上市，我想去看看，然後——妳怎麼了？」

艾兒希快要沒有力氣假裝一切正常。她搖搖頭說：「沒事。我只是……需要獨自靜一靜。」她默默走進自己的房間，幸好埃米琳沒跟上來。她關上房門後摘下帽子，在腰際小袋裡翻找手帕。就在錢幣和一面扇子被翻落到地上的同時，她也碰到了手帕。

眼淚還來不及流出，就被她連忙用手帕拭去。

她坐在床邊，暗罵自己不爭氣。她早就從傷痛中走出來，現在困擾她的，不是失去阿弗烈德的失落感。沒有他，她反而過得比較好，只是一想到被拋下的那晚，她仍然會心痛。他說，**我們不能再這樣下去，艾兒希。我和妳，我們一直相處得很愉快，但我找到真正適合我的人了。**說完，他就拿著自己的雨傘離去，在傾盆大雨中把她丟在他家附近的街道上。那裡距離她家有好幾公里的路程。事後，她足足發燒了兩個星期，而心碎的癒合就更別提了。但艾兒希是個堅強的女人。兜帽人知道，奧格登知道，甚至連凱爾西先生也知道這點。

但世上最無懈可擊的道理，也難以癒合她的舊傷。它無法讓心裡那個聲音閉嘴。她不值得被愛，不值得被愛，不值得被愛。

她用手帕捂住臉不斷啜泣，直到最後布料全部濕掉。房內的光線逐漸昏暗起來。艾兒希哭得疲累不已，往後方一躺，愣愣地盯著天花板。她的雙眼又乾又痛，喉嚨酸澀發緊。

門上傳來敲門聲。她沒有任何反應。當房門接著被輕輕推開時，她也沒有出聲抗議。奧格登站在門口。

「噢，艾兒希。」奧格登的聲音溫暖又傷感。「怎麼了？出了什麼事？」

艾兒希只是搖搖頭。現在就算是上帝命令她開口，她也說不出任何話語。一隻青蛙都比她好懂。

奧格登走進房間，但沒關門。他把她的腳移放到床上，然後在床邊坐下。當初她剛來時，他也這麼做過。他扮演著她記憶裡從未出現過的父親，爲她朗讀睡前故事，訴說古老寓言給她聽。她之所以如此熱愛小說期刊，都是他的錯。

她有時會納悶，那時的奧格登是不是跟她一樣孤單寂寞。

她把臉埋藏在濕手帕底下。

「有人對妳說了什麼嗎？」他亂猜一通。艾兒希不是那種歇斯底里的人，尤其是在別人面前。她才不想成爲別人茶餘飯後的話題。「是萊特姊妹？」奧格登又試了一次。

艾兒希搖搖頭。

「妳可以告訴我，不然我要在這裡待上一整晚，然後鄰居又有閒話可說了。」

她忍著心痛輕笑出聲。了解奧格登的人都知道，任何關於他們兩人的醜聞全是假的，根本不可能。

奧格登碰了碰她的手肘。「該不會是鄉紳吧？」

「不是。」她的聲音生硬，又帶著孩子氣。她不喜歡自己這樣。

奧格登繼續等待著。

幾次深呼吸後，她才說出口：「我看見阿弗烈德了。」

她無須再多做解釋。他們交往時，她已經在石器作坊裡工作。埃米琳那時才剛入職，又對這類事物容易興奮，幾乎天天提出關於婚宴和新娘服的新建議。奧格登那時還很擔心，她出嫁後要另外找人來接替她的工作。也因此，兩人突然的分手讓埃米琳和奧格登震驚不已。分手後，她也更投入兜帽人指派的任務中。她看開了，那才是她值得付出忠誠的歸屬。

「喔，艾兒希。」

艾兒希聳聳肩。「只是瞥到一眼。沒事的。他——他一副沒看到我的樣子。」

奧格登輕搓她的手臂，彷彿她那裡有瘀青需要揉掉。「我讓埃米琳把妳的晚餐送來房間如何？」

我沒事，她很想這麼說，但這句謊言硬生生卡在她喉嚨裡。

「還有一杯溫牛奶。」奧格登又補上一句。

天啊，她要變回到十一歲了。

奧格登的手接著停住。「妳還年輕，艾兒希，而且開朗又機靈。妳不知道未來還有什麼在等著妳。」

奇怪的是……她確實感覺好多了。奧格登的話，都是一些簡單的遣詞用語，卻帶著一股奇妙的力量。某種堅定的保證。她感覺彷彿有……不，那只是髮絲搔弄到她的臉龐罷了。她撥開頭髮，等等還要花好幾個小時，才能把髮夾從打結的亂髮中都拔下來。

奧格登拍拍她的手肘，站了起來。她聽到他在門口逗留片刻，然後才關上門。

沒多久，還沒等埃米琳把晚餐送來，艾兒希就已沉沉入睡。

11

「我以為等我工作完成後，你才會支付我報酬？」艾兒希一邊問，一邊繞過一池泥淖。早晨的雨水讓地面形成一灘灘泥水。她正走在一條寬敞的泥路上，從七橡園通往公爵佃戶的田地。天空暫時沒再下雨，但烏雲陰沉沉的，晚點肯定會再降下大雨。

巴克斯．凱爾西先生領先她半步距離，聞言輕哼一聲。他的心情似乎不太好，但他一向心情不佳。不過今天的他比平常更嚴肅，也更冷漠。艾兒希不認為那是天氣造成的。

她跨越一塊石頭，暗自慶幸自己有先見之明，穿了厚實的靴子來執行這趟不情願的勞動之旅。她特地挑了身上這件亞麻連身裙，弄髒也不會太心疼。裙襬已沾上一些泥巴。艾兒希打算回去後自己清洗衣裙，免得還要向埃米琳解釋泥巴是怎麼來的。又是個漫漫長夜等在眼前。不過，今天起碼她能趕上平時的睡眠時間。

但即便如此，同時兼三份差的日子不能再繼續下去。她花太多時間待在布魯克利以外的地方，遲早會惹上麻煩的。天啊，她就像小說裡的角色一樣。如果說她從那些驚世駭俗的故事中學到了什麼，通常劇情會在一切達到高潮時，發生讓讀者津津樂道的大事件——而從她的情況來看——老天，她可能就是被犧牲掉的那個可憐角色。

她應該嘗試寫作看看，搞不好她很在行呢。

或許妳的空閒時間比妳以為的多。如果用工作綁住奧格登先生的人，其實是男管家，而不是鄉紳呢？倘若是那個派克先生的特意安排，好讓妳能自由安排時間？這也許只是她一廂情願的亂猜，但她無比希望事實是如此。

此時兩人爬上一座小山丘，前方的綠色田地間出現幾棟小屋。凱爾西先生說：「農作物的收成一直不好，但在佃戶的私田就長得不錯。農場裡的作物現在都浸在水裡，快被泡得腐爛掉了。」

「今天有下雨。」

他瞥了她一眼，彷彿暗指她是在說廢話。

艾兒希嘆口氣。「好吧，我當然可以去查看一下。」

他沒有回應，艾兒希只好默默跟著他進入小村莊裡。爲免被人認出來，她刻意低著頭。如果有人問起，她就說只是出來散散步。**對公爵的領地感到好奇。還有，想黏著凱爾西先生。**

但不是今天。那個男人今天就像暴風雨般難以捉摸。也許他也遇到了前任情人？究竟是什麼樣的女人，能讓凱爾西先生產生興趣？

「不知是否女王覺得天氣太糟，所以決定花錢請物理宗派學府來清理天空？」艾兒希說著自己的想法。她並不完全是開玩笑——這種事的確發生過。法力強大的物理造像師，能控制氣溫和水氣，甚至足以製造出暴風雨，同時也能讓暴風雨消失。而像倫敦這種規模的大城市，就需要……非常多法力強大的造像師協力合作，但艾兒希並不清楚實際所需的人數。總之如果眞這樣，附近的肯特郡一定也會受到影響。

倘若凱爾西先生對她的話有任何回應，艾兒希也沒聽到。他們走進兩棟屋舍之間，有個女人正迎面走來，哄逗著背上的小嬰兒。凱爾西先生向對方點頭致意。艾兒希看到右邊石牆的中央有個物理魔咒，小小、微微泛著藍光，還彷彿冷得顫抖著。它瞬間就被艾兒希破除、消失無蹤。

等到兩人踏出旁人的聽力範圍，艾兒希說：「我應該不用解除那些屋舍上的防禦魔咒吧？」

他瞥了艾兒希一眼，那雙綠眼眸與他黝黑的肌膚形成強烈對比。

艾兒希聳聳肩。「這樣佃戶就會更依賴公爵的保護，而且更聽話，之類的。」

「我不知道妳爲什麼這麼想，難道公爵會故意跟自己的佃戶爲敵？」他的聲音流露疲憊。

「更何況，那些魔咒都是新設置的。」

她聞言停頓下腳步，但只有一下，因爲凱爾西先生的大長腿馬上就拉開距離，而她不願在眾目睽睽下追上去。這麼說來，那些魔咒是凱爾西先生設置的。而且是在最近，以用來增強鞏固那些屋舍。如此一來，只有住在這裡的人才會享受到好處。

也許他只是爲了幫公爵省錢。但不管如何，他的做法都十分貼心。她純粹是就事論事．沒別的意思。

艾兒希看見目標農田就在前方，那些一排排的小植株應該是玉米。她從沒務農過，但那些植株確實看起來泡水過度、奄奄一息，而且大多呈棕色，而非健康的綠色，葉片上也全是斑狀的褐點。她在田邊停下腳步，蹲下來碰了碰土壤。這裡並沒有比肯特郡其他地方的土壤潮濕。

「如何？」凱爾西先生問。

她站起身回頭看向後方。她能感受到遠方那些人直勾勾的視線。

「他們很快就會覺得沒意思離開了。」凱爾西先生向她保證。

她兩手將裙襬往上一提。「我可以進去看看嗎？」

凱爾西先生點頭示意。

艾兒希走進田裡，小心地不踩到腳邊可憐的農作物。有一些顯然已經沒希望，無力地癱倒在地，它們的莖幹太細弱根本撐不起來。

拜託，至少要有一個魔咒，她輕咬著唇，無聲地懇求。**如果沒有魔咒，我根本搞不定這些**

農作物。這些佃戶很可能到最後連包心菜也沒得吃。

她走完那一排田埂，仍舊沒找到魔咒，無論是閃著微光、發出微弱聲響，或者發出氣味的，什麼都沒有。凱爾西先生也走進田裡，就站在田頭看著她。她輕跳過幾排，一邊小心地往後退，一邊繼續搜尋。嗅聞、聆聽，感官全部打開。

還是沒有。也許佃戶必須換土地耕種了，趕在來得及的時候重新種一批……但要找面積這麼大塊的地重新整頓，將是艱辛的任務。

她又走過幾排，然後再次跨越農作物。就在走到農田的四分之一面積時，她似乎聽到了什麼——一種類似蟋蟀鳴叫的聲音，那聲音突然爆衝出來，卻隨即銷聲匿跡。她後退一步。沒有。她接著蹲下去——

在這裡。

她輕輕推開兩株植株。這下聽得更加清楚。唧唧聲相當微弱，但清晰可辨，絕不可能是一隻躲在土裡的蟋蟀叫聲。這是個靈性魔咒。她脫下手套將其塞進領口，心一橫，將指甲修剪得整齊的手插進土裡。最後她挖了大約一個腳踝的深度後，傳進耳裡的鳴叫越發大聲。現在聲音已聽得十分清楚。小小、卻結實的魔咒，她彷彿在腦中看見了它的光結。

凱爾西先生從西邊走過來。「妳是不是找到了什麼？」

「你有聽到嗎？」

他搖搖頭。

艾兒希碰了碰魔咒。「就在這裡。一個靈性魔咒，但我沒看過這種。公爵或這裡的其他人，有雇用制咒師來幫助農作物成長嗎？」

「有，而且經常如此。妳沒找到那些舊魔咒嗎？」

艾兒希搖搖頭，心想會不會是近期有破咒師曾進來這裡，又或者，那個受雇前來幫助作物成長的物理造像師偷懶沒履約。「這很可能就是你懷疑的那種詛咒，凱爾西先生。」不知道兜帽人知不知道此事，但話說回來，這個靈性魔咒被人隱藏得非常好。

凱爾西先生咒罵一聲。這也可能只是她想像出來的。艾兒希雖聽不出他說了什麼，但絕對是不怎麼好聽的話。

艾兒希沒等他下達指令，便逕自繼續搜索魔咒的光結，梳理纏結的走向。整整一分鐘後，她終於找到源頭。她的表情想必相當全神貫注，因爲凱爾西先生並未打擾她，直到她結束工作。完成後，她站起身拍掉裙襬上的泥土，並眨眨眼，等待貧血微暈的腦袋恢復。

凱爾西先生扶住她的手肘。

「我沒事。」艾兒希說，但沒有馬上抽開手，而是等到確定自己不會摔倒又弄髒衣裙爲止。他的手堅定卻溫和，完全不像一星期前兩人初遇時那樣粗暴。她並不討厭這種變化。「不知道還有沒有其他魔咒。」

「我們再找找。」他說。艾兒希喜歡他把自己也視為破咒工作的一份子，雖然他這個造像師根本找不到他人布下的魔咒，沒什麼用武之地。

艾兒希打量他。「你知道這是誰的傑作？」

「是有個很可疑的嫌疑人。」

她喜歡來一點八卦。「不妨告訴我吧。」

他臉頰緊繃了下，最後放鬆下來，頭痛般地揉額。「東薩西克斯郡（East Sussex）公爵。他妻子是個法師級的靈性造像師，一頭善妒的母牛。」

「天啊，天啊，」艾兒希抽出塞在領口的手套。「聽聽這評語眞是尖酸刻薄。」

「如果是妳，妳絕對罵得比我更難聽，我保證。她身上的魔咒多到像是噴了濃濃的香水，她所有的魔法交易也都遊走在法律邊緣，習慣鑽法律漏洞。」

艾兒希困惑地蹙眉。「但這些農田的成敗與否，跟她有何關係？」

凱爾西先生搖搖頭。「那女人善妒，很嫉妒艾比蓋兒公爵夫人。也可能是看不慣默頓法師對愛達小姐的賞識。聽說那個女人的魔法造詣已經滿溢，所以她更是受不了。」

滿溢。艾兒希想起奧格登為了學習新的物理魔咒，有多麼煎熬。他只是個初階造像師，但魔法之杯早已空了。她明白在上流社會中，討論他人的魔法潛力是相當大的忌諱。

「就我所知，」凱爾西先生繼續說：「靈性宗派學府已經遺棄她。除了她，我想不出還有誰有動機做手腳。」

「她一定是個事必躬親的女人，不然怎麼會自己跑過來，甘願弄髒手去深埋魔咒。」

「這種事她沒少做，只是手段不同罷了。」他撫弄著唇邊的鬍鬚。他的鬍型雖然有些老派，卻十分適合他。不知道摸起來是什麼感覺。「等時機到了，我一定加倍奉還。」

妳想什麼呢？居然想去摸他的鬍子？她回過神，專注在當下的對話。「沒想到你這麼小心眼。」

他的臉沉了下來。「如果對方玩骯髒手段，那我不可能獨善其身。」

「是，是，」她跨過植株，找個方便站立的位置。「我只是擔心再來什麼類似的報復手段，受到傷害的只會是佃戶，而我很確定，佃戶才根本不想玩什麼骯髒手段。」

他盯著她，但臉色變得柔和許多。艾兒希挑起眉。

「妳說得對，當然。」他嘆口氣。

艾兒希兩手撐在腰後，掃視著農田。她現在人差不多就站在農田中央，**假使**還有其他魔咒，應該會布置在田地的兩端。她抬頭看了看天色。如果能在半小時後離開，她就能及時趕回家，而且不用對自己的曠職多做解釋。但是……她實在看不慣這個靈性造像師，居然將自己的妒火轉移到一群無辜老百姓身上。這次，她不需要兜帽人的指示，她要自己伸張正義。

「我推測東薩西克斯郡公爵人正在倫敦停留，參與剩下的國會會期，因爲他宅邸的對外交通並不是那麼方便？」艾兒希說。

凱爾西先生雙臂交抱在胸前。「沒錯。」

「那麼，他的夫人一定也在那裡。」

他瞇起雙眼。「妳想說什麼？」

「你剛才說她身上佩戴的魔咒，我假設應該都是爲了滿足虛榮心而設置，也許是物理和時間魔咒？那類的魔咒並不複雜，很容易破除。我可以假裝不小心撞上她，她甚至不會發現。」艾兒希微微一笑。「這樣的警告應該就足夠了。」艾兒希有種豁出去的快感。

而且她今天必須保持忙碌，這樣才能轉移注意力不去想阿弗烈德，還有她那對毫無音訊的父母。

不值得被愛。

她搓揉雙手，盡量清掉手上的泥土，這才戴上手套。「這項額外服務，我免費提供。」如果奧格登發現她曠職，她就編個理由。她眞的需要再謹愼些。雖然奧格登不至於解雇她，但她仍希望奧格登能以有她這個助手爲榮。

凱爾西先生嘴唇微揚。「我們好孩子氣，是吧？」

「你沒發現嗎，孩子比大人快樂多了。所以……也許你知道調皮的東薩西克斯郡公爵夫人住在哪裡？」

他想了想。「我們先把剩下的田地檢查完，然後妳將搭乘公爵的馬車進城，肯登小姐。」

「而你會騎馬跟著。」她甜甜一笑。「這樣才合乎禮儀。」

他點了個頭表示同意。但艾兒希莫名地希望他能出言反對。

艾兒希站在一條陽光明媚的短巷裡，感覺自己又回到了八歲。也許他們的想法太傻、幼稚且魯莽，但她不能否認自己相當興奮。執行兜帽人的任務時，她總是偷偷摸摸、嚴謹精準，而且就事論事。

她可能會被抓。不過事實上，若情況太過不樂觀，她就會選擇撤退。這種小小的報復，絕不值得她付出上絞刑台的代價，無論那個女人有多可惡。如果公爵夫人身上的魔咒夠簡單，她可以神不知鬼不覺地經鬆解決。這種事她以前就做過了。

坦白說，對於一個想要餓死整座村莊的女人，這樣的懲罰根本微不足道。

「她來了。」巴克斯在她身旁探出頭。這三個字，他說得特別富有感情，艾兒希這才注意到，他在無意間換上了巴貝多的口音。艾兒希憋著笑意，看著他悄悄地指著馬路。他們兩個站得很近，以一家小小的舊書及皮件縫補店作爲掩護。一個高大、體態豐滿的女人，從巴克斯手指的緞帶店走出來，身上鮮紅色的連身裙太過豔麗，簡直有些流於庸俗。那是絲絨的嗎？天啊，光是那件小外套就要價不菲。女人黑帽下的黑鬈髮用夾子固定住，五官長相倒是可愛，有著明亮大眼、小巧鼻子，原本就紅潤的雙唇並未塗上口紅。她也太年輕了，巴克斯推測公爵夫人有五十多歲，但她一點也不像。

艾兒希確認獵物：瑪緹妲．莫里斯（Matilda Morris），東薩西克斯郡公爵夫人，不名譽的靈性造像師，毀壞農作物的無恥之徒。兜帽人絕對不會喜歡她。

公爵夫人的身旁，有一位矮小許多、更加豐腴的女人，女人的帽子下方是一頭蓬鬆茂密的花白鬈髮。兩人似乎正在談論某件驚人的大事。

上流人士的八卦。真棒啊。只是公爵夫人有了同伴，艾兒希的計畫就有點難度了。

艾兒希走上馬路，來回確認來往的馬車，然後快步跟了上去。她好像聽到巴克斯嘶聲交代她要小心。不過她沒必要追趕，那兩個女人隨即踏上下一家店舖的門階。一家女帽店。

艾兒希放慢步伐跟了上去，在店門就要闔上時扶住門把。她站在門口，假裝對櫥窗裡的陳設驚喜萬分。

「我還是覺得那段路很難走。我開始有點擔心了，雖然路程不算太長。」莫里斯夫人瀏覽了幾頂帽子，撇嘴露出嫌惡模樣。

「亞珥瑪（Alma）是個造像師，她沒問題的。」臉頰圓滾的女人拿起一捲緞帶，平鋪在自己手背上，確認顏色適不適合她。她的聲音有點耳熟，艾兒希大膽偷瞄了一眼。

是莉莉．默頓法師，那晚跟她在七橡園作客的造像師。艾兒希立刻轉開臉，不想被認出來。又或者，被認出來也不錯？也許她可以上前與默頓法師搭訕，藉機接近公爵夫人？默頓法師對破咒法術了解得多嗎，會不會看出艾兒希的把戲？

艾兒希開始產生遲疑。但如果這樣能得到巴克斯．凱爾西的歡心，他或許會早點放她自由。那她也就不需要再說謊想藉口，不用無酬地四處奔忙，更不用再接受他的指手劃腳。艾兒希不想再當債務人了。

再者，能看到他笑顏逐開，也是一件不錯的事。

「她如果遇到了公路搶匪該怎麼辦啊？上帝保佑。是我說服她去度假的，我真是多事。」莫里斯夫人兩手扭絞著。「她現在應該也要到了。她姊姊在電報裡很不高興呢……哼，這裡根本比不上上一個地方。」

艾兒希從眼角斜睨著她們。**鄉紳也知道這個亞珥瑪嗎？**她不經意地想。

店主就站在一旁，對女客人的嫌棄不高興地蹙眉。莫里斯夫人輕蔑地揮揮手，朝門走去。

「我叫瑪里來買好了。這太浪費時間了。」

默頓法師放回緞帶，對著不悅的店主點頭道謝，卻又被一件小裝飾品吸引住。她走了過去，任由莫里斯夫人在門口等著。現在默頓法師和老闆的注意力都移開了，好機會！

艾兒希深吸一口氣，穩住自己。她需要的只是抓好時機。她等莫里斯夫人不耐煩起來，才朝店門口走去，然後突然轉身——

「噢！」她失聲大喊，跟莫里斯夫人撞了個滿懷。兩人一起摔倒在地，又撞上單薄的商品陳設桌。一個零碎湊成的小小時間魔咒，氣味十分濃烈，嗆得艾兒希差點窒息；還有個她不熟悉的物理符文對她閃爍著，邊緣都已經磨損。*完美*。它被製作得很粗糙，而且就快自我瓦解，所以不會有人因它的消失而來指控艾兒希。艾兒希假裝著掙扎爬起身，一手拂過夫人的臉龐，用拇指勾住物理符文。符文隨即消散，即便有另一位破咒師在場，也來不及發現它的存在。

「下來，妳這個笨手笨腳的女孩！」莫里斯夫人氣急敗壞地斥喝。她推開艾兒希的同時，艾兒希已解開了剛剛的物理符文。她只來得及找到兩個——沒時間去處理其他的了，而光是夫人的臉上，最起碼就有六個符文。

「喔，天啊！」店主抓住艾兒希，拉她起身。

「肯登小姐？」默頓法師圓睜著眼睛輕呼。

店主見艾兒希無恙，連忙去攙扶身分更高貴的女人。「夫人，您沒事吧？」

默頓法師一聽，臉皺起來地噓聲道：「你趕緊退下吧。」說完，她轉頭對公爵夫人說：「噢，瑪緹姐！真要命！這都怎麼搞的。」她扶著夫人站起來。

默頓法師語氣中的嚴厲嚇到艾兒希，她連忙鞠躬賠禮。「非常抱歉！我不是故意的。」

「哼，妳當然不是故意的。」莫里斯夫人挺直身子，整理了下裙襬。她的眉頭蹙起，額頭卻沒出現任何皺紋，一定是魔咒把皺紋隱藏起來。但她的鼻子——她的真鼻，就像切肉刀的刀峰般尖尖地挺出，下方的嘴角更露出好幾條皺紋——但只有一邊。另一邊的嘴角，仍像嬰兒肌膚般光滑有彈性。

艾兒希緊咬雙唇以免嘴角失守，並連忙行屈膝禮。店主則是看得目瞪口呆。

默頓法師好似尚未注意到莫里斯夫人的臉部變化，她轉向艾兒希，下巴朝大門一揚。她是對的，像艾兒希這階層的人最好別再逗留，以免公爵夫人怒火中燒之下找方法懲治她。

但夫人一個閃身，擋住了艾兒希的去路，並抓住默頓法師的手腕。「眞是的，莉莉。」艾兒希立刻進入備戰狀態，但火冒三丈的公爵夫人根本沒搭理她，逕自抓著默頓法師走出店外。

艾兒希爲了跟她們拉開距離，走去撿起被她撞倒的商品，並再一次向店主道歉。一旦確認兩個女人走得夠遠後，她也離開女帽店回到了街上。

巴克斯走過來與她會合，目光盯著那兩個匆匆離去的女人。「妳眞是相當在行呢，肯登小姐。」他稍早前緊繃的表情柔軟下來。看來這趟遠足還算值得，一石二鳥。

「那當然。」她調整自己的帽夾。「能請你送我回家嗎，凱爾西先生？我還有不斷增加的待辦事項等著去做呢。」

一抹微笑幾乎就要躍上他臉龐。

12

艾兒希回到家後，放下帽子和腰際小袋，圍上圍裙到廚房煮了茶，然後端到樓上去。她把托盤挪到一隻手上並輕輕敲了敲門，等到奧格登應聲，她才進入會客室。

奧格登側臥在他的小沙發上，一隻手臂懸於壓低的椅背，滿臉疲憊。但除了疲憊，並沒有其他什麼異樣。他對面坐著亞伯・奈許，奈許穿著她上次看到的同套衣服。他瞥了艾兒希一眼，咧嘴微微一笑，接著轉回去看向奧格登。

艾兒希輕手輕腳地把托盤放到奧格登那一頭，並幫他倒茶。

就在這時，她看到了它。她全身一凜。

就在小沙發邊緣，壓在一封密封的信件之下。是新出刊的小說期刊。《紅寶石之咒》的續集！

她尖叫一聲，茶壺因而撞到了茶杯，濺出幾滴茶水。

兩個男人都盯著她瞧。

她正色地清了清嗓子。「跟往常一樣加糖？」

奧格登挑眉。「還用問嗎。」

艾兒希連忙往茶裡放入半匙白糖，以及很多很多的鮮奶油。好在奧格登並不胖，這些鮮奶油應該對他無害。她把茶杯放到旁邊，拿起另一個空杯，目光瞥向小說期刊一眼。封面標題的大小，能讓她大概讀得出來：**真相大白……在黑暗……之際……他必須做出抉擇**。

噢，天啊。

「艾兒希？」

她恢復神色，趕緊倒好茶。「抱歉，茶水準備好了，奈許先生。除非你的喜好有變，想要加糖？」

奈許搖搖頭，那一頭太長的金髮拂弄到他的睫毛。「妳泡的任何東西我永遠都喜歡，肯登小姐。謝謝妳。」如此可愛的人，眞不知道埃米琳爲什麼就是不喜歡他。

她把茶先端給了奧格登，再端給奈許。

「唉，把期刊拿去吧，艾兒希。」奧格登想假裝生氣，但沒成功。「那封信也是妳的。」

「是嗎？我的意思是，噢，是給我的信。哇，謝謝你，奧格登先生。」她一把抓過小說期刊和上面的信件。下面還有一份摺疊起來的報紙，**盜獵者**三個字抓住了她的目光。

第二頁待續……斬釘截鐵地承諾，必定逮回逃脫的盜獵者，交由法律制裁。「這不只是一隻雉雞的事，」班柏說：「還關乎倫理道德和尊重。」

艾兒希雙唇微張。逃脫的盜獵者！肯定是那輛馬車裡的。她成功了，現在那些可憐的男孩自由了——

「艾兒希？」奧格登問。

她抬起頭，連忙問：「還有其他吩咐嗎？」

奧格登無奈地擺擺手，艾兒希便開心地離開會客室，留兩個男人繼續談公事。

她房間的窗戶緊閉，裡面的空氣有些悶熱，但她沒去開窗。她看書時，會時不時隨情節出聲歡呼或慘叫，屋外的行人沒必要聽到這些。

她蹤身一躍跳到床上，束腹緊緊卡著她的臀部。她調整了一下位置，讓自己舒服些。**讓我們來看看男爵發現了什麼——**

噢，還有信。

她頓了一下，看著粗糙的信紙。信紙以無色的蠟液緘封，乾掉的蠟液上是一枚拇指指印。她放下小說期刊抓起信紙。信紙的背面上，她的名字以流暢的書寫體呈現。她認得這個筆跡，是朱尼伯唐那裡的郵政局長。艾兒希就是在朱尼伯唐與家人分離。

這是亞嘉莎．霍爾的來信。

艾兒希瞬間猛然挺直身軀，連忙撕開封蠟，展讀那封短信。她的希望破滅了——這又是來告知她，並沒有姓肯登的人路過，也沒人聽過有這樣的人來到小鎮。但信裡並沒有亞嘉莎慣用的祈禱文。

艾兒希，

我知道妳滿懷期望並殷切期盼。但肯登一家人不會回來了。是時候該放棄了，孩子。事情不會有改變的，而且這些郵資已超出我們家的負荷。我的確很想幫妳，但是時候放手了。向前看，好好地過妳的生活。

謹此

亨利．霍爾

是亞嘉莎的丈夫寫來的。

艾兒希直盯盯地注視這封信，難以理解上頭文字的意思。她又讀了一次。**事情不會有改變的。**這些字句從廉價的信紙上殘忍跳入她眼前。**事情不會有改變的。不會有改變的。**

肯登一家人不會回來了。

他們要她別再寫信過去，要她別再打聽，別再浪費他們的錢。她把信揉成一團，走到沒燒柴火的壁爐前將其扔進去。這又如何？那麼多年過去了，難道她還真的抱存希望？她有朋友，就在這個石器作坊裡，她還有兜帽人。他們指派給她很重要的任務，能改變這個社會。

這樣就足夠了，不是嗎？

她呆然地望向窗外，許久許久。她努力轉換心情，但思緒……卻不知游離去了何方。她現在就像一塊空白的油畫布。但沒關係，總比前晚那個哭哭啼啼的艾兒希好。

她只要讓自己忙碌起來。反正她手邊的事多得很！她必須把堆積如山的工作趕緊做完。

艾兒希下樓走去工作室。小說期刊被她遺忘在床上。

到肯特郡的七橡園只有一小時的車程，但那個早晨，艾兒希感覺自己彷彿一路騎去了多出數小時車程的利物浦。天一亮，奧格登便出門去鄉紳家工作，她也立刻跟在後頭出門。奧格登說鄉紳家的案子就快結束，這表示艾兒希必須想辦法解決這一團亂的三份工作。

她今天很早出門，因爲明天是埃米琳的生日，她想去買個小飾品當作禮物送給埃米琳。通常她只有這種特殊情況才會去購物，也幸好埃米琳很容易滿足。美中不足的是，艾兒希買禮物的預算被車資縮限許多。

車伕讓她在肯特郡的市場大街下車，她已經付完車資，所以只是揮手道謝。她一邊走，一邊揉著痠疼的背部。小鎮剛剛甦醒，市場裡的人不多，也還沒有人開始叫賣。但已經有店家忙裡忙外起來，準備即將開市。幾個男人在她經過時點頭致意，她則回了兩次禮，便把帽沿壓低。她的運氣還算不錯，兜帽人沒再指派她肯特郡的任務，否則這裡的人遲早會認得她。

在側街上的一家吉普賽篷車上，她買了一枚閃亮的石英別針，埃米琳可以戴著它上教堂。一般情況下，艾兒希會很高興買到這樣的禮物，但今天她就是高興不起來。她把別針放到小袋裡，開始往七橡園走去。

「肯登小姐？」

來者的聲音十分耳熟，她轉過身去。巴克斯·凱爾西先生正巧走到她的身旁。他的深色肌膚和藍色長外衣，與晨曦下的街道完美融合爲一體，彷彿有畫家把他畫在那裡。一個畫技精湛的畫家。他的雙眸不可思議地綠，就像夕陽下滾滾無邊的綠色山丘。

她掐了一下自己，強迫自己回神。她點頭打招呼：「早安，凱爾西先生。」他對妳友善，只是因為妳幫了他。因為他強迫妳要幫他。哼！

「妳今天比較早出現呢。」他與她相伴而行。他手裡拿著兩本老舊書冊，但艾兒希沒有想要弄清楚是什麼樣的書。今天沒那心情。選購埃米琳禮物的任務完成後，她的心思轉移到他處，彷彿被擱置在某個被遺忘的畫架上，等著畫家來喚醒。

「我們應該沒有約定確切的時間吧？」她頂了回去，眼睛直盯著腳下的鵝卵石。

他思索了一下。「嗯，是沒有。」

艾兒希點點頭。到公爵府上的腳程並不遠，但她本來就不介意多走一點路，反正對身體好，也能讓頭腦清醒些，特別是在暴雨之後。可惜昨天一整天都沒下雨。

「妳沒事吧？」

艾兒希抬眼看向他，讓思緒轉了一下才回答：「我們也才聊了幾秒鐘吧，凱爾西先生。這麼短時間內，我懷疑你是否有辦法衡量我的健康狀況。不過話說回來，是的，我很好。」

「是嗎。」他的聲音帶著懷疑。

市場街道在尾端附近轉彎，宛如一條河流般，兩人一起順著街道繞了過去。若不是今天實在心煩意亂，她可能會擔心被人看見他們兩人走在一起，擔心別人的閒言碎語。一個年輕女子和一個男人漫步而過，實在不像話。但今天沒人多看她一眼，頂多就是尋常的點頭致意。他們甚至沒注意到凱爾西先生，但也許是他們已經習慣他的存在了。

出了市場後，便是通往公爵府邸的馬路。此時，凱爾西先生問：「妳是不是在煩惱妳雇主的事？」

哪一個？她差點脫口而出，但後來仍舊只是回答：「不是。」

「他對妳好嗎？」

她眨了眨眼，意識到自己必須振作精神，清醒地回答這問題：「奧格登先生對我非常非常地好，就像對待他的女兒一樣。」**女兒。**這個詞，就像一顆鉛球般卡在她的胸口。

「我覺得妳在騙我。」

艾兒希瞪著他。「奧格登先生他——」

他舉起沒拿書的那隻手。「我說的是妳的心情，不是妳的雇主。」

艾兒希揚起下巴。「你沒有特別說明是我的心情，凱爾西先生。一般人在問別人『沒事吧』，通常都是指身體健康方面的狀況。」

「現在這才像妳。」

艾兒希雙臂交抱。「是嗎？」

「是的，妳又是那個難搞的女人了。」他的語氣多了些調侃。

她一聽，兩手立刻放下來。「抱歉，我不是有意的。」

「妳現在居然跟我道歉，我的警報系統是眞的啓動了。」

艾兒希嘆了口氣。她已經看到公爵宅邸的屋頂從樹梢冒出來。

橫亙在她胸口的鉛球躁動起來。

「既然你都已經把我視爲一名罪犯……」她嘗試開口，努力將注意力放在腳底的馬路。

「我想告訴你應該無妨。」她眞的想找個人聊聊，說出朱尼伯唐那裡來信一事，說出她的妄想終於敲響了喪鐘。至於阿弗烈德的事，已經夠讓埃米琳和奧格登爲她操心了。

凱爾西先生不發一言，等待著。

艾兒希挺直身軀，彷彿這麼做能有助於提升她的自尊。她已經開始感到有些後悔，畢竟她跟凱爾西先生又沒什麼交情……但把心事說出來，對她比較好。而且凱爾西先生早已知道她最不可告人的祕密。

「我在來奧格登先生的作坊工作之前——」她省去在鄉紳家幫傭的那段。「是待在一家救濟院裡。」

凱爾西先生小心地說：「這種情況……很常見。除非關照窮苦人家的社福系統能有所改變。」

艾兒希聳聳肩。「我會進救濟院，是因爲我失去家人。也可以說是他們丟下了我。我覺得他們是故意丟下我的。」她噘起唇。她從沒跟別人說過此事的細節，只有跟奧格登大致說了一下。但她之所以告訴奧格登，只是爲了證明自己擁有豐富的工作經驗，不比其他年紀更大的求職者差。現在對凱爾西先生訴說這些，感覺眞奇怪，就像用德語背詩般地拗口。「當時，我們在西邊一座小鎭的人家裡過夜，天亮後，只剩我一人被留下。之後，我會時不時寫信給那個借宿人家，打聽是否有我父母或其他手足的消息。而昨天，那個家庭回信給我，要我別再浪費他們的郵資。」

她見凱爾西先生沒有回應，於是抬眼看向他。他的目光看向遠方，彷彿若有所思。

「這應該就是我今天心不在焉的原因了。」她想自嘲，卻又意興闌珊。「希望你不要跟別人提起，我會十分感激。我目前算是在布魯克利安身立命了，你知道的。」

凱爾西先生搖搖頭。「不，我……我只是想安慰妳，但……不確定該怎麼做。」

「謝謝你。」

「至於我呢，我是個私生子，這也許會讓妳感覺好一些。」艾兒希聞言倒抽一口氣，他卻擺擺手，表示他並未在意。「我父親仍然把我當親生兒子對待，但他生前一直沒娶我母親。我母親出身平民，又是阿爾加維人，那裡位於葡萄牙南部，所以我祖父母不同意這門婚事。我倒是從未遇過像妳這樣的故事，好歹我也聽過不少淒慘身世。」

艾兒希盯著他片刻。他的語氣很眞誠。「巴貝多那裡也有很多嗎？」

「這要看妳如何定義『淒慘』了。」他並沒有開玩笑。「但我會盡力去幫助那些人。很遺憾，那個家庭無法理解妳的心情。」

她調整了下左手的手套。「他們家沒什麼錢，而且也經過了十五年，不能怪他們。」她挺滿意自己的語氣聽起來很輕鬆自在。

兩人終於來到公爵宅邸的石牆前，艾兒希現在看到這面牆時，手腕仍會感覺到搔癢。

凱爾西先生忽然停下腳步。

「肯登小姐，」他的表情十分嚴肅，整個人彷彿變得更加高大。「我決定了，妳的債務已經還清。從各方面來說，妳做的其實早就超出許多。妳無須再勉強自己大老遠跑來，只爲確保我會守密。妳的祕密，我已經忘記了。」

艾兒希盯著他片刻。就這樣？「嗯，如果你是因爲可憐我，那我應該早點把悲慘的人生故事講給你聽的。」

「這不是可憐妳。」

她頓了一下，抬眼看著他。一股傻氣的希望自她胸口泛出。

「剛才遇到妳之前，我就已經決定這麼做。」他說：「更何況，我確實沒有其他事要妳幫忙了。」

她聞言心瞬間一揪，咬了咬唇後強迫自己放輕鬆。**不需要我了**。她逼自己別再想下去。她基本上並不了解這個男人，但他的宣告令她心情變得無比沉重。沮喪——謝謝老天，她應付得了沮喪——彷彿在肌膚下不斷蔓延。她不是對凱爾西先生感到沮喪，而是對自己，因爲她感覺受傷了，最重要的是，因他的解雇而受傷！她應該高興的。她確實高興啊。從此以後，再也不用偷溜到肯特郡，再也不用熬夜趕工，不用再花費龐大車資了。沒錯，是她誤解了。在她心中湧動的不是沮喪，而是驚訝。驚訝以及如釋重負，絕對是。

「好吧。」她停頓了一下，好給他機會反悔。這不代表她希望他反悔。她終於自由了！

「你應該不會想要支付我搭車過來的車資吧？」

她期待他出言拒絕，卻驚訝地看著他伸手去拿皮包，然後給了她幾枚先令。那些足夠她搭車返回布魯克利了。

這下換艾兒希一陣尷尬，她收下也不是，拒絕也不是，而且話都說出口豈能變卦？她最終只好接過錢幣，收進小袋裡。面對這突然的臨別時刻，她發現自己不知該說些什麼才好。她又不能向他道謝——是他威脅她的！但他也說話算話，只是她不想因這種理由而對他道謝。那本來就是一位紳士該做的事。

「我該回去了。」她兩手緊抓著腰際小袋。「祝你有個美好的一天，凱爾西先生。」

他點點頭。艾兒希邁步離去，擱置下心中的糾結。但突然，有個想法從她腦中冒了出來，她停下腳步轉身。

「可以問你一個私人問題嗎？」

凱爾西先生被問得有點詫異，臉上表情反倒沒那麼嚴肅了。軟化的五官讓他看起來更顯帥氣。但這並非她認爲他長得帥。

沒待他回應，艾兒希連忙又說：「好歹我們已經算是對彼此開誠布公了。」

他微瞇起雙眼。「請問。」

艾兒希突然覺得還是有些不得體，畢竟這問題實在太過私人——但謎團一直卡在她心中，又找不到其他迂迴的方法來得到解答。如果她想知道答案，就必須直截了當。「你身上佩戴的是什麼樣的魔咒？」她脫口而出。

這次他是眞的驚訝萬分，一副她剛說出了宇宙的起緣奧秘。

她連忙解釋：「我畢竟有感應到它們存在的本事。」

他僵硬地調整姿勢，最後決定用空著的那隻手去輕撫鬍髭。「妳的確是。」

艾兒希等待著。如果他不肯說，她肯定會被好奇心弄得瘋掉。

凱爾西先生轉身靠在石牆上。「告訴妳這件事應該沒關係。我相信妳會保密，因爲我已經知道妳的祕密。」

「沒錯。謝謝你又一次提醒我。」

他打量著她的面容。艾兒希一手不自在地放到後頸上——奢望藉此穩住心神、不讓自己臉紅。片刻後，他用力地從牆面挺直身軀，調整了下大衣，最後向她跨出一步。

「小時候，我出現過小兒麻痺症狀。」

這完全出乎艾兒希的意料。她驚訝地嘴唇微張，卻不敢開口說話。

凱爾西先生挪開目光。「父親帶我來這裡，因爲小島上沒有法師級的時間造像師。妳察覺到的魔咒，就是用來延遲我的病症發作。」他顯得有些不自在，但聲音仍然平靜。「當然，這麼做只是權宜之計。魔咒並不能讓時間靜止，只能干擾它的影響。事實上，我這趟之所以來英國，除了參加法師的資格測驗，也是想取得一個魔咒。那個魔咒能在病症擴散時幫助我。」

「原來如此。」她觀察著他的身體。小時候……那個魔咒在那裡有多久了？十年？十五年？造像師可以爲一個人的健康做很多事，特別是很有錢的人。但魔咒無法治癒小兒麻痺這類重大疾病，就像它們不能阻止老化，只能延緩過程。

「我很抱歉。」

「如果妳想回報我剛才對妳的安慰，那就不必了。」

她點點頭，停頓了下又問：「那麼另外一個呢？」

「什麼？」

「另一個魔咒。」

他的雙眉深深蹙起。「我不知道妳指的是什麼。」

她兩手往腰際一扠。「真的嗎，巴克斯？我以爲我們是朋友了呢。」

他又跨前靠近，兩人距離近得有些尷尬，近到她能聞到他衣服下的時間魔咒。「妳指的是什麼？」他又問一次。

她愣愣地看著他。「我確定自己有感覺到它……」

他的眼神中流露出困惑。

她噘嘴用力吞了下喉嚨，抬起一隻戴著手套的手。「可以讓我確認嗎？」

他一時愣住，最後點點頭。

艾兒希先朝附近掃視，確定沒人後，這才伸手放到他胸口上。

嗯，很……結實。她沒去理會自己逐漸發燙的脖頸。他胸口的時間魔咒，散發出一股陽光照耀下的林地氣息。但在它下面還有一層。是個緊密纏結的魔咒，這讓她想起農田裡的那些符文——被隱藏了起來。她仍然看不見、聽不見、聞不到，或者是摸到它，但她就是能感應到，以一種難以言喻的方式。無論這個隱藏起來的魔咒是什麼，法力無疑十分強大，所以艾兒希才能感應得到。而且，它也隱藏了所屬的魔法派別。

她移開手。「你感覺不到它嗎？」

他搖搖頭，然後吐了一口氣。他剛才一直在憋氣嗎？

「你身上有兩個魔咒，巴克斯．凱爾西。」她抬眼回視他的目光。「上層的那個魔咒之下，還有一個隱藏起來的符文。我認不出第二個魔咒是什麼，除非先移除上面的時間魔咒。總之，我十分確定它就在那裡。」

凱爾西先生伸手放到艾兒希剛才放的胸口位置上。「一定是妳弄錯了。」

「我沒有。」

他搖搖頭。「我身上沒有其他魔咒，否則必然會跟時間魔咒互相干擾。」但他的語氣並非如此肯定。

「幫你延緩小兒痲痺的造像師並未察覺到它的存在。你之前有和破咒師合作過嗎？」她小聲地補上一句：「我是說，合法的破咒師？」

「沒有。」他的語氣帶著些許防備，也可能只是還處於困惑中。「我沒有。」

她不自在地絞弄雙手。「我不是故意給你找麻煩的。」

「我並沒有——」但他撇開臉，沒把話說完。他揉了揉額際。「妳畢竟沒有接受過訓練。」

她聞言雙臂立刻環抱胸前。「想必你是從我雜亂無章的工作方式得出這結論的吧。」

他握緊手上的書。「我……會深入了解的。謝謝妳，肯登小姐。」

他的話就像在空中的鞭子一甩而過。艾兒希立刻後退一步，好似要躲開他豎起的防備心。

他是真的不知道。時間魔咒的特質會使人十分敏感……也許她不該告訴他還有第二個魔咒存在，尤其在他脆弱的時候。但現在後悔已經太遲了。

艾兒希不知還能說什麼，只能點點頭。只見巴克斯・凱爾西轉身朝公爵府邸迅速走去，消失於石牆之後。

13

他不認爲艾兒希・肯登在騙他。

但也不想相信她。

巴克斯站在房間裡，望著窗外的地面。他很少待在房間裡，只會進來睡覺而已——而睡眠，是他最近最需要做的事，這都要感謝那個礙事的小兒麻痺症。他總是有忙不完的事，忙不完的工作。光是要他直挺挺久站就已十分累人，但恐怕再過不久，他就只能直挺挺地坐著了。

然而，現在他卻在這裡像個殘疾病人，憂愁地瞪著窗外，沉浸在思緒中。

他仍然記得父親帶他去找皮耶羅法師的那天。那時他快十七歲，卻已經長得比父親還高了。他們剛去葡萄牙參加完母親的喪禮，返回到英國。父親給了母親很舒服的生活，但從未眞正讓她參與巴克斯的人生，她和巴克斯的接觸就只有某一次的探望，以及少數的幾封書信。巴克斯並不清楚母親自己是否想參與他的人生，但身爲私生子，他與父親一起生活必定能過得更富裕，相較於他的母親。無論如何，自從失去母親後，再加上海外的遠航和小兒痲痺的加重，巴克斯就一直生病到現在。

他記得那位時間造像師說的每一句話，記得魔咒植入時，他的肌膚一陣發暖。這並不是痊癒，皮耶羅法師警告，只是延緩發病時間。

巴克斯謹記在心。在那之後，他四處蒐集資料、研讀求證，直到研擬出一個適當的計畫。而這個計畫的關鍵，是一個他尚未取得的魔咒。這個魔咒，能在他兩腿不良於行後輔助他移動。就算不行，也能發揮延伸雙手的作用，讓他不用站起來就能獨自生活、工作。

假如物理學府的那些人有點慈悲心，巴克斯或許願意說出眞實的原委。但對那些根本不關心的人來說，多說也無益。

他碰了碰胸口，仍然能感覺到肯登小姐的手。她提出要碰觸他胸口時，他並不以爲意，但現在她手的觸感卻徘徊不去，好似她在那裡下了一道魔咒。就在那短暫的片刻，他看見了她的另一面——她眼裡是全然的哀傷，眉間刻著沮喪。接著，她又告知了另一個魔咒的存在，而他對這個魔咒毫不知情。她對此堅決的態度，也驅散了稍早他生出的柔和情緒。

他不知道那個符文有多大，但肯登小姐堅持它的存在。她從什麼時候知道的？是他逮到她破壞魔咒那一晚？還是他們在石牆上重設魔咒的時候？或者，是在公爵的晚宴上，他挽著她進入餐廳時？也許是他放鬆戒備，任由自己在柔和的燈光和她明亮的藍眸裡放鬆下來——她告訴他魔咒一事，是爲了折磨他、讓他整日憂心忡忡，好報復他強加工作在她身上？難道她是想繼續爲他工作？但他並沒有**支付**她慷慨的報酬啊，該死。

但話說回來，她不像是那種女人。儘管她隱藏得很好，巴克斯卻感覺得出來，她十分關心人，雖然她……有鑽法律漏洞的傾向。

不，他並不認爲她在說謊。只是希望她說的不是事實。

他走到角落狹長的寫字桌前，拿起桌上預備好的筆，飛快地書寫著。筆尖刮擦著紙面，他沒去理會幾處墨水漏出的地方。他拿起信紙揮乾墨水，對摺後在信紙背面寫下：賈克斯·皮耶羅（Jacques Pierrelo）法師。肯登小姐說過，這個法師察覺不到第一個魔咒的存在，但他可能知曉一些內情。

一定**有人**知道這究竟是怎麼回事。

巴克斯拿著信朝房門快步走去。他猛一拉開門，便看到門口站著一名滿臉驚慌的男僕。

男僕一鞠躬。「抱歉，凱爾西先生，但我得請你去一趟會客廳。」

他惱聲地問：「有什麼事？」

男僕被他搞得焦慮不安。「也許您自己親自去確認比較好。」

他盯著男僕，實在反感這些英國人的委婉迂迴。他點了點頭，將信放進口袋裡朝會客廳走去。宅邸很大，但會客廳並不遠。他來到會客廳的門前推開門。公爵正在鋼琴前來回踱步，一臉的不悅；公爵夫人則背對著他。一名警官直挺挺地站在另一個出入口附近。

「怎麼回事？」巴克斯一邊問一邊關門。

公爵回答：「他只是來問一些問題而已，巴克斯。」

巴克斯轉向警官。「出了什麼事？」**他們發現艾兒希的事了**。他全身繃緊。他答應過她，絕對會保密……一想到那個女人會被關進牢獄裡，他不禁擔憂起來。

「請坐，凱爾西先生。」穿著制服的矮胖警官手指向椅子。巴克斯挑了一張坐下，那個位置能一眼看見其他三人。他開始思緒飛轉，思索如何為自己和肯登小姐開脫，最起碼要幫她爭取一些時間。

警官抽出記事本和筆。「你和費爾頓．肖是什麼關係？」

「費爾頓．肖？」他重複這個外國名字，努力不讓其他人發現他全身一陣放鬆。「我不知……等等。」這不是三天前與他競標藝譜集的那個人？他還輸給了對方。「這個人大約四十歲出頭，棕色短髮？而且頗為富有？」

警官點點頭。

「我是知道他這個人，但我們彼此沒有交情。」**這是怎麼回事？**「上個星期三，他參加克里斯提拍賣所的一場拍賣會，穿著灰色西裝。我們共同競標一本藝譜集，最後是他得標。」

「你們之間的交集就這樣嗎？」

「不是。拍賣會結束後，我有去找他談筆交易，我想買那本藝譜集中的一個魔咒。他一開始很感興趣，直到我說出了那個法師級的魔咒後，他突然發怒，還不客氣地拒絕我，然後就離開了。」

「你沒跟蹤他？」

巴克斯瞇起雙眼。「沒有，我的貼身家僕也沒有。」

警官點點頭，看著記事本。「你的家僕姓名是？」

巴克斯不喜歡這名警官問話的語氣，彷彿在含沙射影他有罪。**配合他，巴克斯。公爵會保護瑞勒。**「瑞勒．摩耳。究竟怎麼回事，難道肖先生有去警局控告我？」

「肖先生現在人在醫院，他的情況很嚴重。」警官終於抬眼看他說話。「他昨晚遇刺，有人侵入他家搶劫。」

巴克斯渾身一凜。

「那本班奈特大人的藝譜集就在失竊名單中。唯一的目擊者頭部嚴重受創，很可能傷重不治。」

公爵夫人聞言，立刻用雙手摀住臉。

「這……太可怕了。」巴克斯震驚地差點說不出話。

警官點頭同意。「有人看見你和他在拍賣會起了衝突。」

「不能說是衝突。」

「你昨晚人在哪裡呢，凱爾西先生？凌晨一點到三點之間？」

「當然是在睡覺。」他語氣裡帶著一絲「你在問廢話」的態度。

「哪裡？」

「在我的臥房。我和公爵在他書房喝葡萄酒，直到半夜。」他其實更喜歡蘭姆酒。「在此之前，我和公爵一家人吃飯，聆聽喬西小姐演奏鋼琴。」

公爵插話：「就跟我剛剛說的一樣。」

警官點點頭。「你的證人都十分有說服力，凱爾西先生。」他悄悄示意公爵和公爵夫人。「那麼就先這樣了，如果還有其他問題，我會回來找你。希望你不會在近期內離開英國。」

巴克斯稍稍放鬆下來。「我並沒打算在近期離開。」他必須先拿到他需要的魔咒。

一個想法在他腦中瞬間閃過。如果當時是他贏得了藝譜集，那麼現在躺在醫院的，會不會變成是他？

「你的那位家僕呢？」

「瑞勒和其他僕人都睡在僕人房。很多人可以爲他作證。」

警官看向公爵。「公爵大人，能否請讓我下樓好找此人問話？」

「好的，當然。」公爵快步穿過房間，指向警官背後的門。「請往這裡走。」他們走到走廊後，公爵的說話聲傳來：「不用了，我親自帶他下去。」他應該是對僕役總管說話。

巴克斯吐出長長一口氣，往後躺靠在椅背上。「那些遭竊的東西應該還沒找回來。」

公爵夫人搖搖頭，一臉的憂愁。「還沒有。噢，天啊，我雖然不喜歡我丈夫熬夜飲酒，但現在很慶幸他昨晚有跟你在一起。」

巴克斯點點頭。公爵是見他有心事，這才邀請他一起小酌。自從與艾兒希・肯登告別後，他就一直在琢磨著她，以及她說的第二個魔咒。

「先是亞珥瑪・迪格比失蹤，現在又發生這種事。」公爵夫人揉了揉眉間。「更別提哈爾西（Halsey）男爵和拜倫子爵的事！噢，那兩個可憐的遺孀……我想去花園走走，你要一起來嗎？」

巴克斯起身。「我想去看看瑞勒的狀況。」

「是啊，當然。」公爵夫人擺擺手讓他離開了。

巴克斯向公爵夫人點頭致意，走出房間後朝僕人樓走去。

警官不到半小時後便離去，同時也劃掉了名單上瑞勒的名字。

艾兒希無法專注看完最新一期的小說期刊。有時，那些字彷彿全部糊在一起；有時，是她的思緒飄到其他地方去。更有時候，她也下意識將故事裡的男爵，想像成來自葡萄牙的阿爾加維，完全推翻了自己之前的想像。

即使坐在小小的禮拜堂中，把期刊塞在讚美詩集裡，艾兒希也讀不進任何一個字。她只好去聆聽前方一個陌生的牧師滔滔不絕地講道，並時不時轉頭欣賞那些彩繪玻璃。她應該要開心才對，現在一切又回到常軌上。上個星期以來，一切都再正常不過。不用偷溜去肯特郡，也沒有兜帽人鬼鬼祟祟塞給她的信箋。她很可能好幾個月都不會有他們的消息了。而奧格登也已經結束了鄉紳那裡的工作，待在家裡的時間更長。艾兒希喜歡有他在家的感覺。那股恬淡的家庭氛圍，盈滿在石器作坊的四牆之內。

但她的內心並不平靜。

奧格登今天帶她們來杜威治鎮（Dulwich）。這裡的教堂很小，但起碼有一位靈性造像師在場，不過該名造像師十分年輕，可能充其量也不過是中階程度的魔法師。艾兒希很肯定，他搞不好連鬍子都還沒長過。《紅寶石之咒》中的男爵一定也是如此。

至少，不用擔心會出現她不想要的賜福魔咒。

她闔上讚美詩集，放到膝蓋上。奧格登正在用一隻腳在地上畫星星。埃米琳快要睡著了，艾兒希送的石英胸針正別在她的領口上。

艾兒希伸手掐了她一下，埃米琳輕輕倒抽口氣，頓時完全清醒。艾兒希將讚美詩集交給她。以前，她們兩人晚上放下頭髮、換上睡衣後，艾兒希總會把小說故事講給埃米琳聽，但這個星期，她就是難以集中注意力閱讀。可憐的埃米琳，只能焦急地等著故事的發展；小埃的閱讀能力不太好，但足以自己閱讀這本小說了。埃米琳低頭一看，發現藏在詩集裡的小說期刊後嘴角一揚，連忙翻開第一頁。

就在埃米琳讀到第七頁時，布道會結束了，教徒紛紛起身往外離去。上教堂的名門望族眾多，他們穿著高級服飾、搖著布扇，儘管現在還不到六月，天氣也並不熱。奧格登似乎遇到了舊友，正與那個人聊天，而埃米琳仍蜷縮在座位上繼續看期刊，艾兒希只好獨自從有錢人之間穿過，走進午後的陽光中。

她雙臂高舉過頭伸了伸懶腰，眼睛凝視著街道，正考慮是否伸展一下雙腳，免得等等又要擠進馬車中好幾個小時。周遭的人正談論著舞會、狩獵派對和某場選舉。艾兒希今天罕見地對這些八卦一點興趣也沒有。她只想圖個清靜，於是乾脆走到街邊的一座小公園。她繞了公園一圈，欣賞那些樹木後，最後才決定走回教堂。奧格登他們很可能已經注意到她不見了。

在她所處的對街，一個豐滿的女人被凸起的鵝卵石絆倒，手中懷抱的書冊、紙張和帳本全都飛了出去。艾兒希快步穿過馬路走去幫忙。

「噢，謝謝妳，親愛的。」女人說著，接過艾兒希遞給她的一張羊皮紙，上面畫有圖表。

艾兒希聞聲一愣。「默頓法師？」

莉莉．默頓法師抬眼一看。「噢！眞巧我們又遇上了！只是這次摔倒的是我呢。」

艾兒希將一本帳本遞過去。「您怎麼沒找個男僕幫妳拿這些？」

「噢，不行，我工作的時候，最受不了有人在旁邊走來走去。艾瑪，妳能把那個拿給我嗎？」她指著地上的一支筆。

「是艾兒希。」艾兒希溫和地糾正她，並撿起掉落的筆。

「噢老天，我知道的！」默頓法師從地上爬起，艾兒希伸手去攙扶，以免她手裡的那疊東西再掉下來。「能在這裡遇見熟人眞好。」

「您的老家是在杜威治鎮？」艾兒希問。

女法師搖搖頭。「不是的，肯……噢天啊，」她接著蹙起眉頭。「……是肯登小姐，沒錯吧？」

艾兒希點點頭。

默頓法師鬆了一口氣，圓胖的臉頰瞬間下垂。「學府才剛開除了三個助理，我們現在根本一團混亂。」她朝艾兒希傾身向前。「我形容得還算保守呢。」

「學府終止了他們的工作契約？」艾兒希實在克制不住好奇心。

「他們現在在警方那裡。」她壓低音量，又補上：「警方說他們偷竊藝譜集，又或者有保管不當的嫌疑。一些藝譜集不見了。現在我們這些剩下來的人，就算是年紀一大把的，也都必須去支援他們的工作。我今天已經跑了兩所教堂，現在還有一份報告要完成。」她的下巴朝那疊資料揚了揚。「忙到現在都還沒吃午飯呢，眞是的！」

「唉，那可眞是辛苦了。」艾兒希瞥了帳本一眼。「所以學府的藝譜集不見了？」就她所知，藝譜集都保存在密室裡，即便是高明的小偷也找不到它們。

默頓法師搖搖頭，短短的鬈髮在耳旁晃動著。「別提了，拜託。」

「但是最近有很多關於藝譜集的新聞，」艾兒希也小聲地說：「我聽說有……殺人案件。」

默頓法師厭煩地點點頭。「是啊。當然，那跟我們的藝譜集遺失無關。就只是那幾個沒腦子的傢伙想惹事、自毀前程罷了。」她嘖了一聲。「親愛的，我不喜歡讀報，也不喜歡聽那些新聞，都太可怕了。那些新聞只會讓人心情沉重，我就不懂怎麼會有人覺得讀報有意思呢。」

艾兒希心虛地一僵。「是啊。您等等要去哪裡呢，我幫忙拿一些東西吧。」

「噢不用，我就快到了，眞的。妳應該趕快回去找妳的家人。」

艾兒希這才想起自己原本要做什麼。「是啊。」

微笑回到默頓法師的臉上。這女人實在很適合笑臉迎人。「謝謝妳，親愛的。幫我跟公爵一家人問好。」

我應該不會再見到他們了。但她還是點點頭。

艾兒希一回到教堂，就看到奧格登和埃米琳在教堂外面等她，奧格登正低頭看著銀懷錶。

「抱歉，」艾兒希一邊說，一邊走上前。「我剛剛去散步，碰巧遇到一個熟人摔倒，所以幫她撿起那些掉落的珍貴資料。」

奧格登點點頭。「沒事。我想回家吃午飯了，走吧。」

他雙臂一屈，艾兒希擠出一抹微笑，挽住他的左臂。她的老闆就這樣挽著她和埃米琳，朝出租馬車走去。**家人**，默頓法師是這麼稱呼這兩個人的。從某方面來看，他們也的確是。但說實話，如果埃米琳辭去工作，或者結婚成家，她們兩人就沒什麼理由再保持聯絡——埃米琳有自己的家人，三個姊妹和雙親。即使是奧格登，也有自己的親戚。他沒有孩子，父母也已離世，但聖誕節他都會與侄子侄女一起過節。有時，他也會拖著艾兒希一起參與，但不是每次都會。奧格登雖然像是她的父親，但他畢竟不是。他和**他的**家人並沒有義務照顧她。

回家的路上三人都沉默無語，尤其埃米琳仍徹底沉浸在小說期刊中，直到抵達布魯克利才抬起頭。一回到家，埃米琳立刻把期刊還給艾兒希，抓起圍裙開始忙碌起來。

艾兒希盯著她一陣子，最後困惑地問：「妳到底在笑什麼？」

埃米琳咯咯地笑出聲。「他們接吻了。」

艾兒希眨眨眼，連忙翻開期刊想確認埃米琳讀到的進度。接吻？太無恥了！

她的耳朵竟然開始發燙起來。這太可笑了。她畢竟也有接吻過，雖然有一段時間了。

外面傳來噠噠的馬蹄聲，但艾兒希沒放在心上。她放下期刊，也抓來圍裙圍上。「我幫妳，我肚子也餓了。」**而且需要找事做，免得老是胡思亂想。**

「我要做什錦冷盤和馬鈴薯。」埃米琳手裡拿著削皮刀。「妳能幫我燒水嗎？」

艾兒希拿來燒鍋，在唧筒下裝滿水後，放到爐子上開始燒火。「我餓到都可以直接生吃食物了。」

埃米琳輕笑著。「很快就好了，我切小塊一點，讓它們容易煮熟。」

前門傳來敲門聲。

「埃米琳！」奧格登在樓上大喊。他通常一從教堂回來，都會立刻上樓更衣。他討厭正式服裝。

「我去開門。」艾兒希脫下圍裙，擦乾兩手後快步朝工作室走去。今天是星期天，所以前門是上鎖的，但偶爾還是會有客人突然造訪。奧格登有時也會邀人過來喝茶。艾兒希將圍裙塞在櫃檯下方，然後繞出去拔下門閂。

站在門外的是巴克斯．凱爾西。

14

艾兒希目瞪口呆地瞪著眼前的身影。片刻後，她猛然回過神，連忙推搡他離開門口，然後跟了出去關上門。

「你來這裡做什麼？」她嘶聲問道。因爲剛才用力把門關上，她的心此刻跳得好快，耳裡全是怦怦的心跳聲。她撥回幾縷髮絲，試圖藏起泛紅的雙頰。

「我有事要找妳幫忙。」巴克斯的語氣帶著小心謹慎。他衣著整潔講究，但眼裡有著疲憊，面容緊繃，似乎已有好幾天沒睡好。她能聞到他身上混合了木頭、柑橘和蕈菇的氣味。

她隱約感應到他衣服下的魔咒。

艾兒希放開門把。「出了什麼事？」

「不是出了什麼事，是一直有事。」他雙手往後一負。「我必須知道第二個魔咒究竟是什麼。它快把我搞瘋了。」

艾兒希緩緩點頭。她也快瘋了。「這樣得先解除第一個時間魔咒。這兩個魔咒交疊在一起了。」

「我知道。」他朝屋外的大型馬車望去。還真是低調的馬車呢。「所以我希望能妳去見見幫我設置時間魔咒的造像師，等我們解決了問題，他才能再幫我重新植入。」

艾兒希聞言一驚，驚訝地張嘴又闔上，同時胃部開始翻騰。她探頭確認屋子後方沒人後，大步繞過屋角去等他。等巴克斯也走到屋後，她立刻壓低聲音說：「你的這個要求，有兩大問題要解決。第一，時間宗派學府在紐卡斯爾（Newcastle upon Tyne），距離這裡大約要八、九天的路程！我不可能突然離開兩個星期。第二，我跟你說過，我身邊並沒有年長的女伴護可以同行。」而且她也沒打算去找一個。如果有個年長的伴護隨時監視她的一舉一動，她就更難隱藏破咒能力。

「我可以支付妳報酬。」

她開始感興趣了。「嗯，這比勒索來得有誠意多了。」

他顯得有些困窘。「艾兒希——」

「還有，我要怎麼做？和你躲在灌木叢中拆解魔咒？然後在你衝進去重新植入時間魔咒時，留在原地傻傻等著？」

他深吸一口氣。「皮耶羅法師不會查驗妳的登記紀錄，其他人也不會。這麼做太不得體了。」

艾兒希不以爲然地琢磨著。「就算是這樣，紐卡斯爾也太遠了。」

「不用去那裡，皮耶羅法師要去伊普斯威奇（Ipswich）探親。」他小心翼翼地說，綠眸緊盯著她。老天，他的睫毛眞長。

「伊普斯威奇，」艾兒希重複著，並收斂心神要自己專心。「那還是得花三天的路程。」

「我們可以兩天就趕到。」

「我雖不是在名門望族長大，但還是有家教的。與一個單身男子困在車廂裡兩天，喔，不，包含回程是**四天**！這眞的不太明智吧。」

他翻了翻白眼。「被妳說的好像是某種家務瑣事……」

她兩手環抱胸前，反擊回去。「請不要一副事不關己的態度，凱爾西準法師。就算你不在乎，我還要我的形象和名聲。」

「我們可以各自搭乘一輛馬車。」

艾兒希思索了片刻。如果他能安排，這麼做倒是行得通，不過——

「我突然出去那麼多天，要怎麼跟奧格登先生交代？這棟房子裡沒人知道我的事。」

「跟他說，妳要去看家——」他立刻停住，但來不及了，她脆弱的心已經被他的話刺傷。

她感覺到今天注定是悲慘的一天。「妳有其他遠房親戚或朋友可以拿來做藉口嗎？」

「我所有可用的藉口，都在偷溜去肯特郡的**那幾天**用完了。」

巴克斯撫弄著鬍鬚。「我來想想辦法。」

「你能想出什麼辦法？」

「相信我。」

如此簡單的三個字，讓艾兒希爲之愣住。**相信我**。她能相信他嗎？她之前一直顧忌巴克斯·凱爾西，但他說話算話，**確實**信守了承諾。而現在，她不再虧欠他，倒是他來請求援助。

她想幫助他。

艾兒希打量著他的臉，看到因皺眉造成的細紋，還有那高挺的鼻子——

噢，停止。

「好吧。」她的表情瞬間鬆懈下來。「如果你能想出辦法，而且成功可行，那我就同意跟你去。你的提案最好很有說服力。現在趕快離開吧，免得我還要解釋爲何有一輛**公爵的**馬車，出現在石器作坊外面。」

「謝謝，艾兒希。謝謝妳。」

她揮揮手把他打發走了。艾兒希仍然留在屋後，直到聽見馬車離開的聲音，這才探頭出去觀望，正好看見馬車消失在馬路盡頭。

與巴克斯相處四天──兩天去程，兩天回程。她挺喜歡聽他叫她的名字，不過如果能用他自己原本的口音來喊就更完美了。她想像著那聽起來會是怎樣的感覺，*艾兒希，艾兒希*。

「噢，別再說了。」她低聲讓自己住嘴。不過，她不得不承認，自己心裡的那份沉痛已經消散許多。現在就等著看這個高階造像師能想出什麼辦法，把她偷渡出去。

她真心希望他能成功。

奧格登有個習慣，總會把他的櫃子弄得像被風暴橫掃般凌亂。

他把工具拿去使用後，歸位時總是隨意擺放，要嘛放在下次取用時最方便的位置，要嘛放在最高的地方。如果只是把東西放在最易拿取的位置，她還能理解，但放到最上方一層就太不合理了。那裡基本上只會存放不常用的雜物。艾兒希偶爾會試圖跟奧格登溝通他的收納習慣，而他總是點頭、一副有聽進去的樣子，但結果什麼也沒改變。他仍然會把顏料放在三個不同的地方，鑿子這裡放放、那裡放放，有時午餐盒甚至被擺到最接近地面的那一層。難怪他總是找不到工具。

艾兒希搬來梯子著手重新整理。她先把最上面一層的東西拿下來分類。撣去整面牆上的灰塵並非什麼難事，但現在她指甲縫裡全是塵屑。

就在她踮腳去拿最上層的一本書時，始作俑者走了進來。「艾兒希，我剛收到一封太有意思的信了。」

她一把抓下那本書，放到伸手就搆得到的位置。「怎麼個有意思？」

「有間新開的女子學校，在伊普斯威奇——」

艾兒希瞬間踉蹌了下，連忙抓住梯子穩住自己。

「——專門訓練會計和祕書事務。我很驚訝他們居然知道我是誰呢，還特別以十分優惠的學費，為我的女員工提供一星期的課程。」

艾兒希不敢置信地清清嗓子。「真的？」**高招啊，巴克斯**。她拍掉手上的灰塵，爬下梯子走了過去。奧格登把信遞給她看。

「會計事務我已經會了。」她看著那流暢的筆跡。是他自己寫的？這人到底多有自信啊？

「噢，但這是高階會計……嗯。學費的確不貴，我可以自己支付。」

奧格登兩手往腰上一扠，每次店裡只要來了好看的年輕人，他就會這副德性。隨時都在幫她物色對象。「妳有興趣？」

艾兒希琢磨著如何把戲做足。她討厭欺騙奧格登，但這次動機良善。而且她又不是要去幽會。

「一個星期啊……」她假裝考慮著。如果她曾從兜帽人指派的任務中學到了什麼，那就是該如何讓人信服。「不過學這個派得上用場呢，對我作帳也有幫助。」

「妳的帳目已經做得很好了。」他把信拿回去看。

他還在遲疑。於是艾兒希繼續推波助瀾。「鄉紳那裡的工作結束了，現在的時機剛剛好……也許我先去上課，如果課程不錯，下一期可以讓埃米琳去上。」

「如果想趕上這一期的課程，妳明天就必須出發了。」他低聲說。

艾兒希遲疑片刻，才說：「我……應該沒必要去上這門課程。我可以留在店裡，畢竟還有櫃子要整理呢。」

她看見奧格登蹙起的眉間帶著一絲內疚。奧格登瞥了瞥櫃子。「我出一半的學費。」

艾兒希微微一笑。「那就這麼說定了。」她在奧格登的臉頰上印了一吻。「這次一定會很有收穫的。」

而且她一定會讓巴克斯好好賠償她。

灰暗的天空下，艾兒希在布魯克利鎮外等待馬車來接她。太陽尚未完全露臉，但即使它高掛在天空，烏雲籠罩的天色也能把它的活潑明朗遮掩住。此刻已有微雨飄落，但還不到要撐傘的程度。

不怎麼好的兆頭。

泥濘的馬路上，有輛四匹馬拉的大馬車行駛過來；艾兒希退到後方，以免泥水濺髒她的紫色連身裙。這是她少數比較體面的衣服之一，並非其他特殊理由才挑選它來穿。而大馬車濺起的泥水也不會弄髒別人，因爲只有她自己一個人前來。她以天氣爲藉口，不讓他們來送別，堅持自己出來等馬車。奧格登也完全沒有多想，但她感覺得到埃米琳正躲在二樓的窗簾後偷看。

與此同時，她才發現並沒有第二輛馬車。巴克斯·凱爾西踢開車門，髮絲散落下來。「我沒辦法說服公爵借我兩輛馬車。」

她的心臟都快跳到喉嚨了。她安慰自己，事情也沒那麼嚴重——時代不同了，沒有以前那麼講究——但是……唉，反正她還能說什麼？**抱歉，我堅持為了我的名節，你去車頂上坐。當然，也沒人會真正在乎我的名節好壞。**

更何況，這總比一個人呆坐在車廂內兩天好吧。而且巴克斯心情好的時候，人也算滿好相處的。

其中一名家僕——是叫約翰吧？——跑過來抓起她的手提旅行袋。艾兒希撩起裙襬，提醒著：「窗簾拉好，免得引來閒言碎語。」

當巴克斯下車走進綿綿細雨中、扶她上車時，她的心中綻放出一抹微笑。

馬車行駛十分鐘後，艾兒希實在憋不住了。她需要說話。

「巴貝多島那裡的治安好不好？犯罪多嗎？」她問。

巴克斯的頭髮如陽光照耀的波浪般，披散在他的肩上。他好奇地看著她回答：「不多。怎麼了？」

「對最近聽到和讀到的新聞有感而發，所以問一下。但這裡還真是不太平，接二連三出事。」她兩手交纏又鬆開。「我星期天又遇到默頓法師了。」

「她好嗎？」

「還不錯，只是有些疲憊。靈性宗派學府的幾本藝譜集，被幾個助手偷了或拿走了。那些人被開除，她好像得支援其中一人的工作。」

巴克斯蹙眉說：「有意思。」

「是嗎？」

他交抱雙臂在寬闊的胸口前。「上個星期，有個警官跑到公爵宅邸問話，是關於一位肖先生的事。此人剛在拍賣會上得標一個藝譜集的複本。他也被搶了。但比其他人幸運，他活了下來。」

「眞不幸。」艾兒希問：「他是公爵家的朋友嗎？」

「不是。但有人看見我跟他說話，所以我被列入了嫌疑名單中。」

「現在應該排除嫌疑了吧？」

「顯然是。」

她緩緩點頭。她撥開窗簾，想讓車廂裡亮一點，但外面的光線也很有限。雨滴正拍打著車頂。

「你的家僕在外面淋雨可以嗎？」

「他堅持他可以。他不喜歡擁擠的空間。」

艾兒希聽了微微一笑。「所以你也去了那場拍賣會？去競標藝譜集，還是其他拍賣品？」

巴克斯輕哼一聲。「是爲了藝譜集，正是他被搶走的那本。那本藝譜集裡，有一個我想修習的法師級魔咒。」

「你已經參加法師的晉升測驗了？」她腹部猛地一緊。法師級造像師的資格，只屬於那些有頭銜的上流社會人士，例如那些公子哥兒們。

但他只是搖搖頭。「還沒。我希望用那個魔咒來晉升。我知道妳會問，所以乾脆直接跟妳說好了。那是個移動魔咒。」

「移動？」

「這個魔咒，能幫助我在不接觸的情況下，移動周遭的物品。」

艾兒希眨眨眼。「太……神奇了。」那她整理奧格登的櫃子不就輕鬆多了！連梯子都不需要。但沒有強大的造像法力，她是不可能擁有這種魔咒——破咒師不能修習造像魔法。

「很遺憾你沒成功拍下它。」她安慰他。

他聳聳肩。「等我們見完皮耶羅法師，回來後我一定會想辦法再試一次。」

艾兒希抿了抿唇，望著另一邊的車窗。「你確定這位法師不會查驗我的資格證？」

「有人查驗過奧格登先生的嗎？」

「嗯，是沒有……」

「妳一定沒事的，我保證。」

「謝謝你。」艾兒希看著他，這個男人幾乎佔去車廂一半的空間。「你爲什麼把頭髮放下來？」

他眉毛一挑。「妳爲什麼要在乎我的頭髮？」

艾兒希被弄得很尷尬，趕緊將目光從他深色鬈髮上挪開。「這個嘛，你不應該把頭髮放下來，不時髦，而且有點土氣。」

他哼了一聲。「今天要坐馬車一整天，紮馬尾太不舒服了。這樣我怎麼靠著椅背休息？」

艾兒希將腦袋往後一靠，驗證他說的話。但她的頭髮還來不及碰到車壁，帽沿就先碰到了。也對，綁著馬尾對這麼長的車程來說太累贅了，對吧？在當年救濟院被燒燬後，艾兒希再也沒出過遠門，更別說坐那麼多天的馬車。

她拔掉帽子上的帽夾，摘下帽子放到椅墊上。她往後躺靠，立刻感到舒服許多，但一支髮夾仍會頂到她的頭皮。「我懂你的意思了。」

「對吧。」巴克斯望向窗外，馬車正經過一座小村莊，村莊裡全都是破敗的屋舍。艾兒希納悶，不知這座村莊的管理權是歸誰所有。「再次謝謝妳，」他再次出聲：「謝謝妳答應前來。」

「女子學校的優惠課程，這個主意很聰明。但我回家後，必須表演新學到的數學算式，這樣才有說服力。還有，你欠我五先令的**課程費用**。」

他的嘴唇微微勾起。「我來看看要教妳什麼數學算式，也會還妳錢。同時，這次我也想給妳一些報酬。」

她甜甜一笑。「不客氣。」她盡量把腳伸到最直，伸到狹窄的車廂允許的範圍。「坦白說，我自己也很想知道那究竟是什麼魔咒。你真的一點想法也沒有嗎？」

「沒有，」他嘆口氣。「我也想搞清楚那是什麼，想得晚上都失眠了。如果它是在時間魔咒之下，那應該是在我青少年，在小兒……」他碰了碰胸口。

「你好像累了。」

「我經常感到疲累。這是症狀之一。」他若有所思地放下手。

「我很抱歉。」

「妳不需要這麼做。」

「我想爲你感到難過，凱爾西先生。偶爾佔一佔上風的感覺挺不錯的。」

他的嘴唇又微微上揚了些。「妳已經佔上風了，現在換我欠妳人情。」

一絲內疚在艾兒希胸中盤繞著。「我不是那個意思。我……是眞心想幫你，眞的。我甚至不打算收取你的報酬。」

他盯著她看，那雙綠眸幾乎和窗外的樹籬同色。「妳把我弄糊塗了，肯登小姐。」

她琢磨著他的話。「你只要撇除我擅闖公爵宅邸的那段，我其實很好懂的。」

他輕笑出來。「這點我頗爲同意。」

艾兒希聊夠了，於是從袋子裡翻出小說期刊，車廂裡的光線剛好足夠讓她閱讀。

她終於可以把它讀完了。

15

造像魔法，不同於多數歐洲國家的其他專業技藝。它是唯一能讓窮人變成有產階級的手段。

一般來說，低下階層的人幾乎負擔不起學費，更別說取得每個魔咒所要支付的高額價碼。不過，有人若能展現出足夠的潛力，並且讓關鍵人物看到，那麼他就能獲得一個資助人。如果他又成功晉升到法師級，就有機會憑藉著魔法賺大錢，甚至贏得頭銜。

這當然是**男性**才有的機會，低下階層的女子是無福沾邊的。只有名門望族的仕女才有修習造像魔法的資格，例如肯特郡公爵的女兒。

艾兒希轉著思緒，跟著巴克斯走進一棟低調的房子裡。房舍坐落在伊普斯威奇的一片甜菜田之外。賈克斯・皮耶羅法師是名時間宗派學府的造像師，這表示他十分有錢。不過眼前並不像是有錢人應該有的房子，它甚至沒有保全魔咒來保護——尤其在制咒師接二連三出事的時局下，這麼做實在不明智。

這裡的房產是歸皮耶羅法師的哥哥所有，那個人是馬車製造商，並非制咒師。就巴克斯——凱爾西先生——的了解，這房子是從他們的亡父那裡繼承而來，皮耶羅法師很可能就是在這裡長大的。房子整體並不破敗，也眞的不算小，與散布在肯特郡公爵領地中的那些農舍不同。它只比石器作坊和相連的廂房加起來小一些而已。儘管屋子結構已有些年歲，但屋內的陳設家具都仍然狀況良好。艾兒希不禁推測，那些應該是出自法師的手筆。

這使她對這位法師多了些好感。

引領他們的，是位興高采烈的五十多歲婦女。她向他們自我介紹是皮耶羅太太，但艾兒希推測她應該是造像師的嫂嫂，而非妻子。

「是的，他說過你們會來。」她引領艾兒希和巴克斯往屋裡走去。她說這句話時，是看著巴克斯說的，但眼神同時掠過艾兒希，無聲地揣測她在場的原因。很快地，女人眼神裡的困惑轉換成某種令人舒服的暖意。

她很可能以爲他們兩人是夫妻。嗯，艾兒希並不打算糾正她。在沒有年長伴護同行的情況下，將錯就錯能省下很多麻煩。

「他就在外面，」皮耶羅太太說：「你們可以去會客室等。我去跟他說你們到了。」

如果這戶人家有孩子，那應該也早已長大搬出去住了。皮耶羅太太帶他們來到會客室，會客室看起來像由小臥室改造而成，艾兒希的房間都比它還稍微大些，但這個空間布置得相當舒適。小壁爐裡尚有紅色餘燼，顯然剛剛才升過火，殘存的餘溫驅散了雨天的陰冷。皮耶羅太太扔了兩塊柴薪進去，接著快步離開。

「這裡很舒適呢。」艾兒希挑了張木搖椅坐下。皮耶羅太太以前是不是就坐在這張椅子裡，哄寶寶入睡？

巴克斯看著她。

「怎麼了？」她問。

「我看不出妳是不是在開玩笑。」

艾兒希揚起下巴。「我是真的覺得這裡很舒適，而且相當雅緻。我並沒有住在公爵府邸裡，凱爾西先生。」

他有些困惑地點點頭。他們在車廂裡待了兩天一夜——前一晚，他們各自寄宿在一間小旅店的不同房間裡——艾兒希對他語氣中的微妙變化已有些概念。例如三天前，她並不會把他的面無表情解讀成是困惑。

她沒有告訴他，從路程一開始到結束後，他已不知不覺地換上巴貝多口音。

然而，巴克斯的困惑很快就褪去。他在會客室裡來回踱步，兩手不斷搓弄，似乎想暖和一些。他在緊張。

「我動作會很快的。」她注意到自己的左袖袖口有處線頭鬆脫了。「我知道它是哪一類魔咒後，如有必要就移除它，然後時間魔咒重新植入，一切就在眨眼之間完成。」

她以爲巴克斯會出言反駁，以爲他會說不用像孩子般地哄他，但他卻只是微微點頭。他的心不在焉只讓她更加擔心他。

樓梯上傳來了腳步聲，艾兒希的心跳劇烈起來。她起身兩手交握在身前，又鬆開，決定挪到背後去交握。

一個衣著體面的男子走進會客室，艾兒希最後又鬆開交握的手。來者大約與皮耶羅太太同齡，頭髮是那種褪色的淺棕色、有些稀疏，眼睛又黑又大。他年輕時一定頗爲英俊。

巴克斯立刻伸手迎上去。「皮耶羅法師，謝謝您答應見我。」

「沒事。我本來就要來這裡探親，沒什麼不方便的，」他的英語帶著淡淡的法語腔調，這讓艾兒希對此人的經歷更加好奇了。法師瞥了艾兒希一眼。「看來你結婚了呢。」

艾兒希移開目光，但巴克斯泰然自若地說：「不，您誤會了。這位是我雇請來協助我的破咒師。」

艾兒希立刻掛上一道微笑，淡淡行了個屈膝禮。「很高興認識您，皮耶羅法師。請別介意我的服裝打扮，我恐怕是學府在這麼短的時間內，唯一能找到有空的閒人。」

老人頓了一下，才點頭說：「當然，請問如何稱呼——」

「請叫我肯登小姐。」她努力讓自己的聲音聽起來輕鬆些。報上真名，她和巴克斯就不容易有口誤的機會，更何況法師又不會去調查她。他沒理由那麼做。

「所以你確定有第二個魔咒？」他轉向巴克斯。

「是的。有個破咒師最近造訪肯特郡公爵府，是他發現的。但我們無法確定那是什麼魔咒，除非得先移除您的魔咒。」他有些遲疑。「您確定那不是您植入魔咒的一部分？」

皮耶羅法師搖搖頭。「我在信裡跟你說過了，我只有植入了一個魔咒。」他看著巴克斯的雙眼，又說：「你父親只支付我一個魔咒的報酬，小子。不過你已經長大，也不能再叫你小子啦。」

法師自娛自樂地笑了笑。巴克斯的身高比法師高了一顆頭，身板也寬厚許多。

「那就來吧！」皮耶羅法師扳響兩手的指關節。「應該花不了多久的時間。你想要站著還是坐著？」

「站著好了，謝謝您。」巴克斯原本站在壁爐前，此時退開幾步，眼神看向艾兒希。他眼裡帶有奇異的情緒，但艾兒希解讀不出來。

「對喔。」艾兒希嘀咕一聲，走到他面前。他點頭示意動手，艾兒希伸手放到他胸前。她感受到他的心跳正在加快，他也在緊張。而且——

「噢眞是……」她的臉頰好熱。她剛剛根本沒想清楚整件事！

「怎麼了？」皮耶羅法師問。

艾兒希放下手，清了清嗓子。「嗯，我剛剛忘記提到了，凱爾西先生。」她不自在地扯弄自己袖口鬆脫的線頭。「但我恐怕……要請你脫掉上衣。」

她的耳朵好燙。她退開幾步，給他活動的空間。「那個魔咒是在肌膚表層。」

「當然了。」皮耶羅法師說。

巴克斯又一次神色自若地順勢而爲，倘若他有一絲的尷尬，他也隱藏得很好。巴克斯脫掉外套，將其披掛在附近的椅子上。接著是背心，也被放到了那張椅子上。

艾兒希想挪開目光，但就是做不到。*我是專業人士*，她提醒自己。最起碼，她必須假裝自己是專業人士。

他摘掉領巾，接著抓住亞麻上衣的領口，一口氣地脫下了衣服。

噢，天啊。

艾兒希兩手放到後頸上，試圖幫發熱的脖頸降溫。她不能讓臉頰發紅，否則會在這兩個大男人面前無地自容！

離開救濟院後，她唯一見過赤裸上身的男子，就只有奧格登。儘管奧格登仍舊結實健壯……但不一樣。

巴克斯・凱爾西一點也不難看。

她低垂目光盯著地板，讓自己冷靜下來。艾兒希等到覺得自己平靜後，便挺直腰背，強迫冷靜的情緒進入身上的每一處神經。

「抱歉。」巴克斯低聲說。

她的目光迅速移到他臉上，又連忙飄移開。她裝作不在意地擺擺手。「這是我工作的一部分，凱爾西先生。」艾兒希向前跨出半步，準備感應那個魔咒。巴克斯的男子氣息——帶著柑橘的氣味——十分強烈，但那個土壤氣息的時間魔咒也是。無疑是個法師級的魔咒，儘管她看不見它，卻感覺到它是相當大的符文，從他胸口的一半開始，往下延伸至肚臍上方二、三公分處。他褲腰上方的深色毛髮——

天啊，女人，專心！她伸手按在符文上。巴克斯的肌膚輕顫了下——她的兩手一定很冰冷。她把注意力放到冰涼的手指上，免得去想他肉體的溫暖和結實，讓臉紅得更火燙。但是，她腦海裡的念頭仍一如往常地我行我素，從她手指上的溫度，轉移去比較兩人的膚色——她是白皙偏桃粉，而巴克斯則是漂亮的古銅色。時間魔咒在她的碰觸下嗡鳴作響，似乎知道它的死期將至。在它之下還有另一個魔咒。她感應得到那個未知的魔咒，彷彿一個正注視著她的隱形人，依舊是看不見、聽不到、嗅聞不出，也感覺不到。

「高超的魔咒呢，皮耶羅法師，」她專注在手上的工作。「我都有點捨不得移除它了。」

她的讚美起了作用，法師聞言露出微笑。

「準備好了嗎？」她低聲對巴克斯說。

巴克斯點點頭，目光一直停留在她臉上，不曾挪開過。

她的手指沿著符文邊緣往下走，探尋類似繩結的結構，好找到纏結源頭。在她的指腹下，巴克斯的肌肉隨著呼吸微微起伏。

別胡思亂想。專心。

這次，她花了比較久才找到起始點。就在左下方。然後是底部、中心、左上方、右上方……她慢慢找到了每一段脈絡，卻在第六和第七段之間停頓下來——畢竟這是個法師級的魔咒，兜帽人指派給她的任務從沒如此複雜過。魔咒正在反抗她，它早已習慣棲息在巴克斯的肌膚上。它彷彿在發著牢騷：**不要這麼做啊，我是在幫助他，懂嗎？**但艾兒希仍是無情地挑出線段，用另一手將其拉出，完成了工作。

在兩位造像師的眼裡，她的破咒過程可能很像在玩遊戲，但拆解確實起了作用——那個符文的氣味變酸，然後發出一道她幾乎看不見的閃光，好似魔咒已放棄了自己的生命。

在它的下方，第二個較暗沉的符文浮現上來。一個黯淡的藍色符文，透在巴克斯古銅色的肌膚底下而顯得像是綠色。它沒有發出微光，似乎是植入時被弄反，發光的那一面朝內，而不是向外。

「這是……」她退開半步打量著。它與她見過的其他符文不同，就像沒清乾淨的孩童塗鴉，只有時間魔咒三分之一的大小。艾兒希無須碰觸，就知道它是法師級的魔咒。而既然她能看見它，代表它是一個物理魔咒。

「它是什麼？」巴克斯問，他的聲音非常壓抑卻急切。她感覺都能聽到他的心跳聲了。

「不知道，」她坦白回答：「我從沒見過這種魔咒。而且它不……它沒有在發光。」

「發光？」皮耶羅法師問。

艾兒希點點頭。「物理魔咒都會有點發光。但這個呢，卻像被濕粉筆塗上去的，我……這裡有沒有什麼可以讓我寫字的東西？」

「物理魔咒？」巴克斯輕碰他看不見的符文。

皮耶羅法師走出艾兒希的視線範圍，但她並沒去看法師在做什麼。她不想挪開視線，這個符文雖沒有展露出危險徵兆，卻實在很古怪。她不喜歡它。

「怎麼了？」巴克斯問。

她搖搖頭，暫時撇開那種不舒服的感覺。皮耶羅法師這時走了回來，於是艾兒希壓低聲音說：「好像有人不希望你發現它的存在。」

巴克斯的肌肉一僵。

「請用。」皮耶羅法師遞來一張信紙和一支炭筆。艾兒希退到巴克斯放衣服的椅子前，把信紙攤放到扶手上，盡可能描繪出那個符文。

完成後，她把畫拿給兩個男人看。「你們認得它嗎？」

兩名制咒師都蹙起眉頭。「沒見過。」巴克斯說。

皮耶羅法師也搖搖頭。「我們使用魔法時，並不需要認得符文；符文只是一種無形的能量，標誌著魔法的發生。應該說，它們就是**魔法本身**。」

「符文的知識是公開分享的嗎？」艾兒希問：「我可以搜索看看這個符文。」

皮耶羅法師點頭。「我想應該有，在其中一個學府中。」

艾兒希沒有資格進入學府。她咬了咬唇，放下畫紙朝巴克斯走去。這次她問都不問，兩隻手直接放到那個黯淡的符文上。

眞的很結實。

她有些遲疑著。

「怎麼了？」巴克斯的聲音透著擔憂。

「這個纏結該死地緊。」艾兒希說。皮耶羅法師吃了一驚，不怎麼贊同她的用字。「也許我們應該先回倫敦，弄清楚它是什麼之後，我再來嘗試移除。」

嘗試。儘管她有十足把握自己做得到。到目前爲止，她還沒遇過解除不了的魔咒。只是有些解除起來比較費事而已。

「不行。」巴克斯厲聲說：「不行，我要它離開我的身體。它在我不知情的情況下被隱藏植入，顯然留在身上沒有任何好處。」

皮耶羅法師聳聳肩。「也許是你小時候雙親爲了你好而植入的。」

但巴克斯搖頭。「我要它離開我的身體。」

艾兒希抬頭看著他。兩人如此靠近，她的兩手也還放在他的胸前——感覺很親密。但這種親密並不會令她反感，完全不會。

但見到巴克斯的煩躁不安，她還是收回心神專心工作。她開始摸索、尋找符文的源頭。源頭藏得相當隱密，可惡。她的手謹慎地朝符文的中心移去，一步步探尋。現在的她，可能看起來不知道自己在幹嘛，但她必須找到。她從頭又試了一次，這次將步調放得更慢。

找到了。

符文纏結的脈絡宛如髮辮中一束束髮絲，最後一束被巧妙地塞藏在其他髮束下。設置這個魔咒的造像師，相當了解符文的結構，而且爲了藏匿源頭，特地精心設計了多重誤導。這也讓她更加確定自己的猜測：設下此魔咒的人，並不希望它被發現。

艾兒希停頓了下，抬頭看向巴克斯，正好迎上那道急切的目光。「你確定要破除？」她再次確認。

「是的。」在她雙手之下的他，心跳像蜂鳥振翅般急速搏動。「拜託妳。」

艾兒希繼續拉扯符文的脈絡。她又花了一些時間才找到第二個纏束的源頭，接著是第三個；不過隨著解開的纏束越多，就越容易找到下個源頭。就在她來到尾聲時，這個符文終於開始掙扎般地發光——

接著消失無蹤。

巴克斯倒抽一口氣，踉蹌地往後退開。

「怎麼了？」她立刻抽回雙手，好像剛剛激怒了一條蛇。她的眼眶開始濕潤，**噢，天啊，我殺了他，我究竟對他做了什麼，我永遠不能原諒自己！**「怎麼了？我傷到了你嗎？」

皮耶羅法師衝上去及時扶住他。巴克斯的喉結上下滑動，他正在用力吞嚥喘息。幾縷髮絲從他頸後的髮結中滑落下來。

他深深吸了一大口氣，鼻翼翕張。

「巴克斯？」艾兒希嚇得雙手顫抖。

巴克斯舉起手示意，安撫她：「妳沒傷到我，艾兒希。我沒事。」他挺直身子，卻不知怎麼地，他的身形似乎又變高了。他的背更加筆直，肩膀更爲寬闊。

艾兒希看看他，又看看皮耶羅法師，目光再回到巴克斯身上。「所以到底是怎麼了？」

「我好像……像被什麼東西揍了一拳。」巴克斯的手按著胸前，就是第二個魔咒之前所在的位置。「但……又感覺很舒服。」

「你沒事吧？」皮耶羅法師上前，探了探巴克斯的額頭。

「沒事，」他搖頭撇開法師的手。「我……非常好。」他抬起雙手抓握，他的手部肌膚顏色變深了，更加健康飽滿。而且……對，他的臉龐也是，彷彿在七月烈陽下待了一整天。他的雙眼也變得更澄澈、碧綠。

艾兒希被搞得一頭霧水。「什麼意思？」

「我是指，」他高舉雙臂又放下。「我感覺自己終於有力氣，而且精力充沛。以前，我的身體彷彿被制約住，只剩下一半的體力來活動。現在……我不再感覺到疲累了。」

艾兒希驚訝不已。過去巴克斯經常容易疲憊，但他認為那都是宿疾的症狀之一。

「凱爾西先生，」皮耶羅法師緩緩地說：「我雖然不是醫師，但……我不認為你有小兒麻痺。」

巴克斯聞言猛地轉身看向法師，彷彿對方朝他臉上潑了一盆水。「什麼意思？」

皮耶羅法師搓揉著下巴。「你現在有生病的感覺嗎？」

巴克斯頓了一下。「沒……沒有。我這輩子從沒像現在這樣精神百倍。」他兩手滑下胸口，滑上手臂，好似剛換上了一副全新軀體。他兩眼睜大，帶著驚奇，比過聖誕節的孩童還要雀躍。艾兒希感到肌膚微微刺癢，像有羽毛在下方撲簌拍動。她做到了。

「嗯，」皮耶羅法師琢磨片刻。「設置這個魔咒的人，絕對是在我為你制咒前動的手腳……我建議你，拿著這位小姐的畫去查查，看能不能找出它究竟是什麼。」

艾兒希爲了穩住激動萌發的喜悅，正想找事情轉移注意力，一聽到法師的話，連忙把她的畫遞過去。

巴克斯接過畫紙的手指微微發顫，他端詳著那個炭筆符文圖案，長吁一口氣，可能還在適應這個意外的發展。「那麼我們必須返回倫敦去了。」

他說我們。

艾兒希雙手緊握。巴克斯當然可以想辦法讓她進入物理宗派學府，這樣她就能翻閱符文的資料。既能協助巴克斯，自己也能看看破咒相關的典籍。她現在所會的一切，全是自己摸索出來的。

「嗯，明智的選擇。假使你**想要**我重新植入那個時間魔咒……」皮耶羅法師提議。

但巴克斯搖搖頭。「不，還不用。我想先盡快查清楚第二個魔咒。」

他將畫紙摺好後塞進褲袋裡，抓起上衣套上。艾兒希把背心和外套遞給他，目光看向別處。看著他著裝，就跟看著他脫衣般地令她感到羞恥。

這一切發展怎麼就像是小說情節。

巴克斯穿好衣服後，對法師說：「擔誤您不少時間，我應該支付您一些服務費。」

皮耶羅法師舉起手制止。「現在才花了十五分鐘不到，你並沒有佔用我多少時間。抱歉讓你們大老遠過來，而我什麼忙也沒幫上。去吧。如果有什麼發現，請務必跟我說，我也相當好奇呢。」他看著巴克斯。「一個布局超過十年的謎團啊。」

這麼說來，皮耶羅法師植入**他的**魔咒已有十年。那麼另一個魔咒植入巴克斯體內又有多久了？

巴克斯伸手與皮耶羅法師握手致意，艾兒希也照做，儘管這是屬於男子之間的禮儀。但她為什麼不行？在法師看來，她是個專業的破咒師，何況她都把兩手放在一個健壯男子的裸胸上了，現在只是握個手又算得了什麼？再者，她也不是天天都能遇到一個或許能為她解惑的法師級魔法師。

「皮耶羅法師，」艾兒希鬆開手後發問：「我想請教您，您如何看待倫敦發生的藝譜集失竊事件？」

法師蹙起眉頭。「那不只是發生在倫敦。我所知不多，但介入得越少，我就越安全。」

他似乎不願意多談，艾兒希只好點點頭向他道別。也許就是擔心遭到魚池之殃，法師才決定回家鄉待上一段時間。不過艾兒希還是希望聽到他能說，**我十分懷疑某個鄉紳，你們想聽聽是誰嗎？**

她幾乎是小跑步才追上巴克斯。巴克斯的步伐比以前更大、更快。他迫切地想趕回倫敦，差點就忘記向皮耶羅太太道謝，更完全忽略了坐在角落裡擦皮鞋的男主人皮耶羅先生（注）。艾兒希在後面揮手致歉，然後朝馬路追上去。

「艾兒希。」就差幾步走到馬車旁時，巴克斯猛地轉身喚她。瑞勒和約翰都不在馬車附近，可能是去小鎮閒逛了。

艾兒希根本沒注意到兩個家僕不見蹤影。她現在滿腦子都在想，這已經是巴克斯第三次直接喚她名字了。

巴克斯抓住她的兩隻上臂，嘴角上揚，那是真切的笑意。他的牙齒像珍珠般地白。「妳救了我，艾兒希。」

她微微一笑，但心裡早就都樂翻了。「話別說得太早，你都還不知道那魔咒究竟是什麼。」

「但我真的感覺到改變。」她有點怕他一高興，等等就把她舉到半空中。但他只是緊握她的上臂，然後就鬆開她，這下她卻又莫名地感到失落。巴克斯抱住頭，仰望著細雨濛濛的天際，彷彿那就是天堂。「我感覺……非常棒。無論是什麼魔咒……總之，妳治好了我。」

艾兒希聽到他如此的肯定，心中不斷漾出暖意。她以前在兜帽人的指示下做了很多好事，但總是躲在幕後，從沒有人感謝過她。「不客氣，巴克斯。」

她的語氣沒有預期的歡快，巴克斯愣了一下，看著她問：「怎麼了？」

她左袖上的線頭還是拉不出來。「你知道會是誰做的嗎？誰會把這種陰毒的魔咒植入你身上？」

他的神情立刻嚴肅起來，艾兒希不禁後悔並暗罵自己多嘴。他的綠眸若有所思，彷彿在看書般地讀取腦中的回憶。「不，我不知道。」他最後蹙眉回答。

「嗯，至少我們知道了那個符文的模樣。」

他點點頭。「倫敦物理宗派學府應該會有我們要找的東西。」

「你說了**我們**。」她指著他，一副興師問罪的模樣。「這表示我也要一起去了。一位紳士絕對不會食言，凱爾西先生。」

他的唇角一揚，雖然不像他的笑容那樣溫暖，但艾兒希見好就收並不貪心。「當然，我不會把妳丟在這裡不管。肯登小姐，我很可能欠妳一條命呢。」

「噢，別把話說得那麼好聽。」但她還是臉紅了。「雖然我今天不想再坐馬車了，但還是希望能盡快出發。」

「沒錯。」他轉身。「等約翰和瑞勒回來，我們就啟程。」

「他們回來前，我們還有好多事要做呢。」艾兒希說，巴克斯聞言轉身回來，她又補上：「你要教我會計啊，凱爾西先生，這樣我回家才有東西說服作坊的人。」

注 即皮耶羅法師的兄長。

他又一次唇角淺淺微揚，是心情愉快的那種笑意。「妳說得對。妳的比例運算好嗎？」

她快被袖口上的線頭惹火了，於是直接走到馬車後方拿行李袋，想翻找出針線包。「我不常用到比例運算，那我們就從這裡開始吧，這樣奧格登先生會覺得我很厲害。」

她拉開行李袋的拉鍊，翻開袋口——她不能讓巴克斯有機會瞄到袋裡內衣褲之類的私密物品。她翻找著小針線包，想拿出裡頭的剪刀，然而手指卻碰到一個尖銳的稜角。她捏住它，發現竟是相當平薄的東西；不可能是針線包，而她的小說期刊則放在其他行李上方。她感到一陣奇怪，便將那個東西抽了出來。

剛才半小時內衝上的血液，瞬間全數退下。她認得這張灰色羊皮紙。甚至不用去確認那枚火漆。她將信箋打開。

他們跟蹤我到這裡嗎？

昨晚在旅店時，她的行李袋裡並沒有這封信，不過今早更衣時她並未徹底翻過袋子。

科爾切斯特鎮（Colchester）的一個武器房裡，存放施有魔法的武器。那個警官十分勢利眼，總是欺負沒錢賄賂他的人。削減他的武裝實力，他才知道收斂。

信裡附上了地址，和一張五鎊紙鈔——**五鎊**！艾兒希的心跳加速，這次旅途已經過了科爾切斯特鎮。難道這個神祕的送信人早就算準時機，就是要她去出這趟任務？

他們返程時會再經過科爾切斯特鎮。但她該找什麼藉口讓巴克斯在小鎮停留一下，又該如何解釋她要獨自行動？五鎊……這足以支付她隻身行動的一切花費了。

她的心無限下沉。她**好想**知道巴克斯的符文究竟是什麼。她想要跟他一起解開謎團。想要跟他共乘一輛馬車。這感覺很奇妙……以前，只要是執行兜帽人的任務，她往往會很興奮。但現在……

「那是什麼？」巴克斯問，從她背後往前探看。

她連忙把信藏到裙襬褶皺內。「噢，凱爾西先生，我恐怕去不成了。」失望就像周遭的濛濛細雨，滴落在她的四肢。

凱爾西先生繞過馬車。「什麼意思？那是什麼信？」

她深吐一大口氣，挺起腰背，兩手往腰際一扠。「是私人信件。」

「然後妳現在才拆開閱讀？」他這時抬眼望向遠處——艾兒希順著他的目光望去，看到瑞勒出現在馬路盡頭。

她沒理會他的質疑，自顧自地說：「我必須去……哈德利（Hadleigh）一趟。我忘了事先跟你說這件事，是在你星期天來找我之後發生的。」她把行李袋從馬車上扯下來。

「哈德利？」他蹙起眉頭。「那地方在哪裡？」

「西邊。很偏僻。」她轉向他，兩手抓著行李袋的提手。「我會自己找馬車過去。」

他滿臉的懷疑。「西邊多遠？我相信繞過去一下不會太……」

「你必須回去倫敦。」她輕聲說，但語氣很堅定。她緊張地看著他，去做你該做的事吧，她無聲哀求著。「你必須找出那個魔咒是什麼，而我必須單獨一人去解決自己的事。」

他蹙眉。「我不認爲這麼做是明智之舉。」

「我的事你無權置喙。」

她的話語更加深了他眉間的皺紋。「我的意思是，妳一個人單獨旅行並不安全。」

「那我搭公共馬車去，或者火車也行。」

「我不明——」

「巴克斯。」她強迫自己聲音變得嚴厲，卻又壓抑。她上前一步，以確定他能聽到她的話。「拜託你。我必須自己去，除此之外，我什麼也不能告訴你。我一定會安全回到家，甚至可以發電報向你報平安。只是請你別再追問下去了。」

他遲疑著，上下打量她。「這跟公爵的門把一事有關，對吧？」

那個施加了熱氣魔咒的門把。她就是在破除那個魔咒時被他抓住。

她沉默不語。

巴克斯後退一步，頭痛般地揉揉眉間。「艾兒希——」

「你不是說要支付我報酬嗎？這就是了，什麼都不要再說，請你理解我，讓我先行離去。」她勉強擠出一抹微笑。「瑞勒過來了。你不能再浪費時間下去，那可是長達十年的謎團呢，記得嗎？」

她轉身繞過馬車，迎著瑞勒走去。她突然又停住，回頭對他一笑。「請照顧好自己。還有，讓我知道你的發現。」

艾兒希加快腳步，在被失落感淹沒前轉進第一個路口，只爲打斷他投射來的目光。

感謝老天，巴克斯·凱爾西並沒有跟上來。

16

有一段時間裡，艾兒希對這輛馬車的緩慢速度感到焦慮。她很肯定自己會看到肯特郡公爵府的馬車出現在車窗外，更糟的是，跟在她的後方。但巴克斯確實尊重她的要求，並沒有跟著追來。但她心裡矛盾地希望他能這麼做。

都不重要了。她以現鈔支付了車資，現在一人獨佔一輛馬車，行李袋就放在對面的長椅上。一般出租馬車並不跑長程，所以她換了兩次車，並找到夜宿的住處；隔天一大早，她才出發前往科爾切斯特鎮。

一抵達科爾切斯特鎮，她便要馬伕送她到一家小旅館。她擔心如果馬車直接駛向任務所在處，會容易引人注意。小心一點總沒錯。

在旅館放下行李後，她出門散步，刻意經過了那個武器房。當然，護衛它的並不是魔咒——不然任務就太簡單了——而是眞人。她突然意會過來，兜帽人爲何附上五英鎊紙鈔給她。看來，她必須逗留在科爾切斯特鎮，直到摸清守衛的排班表。也許守衛們是特別虔誠的教徒，安息日一到就會回家休息、不工作。但這只是猜測，她不能依此來安排計畫。

第一天，也就是星期五，她經過那座小屋三次。第二次，是在第一次後的四小時，小屋入口換了一名新守衛，等到晚上，這個人又會與另外兩個男人交接。隔天早上的警衛是個新面孔，不過下午的她就見過了。她一直沒辦法掌握到他們換班的準確時刻。

兜帽人不會指派無法完成的任務給妳。他們一定會安排支援。

當地的教堂是早上九點開門。三十分鐘後，一陣警鈴自遠處響起。震耳欲聾的鈴聲弄得她心驚膽戰，她在原地等了足足十分鐘，等到確定沒人才悄悄溜去小屋查看，這才發現一個守衛都沒有。這當然不是巧合。一定是兜帽人引發了警鈴、聲東擊西。他們知道她就在小屋附近。

她好想循聲過去找到警報聲的來源、找到一個兜帽人，又或者，找到另一個爲他們工作的成員。但她現在時間緊迫。

她迅速展開行動。

武器房裡又熱又昏暗，但光線足以讓她視物，而眼前的景象讓她心驚。牆上掛著各式各樣的武器和工具。難道這些全都是用來對付窮苦人家的？尤其是那些餓到窮途末路、被迫鋌而走險的人？她不禁打了個寒顫。她繼續沿著牆壁快步走過，手輕輕拂過刀柄、避開刀身。艾兒希很快就找出被施咒的武器，它們全都掛在內牆上。

她不認得那些武器上的魔咒，除了一個防鏽蝕的時間符文。她解開一個又一個光結，直到最後手腕又開始發癢。她的束腹已緊貼著汗濕的胸口。完成後，她邁開步伐逃離武器房。後方似乎有個男人朝她大吼，但她沒理會，只顧著一直跑，直到束腹憋得她喘不過氣，汗水從髮際滴落。等她繞道往旅館走去時，後面已經沒有追兵了。

她在同一天離開，返回布魯克利。

這個星期，是巴克斯這輩子壓力最大的一週。

第二個魔咒的來歷仍然成謎，搞得他坐立難安。他也痛恨皮耶羅法師的家鄉伊普斯威奇。那裡的所有甘蔗田，都令他不斷想起故鄉，勾起那些不愉快的回憶。他痛恨甘蔗，痛恨隨甘蔗而來的象徵意義——他朋友和鄰居的祖輩父輩所付出的生命代價，以及所遭受的虐待，這些痛苦記憶即使在被解放六十年後，仍緊緊糾纏著他們的後代子孫（注）。也是這個原因，他同樣憎恨甜食——他唯一能接受最甜膩的食物，就是木瓜。

現在延長他生命的魔咒已被銷毀，而神祕的第二個魔咒也被破除，他……他感覺美妙極了。生氣勃勃，精力充沛，好像又回到了十三歲。這個轉變來得太突然、太過神奇，簡直就像天上賜予的奇蹟。他的前途頓時綻放無限光芒。現在，那個移動魔咒對他已不再重要，他不用再有所顧忌，可以立刻去取得法師資格。

他終於可以隨心所欲。

然而興奮的情緒也稍縱即逝，不只是因爲得知有人故意用魔咒陷害他，更因馬車車廂裡的空蕩。他生出濃濃的失落感，總覺得缺少一個……他必須承認，一個很……很好的女人。

很好。雖然他覺得這個詞並不完全正確。對，她是很好，但吸引他的還有別的東西。他仍能感覺到她冰涼手指放在他胸腹前的觸感。她的手驅散了他的焦慮，燃起某種更加熾烈的情感。從他們相識到現在，他從未想過會對她產生這種情緒。

現在她離開了，而他更加迷惘。

他不再懷疑艾兒希是竊賊，但她口風很緊，堅決不肯透露一絲一毫。在前往伊普斯威奇的路途上，她對他如此坦誠、如此直率，現在卻突然態度大變、拒他於千里之外，一個理由也沒留下，就這樣逃走了。她原本還滿臉興致，熱切地想跟他一起調查眞相……

注 一八三四年，奴隸制度在巴貝多島和其他西印度群島等英國殖民地上正式廢除。

那封信上究竟寫了什麼？是恐嚇？敲詐勒索？又或者只是他想太多了。他希望她能給自己一個解釋。但她的眼神如此不安，語氣相當堅決，加上她又剛為他破除長久以來不知名的枷鎖。所以他放她走了。留下自己一人在這裡胡思亂想。

他並沒有直接去倫敦，而是先回肯特郡一趟，想跟公爵報備情況，並看看艾兒希有沒有兌現承諾，發電報過來報平安。他於星期天抵達肯特郡，仍然沒收到艾兒希的電報，而公爵在他不在的期間身體變差了。公爵並非第一次發生這種情況，但巴克斯仍然不安，公爵一家更是焦慮不已。回到公爵宅邸的星期天，他都在長廊上踱步、用思緒折磨著自己。他散發的氣場肯定驚人，因為即便是瑞勒和約翰，也都站得老遠不敢靠近。

隔天星期一一大早，他前往倫敦來到物理宗派學府。

他已事先去信告知前往，預約了晉升測試的時間。不過他一抵達，就率先往圖書館衝去。一排排的書架瞬間將他困在書海迷宮中。以前從這裡經過時，也沒覺得裡面竟如此錯綜複雜。

他看見一名年長的管理員在較大的隔間裡，便朝那個人走去。

「你！你是這裡的職員嗎？」他的聲音透著不耐。他試著讓自己冷靜，但心中的疑問已呈沸騰狀態，實在按捺不住。現在，他最起碼可以先解決其中一個疑竇：植入他身上的符文，究竟是什麼？

至於艾兒希——肯登小姐——的平安與否，他只能再等等了。

管理員透過眼鏡看著他。老先生似乎蹙起眉頭，不過那也可能是因年邁的肌膚鬆弛造成。

「我從沒在這附近遇見過西班牙人。」

巴克斯懷疑對方這輩子根本沒見過西班牙人，因爲他本來就不是西班牙人。他把不耐吞到肚子裡，決定不去糾正老人。「你知道有哪些書介紹符文嗎？」

老先生眨眨眼，那副眼鏡把他的眼睛放得老大，像某種鳥類。「符文？那些是屬於破咒師的書，在下面的地下室。爲什麼問這個？」

「謝謝你。」巴克斯退開，又停頓了下。「再請你告訴我，往地下室的樓梯在哪裡？」

老先生用佝僂的手指了指樓梯方向後，巴克斯大步穿過隔間朝樓梯走去。書架像崗哨般阻擋著他的去路，不過他還是成功找到隱沒在陰影中的樓梯。這都多虧了那盞熄掉的油燈。他小心翼翼地走下階梯，室溫也隨著階梯走勢而逐漸下降。樓梯盡頭的霉味鑽進他鼻中。

地下室的光線昏暗，巴克斯拿下牆上的油燈往前走。這裡還有另外兩個人，一個大約與樓上老先生同齡的女人，和一個不到十二歲的男孩。老太太瞇眼看著巴克斯；而那滿頭凌亂的男孩，正全神貫注在一本書上。他們說不定是一對師徒。也許男孩正在修習破咒師的課程。希望男孩桌上的參考書裡沒有巴克斯要找的資料。

老先生並沒說那些書在地下室的哪一區，於是巴克斯強迫自己放慢速度，逐一瀏覽書脊和標籤。然而，憑這些資訊根本看不出所以然。他又一次抽出口袋裡的畫紙，審視艾兒希的圖畫。這個符文似乎出自亞洲文化，但外緣的捲曲線條又像法國的藝術美學。不過這並不奇怪，魔法本來就具有地域共通性。

他一邊收好畫紙，一邊想著艾兒希去造訪的小鎮。他瀏覽著一排又一排的書冊，看到某一排的書籍只填滿了書架的四分之一。接著他茫然地走到下一個書架。到這種地步，看來他必須去請教一下那個老太太了——

《符文百科全書：至一八〇四年》（*Encyclopedia of Runes until 1804*），這個書名躍入他眼中。它的書脊寬度足足有他手掌那麼寬。巴克斯把書冊抽出拿下，沉重的重量讓他悶哼一聲。這東西是鐵做的吧?!他以爲書皮上會積滿許多灰塵，但意外地乾淨。看來，這本書若非有被很多人翻看查閱，就是管理員相當盡責。

他找書桌想坐下來翻閱，但唯一的另一張桌子就在那對師徒的後方。他想要保有隱私，不希望讓別人瞥見他在看什麼書。於是他只好回到剛才那個還剩四分之三空間的書架，放下油燈和厚重書冊，翻開了書頁。

每一頁都羅列著三、四個符文，按英文字母的順序介紹。幸好，書的編排也按魔咒等級區分：初級、中級、高級，以及法師級。他連忙翻到最後一章，一頁頁地翻找。他拿起油燈，靠近照明。

原來移動魔咒的符文長這副模樣。他的手指順著符文複雜的筆畫遊走，這就是他曾經費盡心思都要得到的魔咒啊。感謝艾兒希，現在他不再需要它了。一想到艾兒希，他的心猛地一揪。他搖搖頭，暫時甩開這些思緒。

這個移動符文，並無法告訴他該如何發動或使用以拉丁文寫成的咒語。這個符文旁有個加號（＋），代表屬於進階版的法師級魔咒。

他翻到下一頁。仔細一看，才發現印刷墨水是有顏色區分的，分成四種顏色，按照四大宗派的代表色印刷而成。物理魔咒的符文是藍色，理智是紅色，靈性是黃色，時間是綠色。黃色墨水已然褪色，加上光線不足的情況下，使得靈性符文很難看得清楚。不過巴克斯一心一意要找的，是畫紙上的那個物理符文。

他剔除了一個個符文，翻過一頁又一頁。遠處似乎傳來那對師徒離開書桌的聲音，步伐聲逐漸朝樓梯移動。此時整本百科全書已快被他翻完了，他又翻過一頁。

巴克斯立刻認出那個符文。

他屏息地連忙用手按住它，彷彿怕它從書頁中跳出來逃走。符文的藍色墨水幾乎快褪成黑色，符文名稱的旁邊有兩個加號（＋＋）。一個**非常**強大的魔咒。

它的名稱乍看之下也很有異域感。巴克斯再把油燈挪近了些。**虹吸**（Siphon）。

他默唸著這兩個字。虹吸。一個吸取的魔咒？在下一頁，這個符文被倒轉過來。他瞇眼讀著圖片下方褪色的文字說明，第一個字是Dare，第二個字是Accipere。兩個都是拉丁文，意思是付出和接受。

所以……某個物理造像師在他身上植入這種進階的法師級魔咒……然後把他的力量抽取出去？根據他的症狀，有兩名醫師診斷他是小兒痲痺的初期，難道那個造像師偷取了他的精力，進而納爲己用？但要怎麼做？將它瓶裝儲存起來？又或者，任由它流乾耗盡？

以及為什麼？

他緊緊抓住書本的邊緣，指甲深深掐入書皮中。現在唯一能讓他好過些的，是那個吸取他元氣的人再也無法得逞。但植入是在哪裡發生的？在巴貝多？英國？他也去過紐約和法國，但完全沒有相關記憶……也沒有關於那個下手之人的任何線索。會不會有理智造像師牽扯其中，刪除了他這部分的記憶？

他開始越想越荒唐了。

虹吸。他大概知道何時發生的。是在他父母第一次請醫師到家裡來爲他看診前，但……

他閉上眼睛，搜刮著腦中的記憶庫。他小時候經常來英國。有次返家的航程中，他暈船暈得相當嚴重。那次會不會就是抽取的起點？又或者，是他抵達巴貝多後才開始的？可是巴貝多島上的造像師並不多，巴克斯是少數幾位之一。但很多美國籍的制咒師會在冬天到島上度假……

他砰地闔上書本。一點頭緒也沒有……而且他很可能必須接受一個事實：他永遠找不出答案。他可以先從巴貝多開始調查，詢問他的保母……但這個保母從未隨從他和他父親出國。當時診斷結果出來時，保母還好擔心他，並且爲之傷心流淚。她是不是知道什麼內情？但她當然不可能承認。巴克斯突然想到，父親永遠都不會知道他病情的眞相……

他拿著油燈離開了書架。**算了吧**，腦中傳來他父親的說話，**太在乎對你沒有好處，你要允許壞事發生**。

父親經常跟他這麼說。一開始，是因爲他是英國街道上唯一的外國面孔，之後，則是在他因小事而發脾氣時。

他不能就此放下，還不行。但他會先放著，等待時機做深入的調查。

此時，他必須先取得法師的資格。

17

一回到布魯克利，艾兒希就先去了郵局，發一封簡短、沒花多少錢的電報至肯特郡：一切安好。她先隨意地跟瑪莎．摩根小聊一陣子，打聽最近有沒有關於藝譜集的新聞，或發生新的犯罪事件，以及，鄉紳是否在鎮裡。瑪莎表示，她沒在報紙上看到關於藝譜集的新案件，但鄉紳昨日確實在小鎮中。

這麼說來，鄉紳在家時並沒發生任何凶殺事件。這更加助長艾兒希的疑心。如果她是登記在冊的合法破咒師……她就能進入學府，周遊於造像師的最高權力圈之中，探聽他們的想法，一瞥報社尚未刊露、或不能寫進報導中的祕密。

但她永遠都不可能是合法的破咒師。她，艾兒希．肯登，又能做些什麼？反正奧格登也不會成爲目標。她只能跟其他人一樣，徒然地等待謎底揭曉，就像等待一本沒有明確出刊日的小說期刊。

她提起行李袋快步回家。還沒走到大門，她就被埃米琳嚇得魂飛魄散。

「艾兒希！」年輕女僕驚喜地尖叫出來，差點掀翻裝著洗好衣物的洗衣籃。她似乎正要去晾衣服。埃米琳衝過來抱住艾兒希。「怎麼樣？好玩嗎？妳不在我好無聊啊。還有，下一期的小說期刊寄來了！但奧格登先生說，沒經過妳的同意我不能先讀。我超好奇接下來的故事發展，都快想瘋啦。這是最後一期了嗎？」

艾兒希聞言大笑，頓時心裡感到輕鬆許多，這才意識到自己有多需要放鬆。「等我休息時，我們可以一起讀。我先去看看奧格登是否需要協助。」

「噢——」埃米琳接過艾兒希的行李袋。「——妳一定累壞了。是我的疏忽，我們明天再讀就好。」

艾兒希把行李袋拿回來。「我好得很，可以自己拿袋子。奧格登在哪裡？」

「我剛剛有在工作室看到他。」

艾兒希輕捏埃米琳的肩膀，朝屋內繼續走去，並把行李袋放到樓梯底部。她一邊脫掉手套，一邊走往工作室。奧格登的確在工作室，地板上鋪滿了防水帆布，他面前的畫布有一半已塗上藍色顏料。

「這是工作還是消遣啊？」艾兒希問。

奧格登嚇了一大跳，幸好他的筆刷是收回來的，沒把畫弄髒。「噢，艾兒希！妳回來了，太好了。那裡怎麼樣啊？」

她早就在馬車上推演過了，很流暢地說：「他們的課程老實說很糟糕。受邀的人都是跟我有差不多的工作背景，包括幾位祕書。但學校根本把我們當成傻瓜，以爲我們只會識字，更別提教我們會計了。我根本沒學到什麼。」她嘆口氣。「總之回家眞好。」最起碼，這句話是她眞誠的想法。

「噢，天啊。」奧格登把筆刷放到調色板上。「我應該寫信去表明我的失望。」

艾兒希點點頭。「我把地址給你。」但潛台詞是：**我會等到你忘記這件事**。她伸手捂住一個哈欠，問著：「要我幫你拿什麼東西嗎？我想你應該吃過午餐了。」

奧格登彎腰拿起地板上的一瓶白色顏料。「妳去休息吧。明天一早就有一大堆工作要妳趕上進度了。」

「你確定？」

「我什麼時候不確定了？」

艾兒希微微一笑。「既然如此，有隻小老鼠告訴我，新的一期小說期刊寄來了。」

奧格登咯咯笑著說：「那隻小老鼠應該已經把它放到妳的床上了。」

「等等我上樓後確認一下。」她朝門走去，又突然停下來，回頭問：「奧格登先生，你看了那份報紙。」

瓶裡的顏料被擠到調色板上。「沒錯……」

「那你知道最近的竊盜案件和……凶殺案突增，引起了恐慌。」

奧格登遲疑了下，放下顏料瓶和調色板。「是，我注意到了。有時我眞搞不清楚是否該知情呢。或者說，我是寧願知情而沮喪，還是不知情但快樂地過日子。」

艾兒希點點頭。「最好是知情，還能快樂地過日子。」

奧格登站起來，語重心長地說：「唉，但世界往往不是那樣運作的。報社並非依靠報導好事來支付房租的，除非是跟女王有關的報導。」

艾兒希。「我只是希望，我們能做點什麼事來改變現況。」

「小心，艾兒希。聽聽妳自己說的話，簡直就像一個激進黨員。」

艾兒希無奈地笑笑。「爲什麼這麼說？」

「最近發生的案子，目標都鎖定在上流社會人士。」

「沒錯，」艾兒希謹愼地回應：「不過沒錢的窮人也不值得歹徒下手。或者沒有魔法的人。」

奧格登點點頭，坐下拿起筆刷和調色板，在畫布上隨意輕點白色顏料，從畫布的頂端點到側邊，一路向下至右側。看不出來他在畫什麼，是雲朵嗎？但整體線條的走勢又很奇怪。艾兒希通常都能猜出奧格登下筆的方式。「是沒錯。這些案子似乎都有一個共同目的。但也可能是報導刻意集中在貴族和造像師身上，好增加報紙銷售量。」

艾兒希輕咬著大拇指指甲。「也許吧。」

「有一件事也許能給妳參考。」奧格登拿著筆刷輕點著畫布的中央。「鄉紳並不擔心這些案子。在他家工作最後一天時，我偶然聽到他說的。」

艾兒希聞言頗不以爲然。「鄉紳從來都只關心自己，才不管別人的死活。如果眞有人覬覦藝譜集，那也一定是他。他熱衷於權力，世上還有什麼比免費的魔法更有力量？」

「小心點，艾兒希。」奧格登放低筆刷。「小心隔牆有耳。」

艾兒希頓時一凜，瞥向大門一眼，又望向窗外。沒有人。「你只是在嚇唬我。」

奧格登勾起一邊嘴角，但還是搖了搖頭。「我沒嚇唬妳。但妳不需要害怕，妳又沒有藝譜集。而我的呢，値錢的不到一頁，不用擔心他們會來找我們下手。」

他的話雖然帶著半開玩笑的意味，卻一針見血，正中艾兒希的軟肋。奧格登說得很對。而且破咒師並沒有藝譜集，他們只能破除魔咒，並不能學習下咒和植入魔咒。

奧格登想了想。「如果事態惡化，我們就逃離這裡，我、妳，還有埃米琳。我們先坐出租馬車到泰晤士河或聖凱瑟琳碼頭，再找一艘牢固的小船渡過海峽。妳的法語如何？」

艾兒希哼一聲。「非常爛，眞的。我們還是祈求，事情不會惡化到得依靠我的爛法語爲生吧。」她留下奧格登繼續專心工作，接著走去廚房拿了些麵包和奶油，再扛起行李袋上樓去。她所有的衣服都必須洗淨晾好、再熨平；她打算晚上上床睡覺前解決這件事。小說期刊就放在床上，但艾兒希先翻整了下行李袋，好確認裡面沒再藏有任何紙條。

他們究竟如何靠近這個袋子藏信的？

她其實有點希望當初沒看到那封信。如果她跟著偷溜進了物理宗派學府，那她現在對巴克斯．凱爾西的了解會再增加一些吧？不只是更了解那個神祕的魔咒，還有那個謎樣的男人。

妳沒有資格插手他的事，艾兒希。

她猛然把自己拉回現實，不再胡思亂想。艾兒希朝窗戶走去，俯瞰下方的街道。街道上空蕩蕩的，但有兩個男人站在遠離大街的隱蔽處。他們都沒抬頭看她，也似乎對石器作坊毫無興趣。

「你們會把一切的祕密告訴我嗎，兜帽人？」她對著玻璃窗喃喃自語。「你們會給予我高度肯定，讓我加入嗎？」

她納悶，如果自己不再理會他們的信箋，他們或許會更把她放在眼裡、更重視她。她並不擔心他們會惡意懲罰，兜帽人向來都很善待她。派克先生的確對她很友善。不對，她最怕的還是他們不再需要她。

她現在已累得雙眼快要睜不開，於是揉了揉眼睛。她需要休整一下。艾兒希的目光掃過布魯克利，望向遠方的綠色田野。**你找到那個符文了嗎，巴克斯？你會告訴我嗎？或者，也讓我嘗嘗不斷被挑戰耐心的滋味？**

擔心只是徒然，但她就是無法克制。

她拉上窗簾退回到床邊，打算專心讀小說好轉移注意力。

然而第三頁還沒讀完，她便已沉沉入睡。

艾兒希正在掃陽台的地板，此時，一隻郵差犬跳了上來。牠粉紅色的舌頭垂掛在嘴外，不斷喘著氣。

「哈囉，小傢伙。」艾兒希把掃把往牆邊一靠，過去打開狗脖子上的袋子。她抽出兩封信，一封是給她的，另一封是奧格登的。她打量著第一封信上的筆跡，但那不是朱尼伯唐郵政局長的字。她的心微微一沉——霍爾先生不是已經說得很清楚，他們不會再寄信過來了。

但還有誰會寫信給她？

一股希望在她胸間燃起，她倒抽一口氣。她輕輕拍著郵差犬的頭。「今天沒東西可以給你吃，拉夫（Ruff）。去吧！」

郵差犬轉身朝郵局的方向小跑步離去。

艾兒希把掃把忘在外頭，急忙地衝進屋裡。她把奧格登的信放到廚房桌子上，然後一步兩階地爬上樓梯，躲進她的房間。

她撕開信，先瞥了信尾的署名一眼：

你誠摯的，

巴克斯・凱爾西

謝謝妳的電報，我剛剛才收到。

她的心怦怦跳著。他找到那個符文了。不然，這起碼也能證明他已平安回到家中。

快讀信啊，她暗罵自己。

肯登小姐，

希望妳收信的時候，是私下一個人，我實在不想再給妳製造麻煩。我已經成功找到那個神祕的符文。妳說得對——它是物理宗派的符文，叫做虹吸魔咒，一個我從未聽說過的魔咒。它看起來既複雜，又罕見。

我相信，它就是造成我生病的原因。我現在的感覺一天比一天好轉。我為此欠妳一個人情。

她整個人漲滿了暖意，嘴角不禁上揚。

我一直有跟物理學府的露絲．希爾法師保持聯絡。她建議我，在寶石魔咒和物質魔咒之間選一個來完成我的法師學位。一旦我做出選擇，就必須靠自己進修、提升法力。

再次謝謝妳，協助我解決了這個棘手的問題。祝福妳一切安好。

你誠摯的，

巴克斯．凱爾西

謝謝妳的電報，我剛剛才收到。

他一個字也沒提到她的唐突離開。眞體貼。

那她爲什麼現在卻開始落淚？

艾兒希放下信紙，用衣袖輕拭淚水。不是因爲打哈欠，空氣中也沒有灰塵。難道是在旅行途中感冒了？但她並沒感到鼻塞或身體疼痛。不過，感冒並不會讓身體疼痛。那份疼痛是出自她的胸口中央。

她又重讀了一遍信。還有擤著鼻水。這其實是一封告別信。她的債務還清了，而他也不再需要她的幫助。他正在參加法師的晉升考試。一旦通過，他就會擁有法師的頭銜，比她又更高了一個階層，兩人身分更加懸殊。反正這也不重要了，他的目的達成後，就會返回巴貝多島，兩人之間相隔一片汪洋大海。

這樣比較好，她這麼告訴自己，又用衣袖擦了擦眼淚。她讓自己輕聲地哭泣，也就是小說期刊中那種女主角們我見猶憐的哭法。但她的喉嚨卻彷彿梗著硬塊，像爪子般刮擦著喉壁。**但這樣比較好**。以後，只要巴克斯一想到破咒魔法，或者小兒麻痺症如何痊癒時，就會想到她。而且是她美好的那一面，想到她是如何協助，又或者想到她的幽默。她會永遠留在他的回憶裡，在他腦海裡烙下一個可愛舊識的印象。

他離開英國比較好，因爲這樣他就永遠沒機會親近她，發現她的不可愛……那種把所有人都逼走的不可愛。

肯登一家不會再回來了。

她想起朱尼伯唐和救濟院，想起了阿弗烈德，他和另一個女人手牽著手。奧格登至今還沒嫌棄地把她踢出去，實在太神奇了。

她把信摺好，塞在櫃子上的書本之間。一滴偷跑出來的淚水滑落她的下巴，滴在手上。對，這樣比較好。

梗在喉嚨裡的硬塊仍狠狠地刮擦著。

真是的，艾兒希，既然說不出話，她只能默默地想著，妳在期盼什麼？一段戀情？那個男人還以為妳是個罪犯呢。妳也知道，這個人下個月有可能就是男爵了。

她想起他低沉的笑聲，想起她手指下他肌膚的觸感。

對，那樣的愛情故事只會發生在小說裡，不可能出現在現實生活中。

眞的，這樣比較好。失去她的家人、手足、阿弗烈德……雖然已過去好多年，但她仍然心痛。一旦讓巴克斯進入她的人生，然後又被他丟棄，那根刺會有多麼痛徹心扉？

她深吸一口氣，試圖緩解那梗在喉間的酸澀。好了，今天的自怨自艾夠多了。

「艾兒希！」埃米琳在樓梯下方大喊。

她用手臂抹掉淚水，清清嗓子。「馬上下去！」她大喊出聲，這幫助她穩住聲音流露出的情緒。她沒必要也給埃米琳推開自己的理由，儘管埃米琳誰都喜歡，除了奈許。艾兒希快步走到小桌子前，將水壺裡剩下的水都倒進臉盆中，用水輕拍眼睛和臉頰。她挺直身子，強迫自己深吸口氣，再重新夾好亂掉的頭髮。

假使埃米琳眞的察覺到異樣，她也什麼都沒有問。

當晚艾兒希猛然驚醒，心仍怦怦跳著。那個怪夢的餘波在她腦海盪漾。她夢到自己被困在一間裝滿廚具的房間裡，所有出口都被一疊疊的碗盤擋住。她絕望地想逃出去，推倒了最大的那一疊——

走廊有東西匡啷一響。

不是夢！

艾兒希連忙跳下床，朝房外大喊：「沒事吧？」她不知道外面的人是埃米琳還是奧格登。她熟練地擦亮一根火柴，點燃蠟燭。「埃米琳，那是——」

「救命！」奧格登大吼。

有個厚重的東西撞到地板上。

艾兒希倒抽一口氣，立刻朝房門跑去，還差點把蠟燭弄熄。「是誰那裡？」她幾乎是尖叫出聲。在走廊的盡頭，奧格登的房門是敞開的。某個東西被翻倒在地。有人在扭打著，玻璃摔碎在地上——

艾兒希大步衝進奧格登的房裡，正好看見一道黑影跳窗離去。艾兒希手上的燭火猛烈搖晃，她的心臟差點跳到喉嚨裡。

牆邊傳來一道呻吟。

「奧格登！」她大喊一聲連忙衝到他身旁。他的一隻眼睛腫到睜不開來。她高舉蠟燭查看他的傷勢，好在只有額頭上的傷口流血。

「出了什麼事？」埃米琳出現在門口，兩眼睜得大大的。

艾兒希用力放下燭台，力道大得差點把蠟燭震掉。她大叫：「快去把鄰居都叫醒，請摩根先生去報警！快！不然那個人就逃走了！」

埃米琳愣了片刻，這才連忙提起睡衣的裙襬衝下樓梯。

18

「我們已經派出警力全力搜捕了。」威爾森警官邊說邊檢視窗戶。歹徒就是從那裡跳出去，儘管是在這兩層樓的高度下。對方拚命開窗時還震碎了一塊玻璃。「看來你的運氣還不錯。」

「抱歉，這什麼意思？」艾兒希不客氣地反駁回去，把披肩攏緊。他們正在奧格登的臥室，房間裡到處點著蠟燭和油燈。奧格登坐在床腳的大行李箱上，一隻眼睛上用冰涼的肉片冰敷著。警官來來回回踱步，偶爾停下來做筆記。艾兒希站在窗邊，想看看警官有何發現，或者在記事本上寫下了什麼。埃米琳則在門口焦躁不安。

「你們沒發現有東西失竊——」

「我們只檢查了他的櫃子！」艾兒希打斷警官的話。歹徒沒有動奧格登的滴幣。

「——一隻瘀青的眼睛，已是不幸中的大幸了，」威爾森警官意有所指地瞥了艾兒希一眼。

艾兒希緊抿雙唇。這個警官說得對。事情有可能更糟，感謝上帝，眞是不幸中的大幸。

警官瞇眼望著窗外。「很好，曙光出來了。」

「曙光會照亮整座小鎭。」艾兒希不以爲然地說。

警官用筆指向窗外。「我指的是郵局。摩根先生發了一通電報去高級法院。」

艾兒希的心一揪。「高級法院？他爲什麼要那麼做？」

「奧格登先生是名造像師。」他一副就事論事、艾兒希搞不清楚情況的模樣。「女王陛下已頒旨，要求法院提高警覺，全權介入與造像師有關的凶殺案、重傷案和搶劫案件。」

凶殺案、重傷案。倘若艾兒希和埃米琳沒被吵醒，奧格登也沒有掙扎反擊的話，他會不會已經死了？現在跟她們說話的說不定就是驗屍官，而非警官……奧格登所屬的倫敦物理學府，會不會像貪婪的白蟻般突然湧進，拿走他乏善可陳的藝譜集？

一陣寒顫竄上她脊背。「你眞的認爲這件事和其他案子有關？」

「我只是遵照命令辦事，肯登小姐。」

艾兒希搖搖頭。「你了解他的，威爾森。他不會成爲那些人的目標。」她瞥了奧格登一眼，但奧格登看起來並未生氣。

警官點點頭。「的確。你只是初階造像師對吧，奧格登先生？」

奧格登點點頭。「我盡力了。」

「接下來呢？」艾兒希緊張地問。

「我想，他們會馬上派出一組團隊，一是追捕嫌犯，二是訊問你們。」

埃米琳聞聲尖叫：「眞相獵人（truthseeker）？」

艾兒希緊抓著披肩，寒意鑽進她的骨頭裡去。**真相獵人**，是平民百姓取的花俏稱呼，指的是替高等法院工作的靈性造像師，他們專門負責學府處理不了的魔法相關犯罪案件。這個稱呼也是根據事實被創造出來，因爲靈性造像師在查案時總是花招百出，能從最固執的男人口中挖出眞相。

當然，也包括女人。

只要一個眞相魔咒和一位靈性造像師，就能把艾兒希的祕密一個個掏挖出來、攤在陽光底下。

「我們是受害者！」艾兒希抗議著，但她心裡也知道沒有用。

「請不用擔心。但我現在要請你們回到各自的房間，直到調查小組抵達。」

艾兒希的手指發涼。「你眞覺得有這個必要？」

起碼警官還算理解他們的處境，無奈看著她說：「這是規定。」

艾兒希咬牙切齒地越過警官，走到奧格登身邊，一手搭在他肩上。「你沒事吧？」

「就只有眼睛不太妙。」他挪了挪身子，指著眼睛痛得皺眉。

艾兒希轉身詢問警官：「你會叫醫師過來吧？」

威爾森警官回答：「只要有人空閒下來，我馬上派人去請。」他指著門口。

艾兒希拖著腳步，不安地朝她的房間走去。

艾兒希的肌膚下彷彿有無數閃電在不安竄動。**他們不會調查妳的能力**，她在房間一邊踱步，一邊自言自語，**他們沒必要這麼做，我們是受害者**。

她聽到一陣交雜的馬蹄和車輪滾動聲。從窗外望去，雖不見那輛抵達的馬車，卻聽得到馬匹的嘶鳴。她的掌心開始冒汗。他們會提出很多問題，很多很多，而艾兒希**不能**拒絕回答，除非她能在開口前破解那個魔咒。但這樣會被眞相獵人發現嗎？

「冷靜下來。」她喃喃自語。她深吸一口氣，挺起胸膛。沒必要害怕。如果他們發現她坐立難安，一定會提出更多問題。更多的問題，代表更多的眞相將被挖出。

而這次恐怕不能再用勞力服務來換取對方封口。

她的心揪了一下。

腳步聲往樓上逐漸靠近。艾兒希跑到房門邊，耳朵貼在門板上偷聽。有人輕鬆地寒暄著——她只聽得出警官的聲音，但聽不清雙方講了什麼——之後，一扇門砰地關了起來。他們開始審訊奧格登了。

更多雜沓的腳步聲朝她房門逼近。艾兒希連忙退開，片刻後，有人敲了一下門。

她打開門，看著眼前的警官。

「放輕鬆點，肯登小姐。」他理解地看著她說：「只要幾分鐘就結束了。」

艾兒希揚起下巴。「是不是應該先給我時間更衣？」

幸好，警官沒有指出她應該在等待時就該完成更衣。「恐怕不行。」

「很好。謝謝你的幫助。」

警官離開後，艾兒希掩上門，保留了一條縫隙。她把椅子挪到窗邊坐下，俯視著下方燈光投射出的陰影。半座小鎮的人似乎都已甦醒過來，她好像看到了萊特姊妹。

如果她是更粗野些的女人，一定會對著窗外大吼，**滾回家去**！但她沒有。

她不敢打開窗戶。

她坐在窗戶邊扭絞手指，十分鐘後，眞相獵人敲了她的門。那個人大約與奧格登同齡，也許再年長一些，但此人面容憔悴疲憊、老態橫生。他的頭頂禿得嚴重，但兩側的頭髮還在；臉上表情不算冷酷，但艾兒希猜測他的鼻子以前應該斷過。希望是意外造成的，而非打鬥所致。

艾兒希瞥了男人的兩手一眼。他都是對哪種的罪犯制咒呢？他有沒有用……別的手段來挖出眞相？

她用力吞嚥。

「不用緊張，普瑞特小姐。我們只是走個過場。」他把門關上。艾兒希愣了一下，她居然單獨和一個男人待在房間裡，而且沒人覺得不妥。這實在太荒謬可笑，但她一點也笑不出來。

「我是肯登小姐。」她討厭自己語氣裡的膽怯。

「噢抱歉。」他朝她走過來，雖然艾兒希已盡力放鬆，全身卻仍然緊繃起來。他會問什麼？妳的祕密是什麼？妳心裡藏了什麼？有沒有做過什麼違法、該去坐牢的事？「還有，對你們家的遭遇，請放寬心。我們會盡快結案的。」

艾兒希愣愣地點頭。眞相獵人不再寒暄，直接伸手按在她額頭上。他能感覺到她額頭又濕又黏嗎？假使他的魔咒在她身上不起作用怎麼辦？假使她被發現了——

她感覺魔咒正逐漸成形，就像沙粒般輕掃過她的肌膚。符文開始纏結時，發出一種類似嗡嗚的聲響。

它鑽進了她的靈魂。

她全身一凜。

「妳叫什麼名字？」眞相獵人一邊問，一邊從大袋子裡拿出筆和記事本。

「艾兒希・肯登。」

「幾歲？」

「二十一歲。」艾兒希原本想說二十三歲，卻發現她的思緒突然消失，變得一片空白。

她不喜歡這樣。**盡快配合妳才能脫身！**

「說說今天凌晨發生的事。」

「我上床的時候是大約十點——」她的舌頭快到打結，阻斷她想說的話。「也可能再晚一點，大約十一點。」

乾脆實話實說吧。顯然這個眞相獵人能捕捉到任何謊言，包括她下意識脫口而出的謊言。哪有人會特意去記上床睡覺的精準時間？

然而造像師只是點點頭。

「後來我被聲音吵醒。我原本以爲是在做夢……」她並不打算全盤托出，但卻感覺到自己……**被迫說出來**。「我點燃一根蠟燭跑出房間，發現奧格登倒在地板上。有道黑影從窗戶那裡竄了出去。我讓埃米琳去找摩根先生報警，他是我們的鄰居。」

男造像師點點頭，注意力全在記事本上，沒在她身上。「嫌犯長什麼樣子？」

「我只來得及看到一道黑影，」她重複：「其他的就不知道了，連他往哪個方向逃走都沒看到。」

「那他是怎麼下去一樓地面的？」

艾兒希搖搖頭。但那個人好像沒注意到，於是她又補上：「我猜應該是跳下去的。他還弄破了一塊玻璃窗。」

「庫斯伯特．奧格登一般都是在什麼情況下使用造像魔法？」

這個問題來得太突然，艾兒希愣了一下，這才回答：「通常是在他創作時。他的法力不強，只能使用改變作品色彩、軟化石頭之類的魔咒。他可以把不透明的物體變得透明。我親眼見過的就這些了。」

「他不會其他魔咒了？」

「他很想，也很努力學習。就在幾個星期前，他還嘗試學習一個中級魔咒。」

那個人輕哼一聲，低頭在記事本上書寫。「謝謝妳，肯登小姐。就先這樣吧。」

她暗暗大鬆一口氣，頓時放鬆下來，好似剛才是女王本人親自盤問她。

真相獵人走到走廊上打了個手勢。一名年輕人——大約十八歲的模樣——頂著一頭亂髮，繃著臉走進她房間。凌晨被人從被窩裡挖出來的滋味，的確不好受。他毫不客氣地抓住艾兒希的腦袋固定不動，手指一陣舞動。

那道魔咒消失了。

艾兒希做了個深呼吸，看著年輕人走出房間。**他是破咒師**。她以前從沒遇過其他的破咒師。她滿腦子的問題掙扎著脫口而出。她有好多問題想問他！他們破咒的方法一樣嗎？他是什麼時候知道自己擁有破咒法力？接受過什麼樣的訓練？他的工作是什麼？薪酬是多少？

但年輕人已快速繞過轉角，走出了她的視線。當然，就算他沒走，艾兒希也不可能冒險開口提問。

她故意等了好長一段時間，側耳聽著埃米琳房裡傳出的動靜。確定無礙後，她才起身、躡手躡腳地朝奧格登的房間走去。他受傷的眼睛已塗抹上藥膏，一條繃帶繞過他額頭。看來醫師來過了。

奧格登朝她淡淡一笑。艾兒希在他身旁坐下。不久，警官走回來找他們，而真相獵人與其隨行人員紛紛下樓，準備返回倫敦。

威爾森警官說：「我還有幾個問題想問你，奧格登先生。」

奧格登嘆氣。「我知道的就那麼多了，不過，你想問就問吧。」

艾兒希輕拍他的肩膀，起身走出房間打算去陪埃米琳——並且打聽真相獵人問的問題是否跟她的相同。但埃米琳的房間裡沒人，只有一根蠟燭在床頭櫃上燃燒著。

「埃米琳？」艾兒希一邊呼喚，一邊穿過房間往窗戶走去。她朝窗外望了出去。

只見年輕女僕站在馬路上，正與萊特姊妹交談著。

艾兒希暗罵一聲，立刻轉身衝出房間。必須馬上斬斷謠言擴散，絕不能讓它生根。

露絲．希爾法師給了巴克斯兩個選項，這兩個都是他已經學會的魔咒，只不過是更進階的法師級版本。第一個是硬化魔咒，可以讓木頭變堅固、使金屬變脆弱。但法師級的版本，也就是所謂的「寶石魔咒」，它能將石頭更加強硬化、升級成貴重寶石。也因如此，它被政府嚴格管控，需要登記才能合法修習。

第二個是形態轉化魔咒，最基礎的就是水的轉化，新手也可以修習。它跟爐子的效能差不多：將水轉化成水蒸氣，或者相反——將水轉化成固態的冰塊。這種魔咒越強大，就越能輕鬆地在三態之間做變化。物體越是頑固難搞，這個魔咒就會越頑強，遇強則強。而此魔咒的法師級版本，不只能讓他隨心所欲地改變物體形態——也能讓他抄捷徑、達成目的。例如，直接將水蒸氣轉化成冰塊。

巴克斯選了第二個魔咒。

他坐在希爾法師的私人會客室裡。這個會客室小巧且布置精緻，只是幾乎快到凌亂的程度。壁紙的圖紋是各種大小的玫瑰和紅色條紋，彷彿嫌不夠似的，裡面還有木槿花點綴其中；

地毯是奶油色，家具上擺設各種小玩意、書本、俄羅斯彩蛋和巴西陶器。看來，若不是希爾法師熱愛旅行，不然就是旅行商人的忠實常客。

巴克斯其實可以自己書寫魔咒的拉丁咒文——他的能量不再外洩後，他已到達近乎無所不能的境界。但希爾法師用年邁的手拿起藍色墨水瓶，以筆刷在他手臂寫上魔咒時，巴克斯並沒有拒絕。巴克斯捲起袖子讓法師方便做事。希爾法師的筆法嫻熟且輕盈，她流暢地書寫著，沒犯一次差錯，只有在把摻白絲的金髮塞到耳後時稍作停頓。巴克斯看著她寫下每一個文字，認眞記下那些咒語。一旦他吸納完成，施咒時其實就不再需要這些拉丁文，但他以後可能得教導另一個造像師，也可能會想記錄修習該魔咒的心路歷程。幸好希爾法師爲人慷慨大方，願意讓他看書寫咒語的過程；一般情況下，因爲法師級魔咒價值不菲，造像師在吸納一個新的法師級魔咒時，都會被要求蒙上雙眼。

希爾法師書寫完成，大部分的墨水也已乾涸。她給了他很多的滴幣，數量多到他都快捧不住。這些滴幣是他花錢支付的。他的預算非常多，比那個他不再需要的移動魔咒還要多。它們正閃閃發亮，比燭光更爲明亮。巴克斯還記得自己九歲時，因爲太過好奇，懇請不是造像師的父親在他手上放一枚滴幣。那枚滴幣瞬間照亮了整個房間。就在那一年，他便在物理宗派學府登記註冊了。

希爾法師遞給他一本古老的書籍，讓他照著吟誦，但他並不需要它。他早已將這段咒文刻在記憶裡。

「*Versandus naturam*。*Mutandus viam*。*Natura versat*。*Via mutat*。*Ultimum finemque*。*Per et intus*。*Supra et sine*。*Ultimum*。*Finem*。*Audi potentiam meam*。*Flecte voluntatem meam*。

「*Muti*。」

他捧在掌心的滴幣瞬間光彩奪目，接著隨即消失，他空空如也的手掌握成拳狀。與此同時，他手臂上的墨水已被盡數吸納進肌膚，彷彿上面從未寫上墨水。他感到一股暖意湧出、竄流全身。那道魔咒將自己寫進了他內在的藝譜集中，永遠成為他的一部分，死後亦然。

「謝謝您。」巴克斯放下手臂，吐出一口氣。

「這是你自己努力得來的，凱爾西法師。」希爾法師心照不宣地笑笑。「很高興你回來找我們。」

凱爾西法師。聽起來好順耳。巴克斯起身，總覺得自己的身形變更高了些。感覺……無堅不摧。他搓揉著滴幣消失的雙掌，它們沒留下任何痕跡。即使這麼多年過去，他仍然想不通，宇宙怎麼會要求人類支付金錢以交換魔法。

「拿去吧。」

他抬眼望去，希爾法師遞來一根蠟燭。白蠟和燃燒中的燭芯就快燒光了，頂多還能再提供一刻鐘的燭光。

他接過蠟燭。「您不喜歡晨光嗎？」

希爾法師沒搭理他，逕自走到最近的窗邊推開窗戶，作勢要他過去。「你的克制力很強。我大部分的弟子，在吸收完墨水的當下都會迫不及待地想施咒，試用剛得到的新魔法。」

巴克斯擠出笑容，看著蠟燭將它握得更緊。

「把手伸出去。」希爾法師嘴角含笑地繼續說：「冰塊轉化成蒸氣是一回事，但最精采的……是這陣氣體會充滿生命力。還有，我們一定要考慮到氣溫。」

巴克斯點點頭。物理學是物理造像師的必修課程之一。他探身出窗外伸出手，與此同時，希爾法師後退了幾步。

人的思緒總是比話語快上許多。念頭已在腦中千迴百轉，嘴上才能吐出一個字句。但隨著時間推移，巴克斯將會對這個魔咒越發熟悉。

他兩手之間的蠟燭炸裂開來，一陣滾燙熱氣鑽進他的手、竄上手臂。巴克斯驚呼一聲，連忙甩掉纏繞指間的殘芯。他原本以爲那根蠟燭只會單純地化成氣體。用「充滿生命力」來形容眞是太過保守了。

他也這才明白，希爾法師爲何堅持要他以如此小的物體來測試。蠟燭的氣味在空氣中逗留，隨著它的分子飄散開來。那是玫瑰花瓣和薰衣草的香氣。聞起來，有點像艾兒希身上的味道。

希爾法師走到窗邊關上窗，巴克斯則後退幾步退開。「感覺如何？」希爾法師問。

巴克斯伸張了下手掌，手上的灼熱感並不嚴重，但起碼一小時後才會退去。不知道這個魔咒是否能戴手套來施展？手套會因此被蒸發嗎？「這太神奇了，謝謝您。」

「到時會有一場晉升儀式。」她離開窗邊，也遠離了窗外城市的喧鬧。「但我看你不是講究排場的人。」

「是的。」

她用蒼白的兩手握住他的大掌。「那麼讓我提醒你，千萬別在此停滯。繼續修習，繼續超越，去實現並發展你的潛能。我在你身上看到無窮的潛力，但這世上會有很多人想扼殺它；可能是出於嫉妒，也可能是他們本身的認知有限，覺得你離經叛道。但他們錯了。我和你之間的相似之處，可能比你以爲的還要多，巴克斯．凱爾西。也許你的目標並非是加入倫敦物理學府的議會，但你始終都該有個目標。明白我說的話嗎？」

法師臉上帶著母親般的溫柔，淺色眼眸裡透著堅定。巴克斯不禁納悶起她的身世背景。在英國，以及大部分的國家，只有出身高貴的女性才有機會成爲造像師。這些女性一出生就比其他人超前一階。他很想了解她的故事。

「明白。我相信除了魔法之外，您可以教我很多東西。」

她微微一笑，拍拍他的手後鬆開。「是的，只要你想聽的話。我叫人送茶過來。」

她朝牆上的僕役拉鈴走去。巴克斯穿過小會客室，瀏覽壁爐上簡單精緻的裝飾品。檯子上有面大鏡子，映照出他胸口以上的模樣。他兩手把頭髮緊緊往後梳，從正面來看就像是短髮，跟其他英國人一樣。

他轉身離開鏡子，朝舒適的家具走去。希爾法師剛剛爲了幫他書寫咒文，將他的座位安排在角落的一張硬椅。在附近的某張桌子上，他注意到上面堆疊著大約三天份的報紙，最上方是最新的日期。一個熟悉的地名吸引了他的注意。巴克斯傾身向前，閱讀它的頭條新聞。

凶徒再次出手！布魯克利的石器作坊成為最新目標

「看吧，這就是爲什麼別跟萊特姊妹說話的原因！」艾兒希一邊斥責，一邊將報紙扔到餐桌上。「我敢打賭就是她們跑去報社洩密。」

「艾兒希。」奧格登的語氣威嚴，卻又透著疲憊。他一隻拳頭支撐著腦袋，俯視著桌上的午餐——腰子派。

埃米琳有些震驚地說：「唉呀，這不是很刺激嗎？竟然上報紙了！而且報紙上也沒提到我們的名字，妳幹嘛那麼生氣。」

感謝老天，報紙上沒提到我們的名字。艾兒希忿忿地一屁股坐到椅子上，拿著叉子戳她的派餅。她必須隱形，絕對地隱形，這樣才能對兜帽人有用處。如果小鎮居民開始對她工作的地方感興趣，她就隱藏不了多久了。

「那篇報導加油添醋很多。」她發著牢騷，將派餅送進嘴裡。口中的派餅溫熱又酥脆，她的沮喪瞬間消散一些。「那會激起大家的想像，以為是什麼精采的傳奇故事。而且，警官和賞相獵人也都沒證實奧格登的遇襲與藝譜集盜賊有關！」

報社把奧格登塑造成和拜倫子爵、男爵一樣的傳奇人物。拜他們所賜，鎮民開始紛紛抱怨起奧格登的接案價太高，因爲他顯然有足夠的資產能坐享其成。

她瞥了奧格登一眼，突然感到有些不安。如果是她搞錯了呢？如果事情比她以爲的更複雜，而那個歹徒再次回來完成未竟的任務？一想到可能會失去奧格登，艾兒希頓時心慌意亂。她會變得一無所有，因爲奧格登是她唯一擁有、最接近家人的存在了。

她將消極的念頭拋到腦後，繼續說：「我會去找玻璃匠盡快換好玻璃窗。鎖也必須換掉。」

「謝謝妳，」奧格登啜了一口熱茶。「這樣最好了。」

接下來，艾兒希試著緩和用餐的氣氛。其實，她很難一直生埃米琳的氣——埃米琳就像她從未有過的妹妹，又或者說，艾兒希想不起來的妹妹。她記憶中的手足們十分模糊，全是亞嘉莎·霍爾告訴她的，而亞嘉莎其實也記不太清楚了。一般人都以爲六歲的孩子應該能記得自己的家人、他們的姓名，但艾兒希就是……想不起來。對於那段時期的記憶，她總覺得好像缺少了什麼；她只記得在霍爾家醒來，接著就在救濟院和其他孩子排排坐，兩段記憶之間彷彿被切斷了。那缺少的片段，又黑又濃厚又沉重。她認爲自己有個叫約翰或強納森的兄弟。當然，約翰·肯登這名字太過普遍，她無法透過它找到任何線索。有時，艾兒希會懷疑她的家人是自己編出來的，只因她太過孤單，而霍爾一家只是陪她做了數年的夢，直到他們對此厭倦。

午餐結束後，艾兒希幫埃米琳收拾餐桌，等到有客人上門才出去接待。她跟客人的對話是：對，奧格登會做半身像。沒錯，他就是報紙上的奧格登。接著她又安排了幾件代辦事項，將奧格登的工作訂單放在他能看見的地方後，便出門去找玻璃匠了。歹徒撞碎的玻璃窗是標準尺寸，她不用再跑一趟把尺寸送去。玻璃匠預約明早過來修窗，而鐵匠也會在傍晚來評估他們家的安全措施。

「噢，肯登小姐！」正當艾兒希要打道回府時，一道金絲雀般的輕呼傳來。她太熟悉這個聲音了；沒有小說期刊可讀時，她總愛偷聽這個聲音的主人講八卦。但是，現在她只覺得膽戰心驚。

亞莉珊卓・萊特。她的姊姊蘿絲就站在她後面。

艾兒希全身一僵，感覺全身骨頭瞬間變成石頭。在她記憶中，這兩個女人從沒叫過她的名字，更別提跟她說話了。不過，艾兒希一向很享受能像兜帽人般地保持隱形。在這個當下，她眞希望自己能變成一隻貓，轉身跳上頭頂的排水管逃走。

不幸的是，魔法不是這樣運作的。

姊妹倆堆著笑臉朝她走來。「怎麼有人那麼過分，居然擅闖民宅！太可怕了！幸好沒人受傷。」

艾兒希的目光挪向馬路另一端的石器作坊。「至少沒傷得很嚴重。」

「埃米琳的資訊眞是不可靠，可憐的東西。」姊妹倆交換了一個眼神，似乎有些心虛，但她們的演技還算不錯。「歹徒一定沒闖進妳的房間吧，不然就太可怕了！」

艾兒希感覺喉嚨底部正滾燙沸騰。「是啊，太可怕了，我連提都不敢提起呢。抱歉，我得先走了。」

她推開姊妹倆，往作坊繼續前進。

「噢，可是肯登小姐！我們只是想慰問妳一下，就像其他鄰居一樣——」

艾兒希充耳不聞，不斷加大步伐，到最後幾乎跑起來。也許她這麼做太無禮，但她不介意以牙還牙，以無禮還予無禮之人。*她們下星期就會把我忘記，把魔爪轉向其他人。*

她必須警告埃米琳，務必跟這兩個女人保持距離。

她喘著氣回到家，還來不及掛好帽子，埃米琳就從廚房跳了出來。「艾兒希，我被派來把風，要妳一到家立刻去會客室。我們來了一位客人，不到十分鐘前來的！」

「喔？」她整理了下兩鬢散落下來的髮絲。「是客戶嗎？」

埃米琳搖搖頭，圓睜著大眼。「那人好高大！一定是從美洲來的！」

艾兒希瞬間凍結，胃部開始翻騰。

下一秒，她拔腿往樓上衝去。

她來到會客室的門口，那扇門微啓。她四肢顫抖著不知如何是好。她先俐落地順整裙擺，再來是頭髮。門板吱呀一聲，她走進了會客室。會客室裡的兩個男人朝她看來，而那個轉身過來的客人，就是巴克斯。

一股興奮之情從她腰側向上漾開。巴克斯在這裡。在她的家裡。這個男人在會客室裡顯得如此格格不入，艾兒希不禁納悶，該不會她逃離萊特姊妹時撞到了頭，才產生了眼前的幻覺。

她又驚又喜，每次讀到一本好書的劇情高潮時，她也會有這種感覺。只是現在的更爲深刻，是發自內心深處的喜悅。而且，是在*現實*中發生。

*你怎麼會在這裡？*她幾乎脫口而出，但加速的心跳打斷了思緒和嘴巴的連結。

「艾兒希，妳的好朋友凱爾西法師特地過來，看看我們是否安好。」奧格登解釋：「新聞報紙的傳播速度眞是快啊。」

法師。已經晉升成功了？失望當頭潑了她一桶冷水。可是——

他是來探望她，看她是否安然無恙？這不就表示他很在意她？現在還不到傍晚——難道他一聽到消息就趕過來了？

她急須好好整理思緒，於是結巴地開口：「你，呃，要喝茶嗎？」

「埃米琳去弄了。來，坐下吧。」奧格登指著椅子。他看起來並沒有生氣，只是有些困惑。「凱爾西先生說，你們是在市場上認識的？」

艾兒希的目光像是剛學飛的雛鳥，在巴克斯和奧格登之間來回移動，又望向壁爐架，再回到巴克斯的臉上，最後看著他坐的那張椅子。等她走到椅子旁坐下時，目光早已瞥向凱爾西法師許多次。「對，就是我去買新漆的那次。」這是實話。她無聲地過濾事實。她試著讀懂巴克斯的表情，但他太擅長隱藏情緒。「所以，你參加了晉升考試？」

「其實不算是考試，只是讓我的法力被認可的一個正式程序。」他的英國口音清脆俐落，完美無瑕。兩隻綠眸飛快地瞥了她一眼。艾兒希連忙暗自檢查自己的坐姿是否優雅。

她點頭，並回應道：「我們大致都沒受傷，不過你也看見了，奧格登先生有被打傷。」奧格登受傷的眼睛如今又紅又紫，而瘀青到了明天只會更深。她突然想起一件事，連忙向奧格登報告：「鐵匠傍晚會過來，玻璃匠則是明天才來。」

「謝謝妳。」奧格登說。

她轉向巴克斯——看著他一副輕鬆自在地坐在那裡，在他們的會客室，她感覺好不眞實。艾兒西問：「公爵還好嗎？奧格登先生，不知道凱爾西先生——法師有沒有告訴你，他目前暫住在肯特郡公爵府上。公爵和巴克斯的亡父是好朋友。」她說話的速度太快了。

凱爾西法師。她肯定無法習慣這樣稱呼他。她越是琢磨，越覺得他們的會客室好小，越覺得自己的衣衫樸素，她的人生、興趣愛好、工作都太過淺薄。單單一個頭銜，就能造成如此影響……

她討厭這樣。

「是的，他剛剛有提到。」

此時，埃米琳走進來開始上茶，巴克斯客氣地婉拒，艾兒希則擺擺手示意不想喝茶。她的胃還處在緊繃狀態，啜一口茶都嫌難受。只有奧格登接下了他的茶杯，埃米琳爲他添加糖和奶油。

「公爵最近不太好。」巴克斯回答。埃米琳拿著托盤往外走，還不時偷偷回望。「我經常忘記他已年事已高，忘了他是凡人，終將面臨死亡。」

艾兒希傾身向前。「不是什麼重病吧？」

巴克斯搖搖頭。「有位時間造像師來看過他，但公爵畢竟已七十歲，也只能盡人事聽天命。他的情況不太樂觀。」

「我很抱歉聽到這些。」奧格登放下茶杯。「你們一定相當親密。」

「那你會留下來嗎？」艾兒希問。突然驚覺這話聽起來怎麼像是在挽留他，於是趕緊追加一句：「我的意思是留在肯特郡，陪公爵養病。」

巴克斯點點頭。「當然會。但我這趟過來並非來訴苦的，只是想確認你們都安然無恙，事情也處理得順利。」

奧格登回應：「報社爲了銷售量，往往加油添醋不少。按我說呢，這次就只是一次失手的搶劫案。」

「我同意，報社的確會那麼做。」巴克斯雙手交疊。他的衣袖好像變短不少，長大衣的肩線處也有些不合身。老天，難道這男人不再被吸走能量後，個子又變得更高大了？「但您是個造像師，若這次的闖入事件和其他案子有關，那就不是小事了。」

奧格登咯咯笑著。「這麼說來，那個歹徒還眞是走投無路了，才會挑我下手。」

巴克斯似乎在琢磨他的話。

「你呢？」艾兒希仍然讀不懂他的心思。「你沒事吧？除了擔心公爵的健康之外？」

巴克斯點點頭。「我很好。」他的語調令她溫暖，感覺他又一次向她致謝，感謝她給了他全新的生機。「至於公爵的身體嘛，就交給時間吧。」

當然，無論巴克斯滯留多久，最終還是要離去。在前去拜訪皮耶羅法師的路上，巴克斯曾經表示，他對成爲倫敦物理學府的議會成員一事不感興趣。他的人生在巴貝多。在那裡，他不需要刻意用英國口音交談，更不用忍受寒冷的天氣。她明白這點，也時常提醒自己，不過她仍然很高興他過來探望她。也許在乘船沿泰晤士河出海之前，他會再來看看她。也許。

聊天的氣氛陷入低迷，艾兒希聽到樓下的大門被推開。奧格登也聽到了，他於是起身，朝客人伸出一隻手。「謝謝你的關心，凱爾西法師。你眞是好心人。」

巴克斯點點頭。「希望您的傷能快點痊癒。」

他們走下樓梯，艾兒希擺弄著手指，轉彎正要朝工作室走去時，埃米琳慌張地衝過來。

「奧——奧格登先生，奈許要找您。」

「跟他說我現在不方便。」

然而那個金髮年輕人逕自走進了通道，出現在埃米琳身後。他一身輕便打扮，只身穿亞麻上衣，沒有繫領結，也沒有穿背心。「先生，我想要——」

「**現在**不行，奈許。」奧格登雖然沒用吼的，但那股氣勢也相當震懾人。他語氣裡的厭惡不只令艾兒希一凜，即便巴克斯也驚異地看著他。

送貨員一臉不悅，甚至有些冒著怒火。片刻後，他不發一語地轉身穿過門，走進了工作室。艾兒希以為奈許會用力甩上門，但他沒有。

埃米琳鬆了一大口氣。

「抱歉。」奧格登搓揉著額頭。「看來昨晚的事，對我造成的影響比想像中還大。只能寄望工作和忙碌可以撫平一切了。」

他向艾兒希和巴克斯點頭告辭後，便走進了工作室。

「嗯……我們從後門出去好了？」艾兒希提議，隨後和埃米琳交換了一個眼神：**去看看奧格登是否沒事。**

艾兒希在前面帶路，巴克斯不吭聲地跟著，但他越是沉默，越給她摸不透的感覺，彷彿有一頭狼正在她脖子邊嗅聞。來到後門邊，艾兒希回頭確定埃米琳沒跟上來後，這才小聲地問：「你沒查出是誰做的嗎？」她站得很靠近他，近到如果他身上有魔咒，她都能感應到。新砍下來的木頭混著柑橘香氣，淡淡地包圍著她，而其中不再帶有那個時間魔咒的泥土氣息。她再次想起雙手放在他胸膛上的觸感。她清清嗓子，用意志力抑制不讓自己臉紅。

巴克斯片刻後才回答——她的提問並不清楚，不能怪他。「沒有。我會繼續調查，但恐怕只是徒勞無功。時間已經過太久，我甚至無法確認是在歐洲、美洲，或是哪個大陸發生的。」

他嘆口氣，兩手往大衣口袋裡一擺。

「眞是奇怪。」

「艾兒希，妳眞的沒事嗎？」他心照不宣地打量她，目光好似可以鑽進她的肌膚裡。她連忙將這些想法拋到腦後，擔心被他識破。「妳確定沒有受傷？一點都不擔心嗎？」

艾兒希想起剛剛奧格登的怒火。那相當不尋常。「當然擔心。」她坦白地說：「但擔心也沒用。那個歹徒已經逃跑，我們也沒看清他長什麼樣子，警方就無法發布通緝。而且，那個眞相獵人好像對我們的案子不感興趣。」

「他們驚動了高等法院？」

艾兒希聽到作坊的前門打開又關上，這表示奈許已經離開。「奧格登是造像師，顯然警方的辦案流程必須先向上呈報。」她淺淺一笑。她仍然無法相信，這次的攻擊與報紙上那些凶殺和竊盜案有關——奧格登只是個法力微弱的制咒師。不過，這起事件仍在她心裡留下陰影。

「別擔心。我又一次躲過了手銬腳鐐。」

「嗯。」他若有所思地說：「我懷疑凶手可能不止一人。這些案子的攻擊目標很分散，而且一直找不到可靠證據。假使把每一樁案件都與造像師聯想在一起，很可能永遠破不了案。就像學院的那個案子。」

她聞言愣了一下。「什麼學院？」

「各大宗派學府培育人才的造像學院。」見艾兒希沒有回應，他繼續說：「學院的一座側廳被燒燬，死了一名教授和兩個見習生。」巴克斯蹙眉。「他們的藝譜集一直找不到，但大家認爲應該是被燒燬了。這個案子也被歸類成連續案件之一。」

她強迫自己無視背部和手臂上竄起的雞皮疙瘩。「太……可怕了。」

巴克斯嗯了一聲，撫弄著鬍鬚。

艾兒希心想，不知鄉紳去倫敦時有沒有造訪那座學院。既然鄉紳沒有魔法，造訪學院就需要找藉口才能進去。也許巴克斯說得對，這並不是什麼連續殺人案，只是幾個迷途的法外之人在搗亂。或者是十七世紀的暴動又一次上演，沒魔法、受壓迫的平民揭竿起義，攻擊貴族、搶走權貴者的藝譜集，爲自己爭取某種形式的權力。「奧格登說報紙加油添醋，也許他說得對，」艾兒希說：「對方不可能是來搶走他的藝譜集，畢竟他的魔法造詣並不高，眞的。」

巴克斯的唇角淡淡一勾。眞希望他能再對她全心地展露笑容，再一次就好。但她不能，也沒資格。

「請代我向公爵問好，巴克斯。」她碰碰他的衣袖，卻馬上就後悔了，因爲她的臉頰再次發燙。「照顧好自己，還有……如果需要我，請不要客氣，一定要跟我說。」

她怎麼會說出如此不經大腦的提議？如果他們兩人繼續相處下去，巴克斯很可能就會發現奧格登和埃米琳尚未發現的事——眞實的她不值得被愛。

巴克斯點點頭。「妳也是。我……我出去時會用魔咒掩護，不被人看到。」

「好，謝謝你。」

他們沉默尷尬地站了一陣子，艾兒希這才推開門。「我不是故意讓你從後門出——」

「我也不希望打擾奧格登先生的工作。」他點朝她致意，頸背上的髮束微微一甩。然後他就離開了。就那樣走了。艾兒希強迫自己轉身回去，不讓自己看著他走遠。她沒必要像隻有相思病的小狗，站在門口依依不捨。

我才沒有相思病呢，她斥罵自己，有些用力地關上門。巴克斯只是一次的冒險，一個白馬王子，一個證實她小說看太多的證據罷了。

也許這陣子她應該先換個胃口，讀讀科學期刊。艾兒希只感到無比揪心，現在最好的藥，就是一杯熱牛奶。

工作室的大門打開又關上。她該去接待下一個客人了。

但她一走進工作室，並沒看到其他人，只見奧格登在角落裡劈砍一團泥土。

「埃米琳出去了嗎？」她問。

「她應該在飯廳。」奧格登的注意力全在那團泥土上。

艾兒希瞥了大門一眼。「剛剛不是有人進來嗎？」

奧格登抬眼看著她，聳聳肩。「我沒聽到。」

奇怪。也許是她聽錯了，她只是想找個藉口轉移注意力。

「艾兒希。」奧格登轉身過來，手裡拿著一把雕刻刀。「剛才那個男人是不是在追求妳？」

艾兒希臉頰再度發燙。「天啊，不是。我幾乎不怎麼認識他。」

奧格登半信半疑地點點頭。「如果是這樣就好，自從那件事之後……」他不敢提到阿弗烈德四個字，尤其那個傷口最近才又被掀開。「雖然我不想再看到妳心碎，親愛的。特別是階級之差擺在那裡，心碎是不可避免的。」

他的一番話，就像拿著那把雕刻刀往她胸口插上一刀。

「這個我知道。」她故意輕描淡寫地說：「但我也說了，我根本不認識他。更何況……他很快就要回巴貝多了。」

「巴貝多？他是從那裡來的啊，希望這麼問沒冒犯到他。」

艾兒希翻了個白眼。

奧格登頓了一下，連忙說：「麻煩把訂單拿給我。」他有些心虛地朝櫃檯指去。幸好艾兒希明白他的意思。她走過去拿起最新的工作訂單——

一個灰色信封從訂單下方冒出一角。

她倒抽一口氣。怎麼可能？

也許剛才大門的開闔聲並不是她的想像。他們只是來送這封信的？但又是如何避開奧格登的注意？

艾兒希抓起信封，繞過櫃檯衝出大門，不理會奧格登大聲叫喚。她衝到街上四下張望。還是慢了一步。作坊附近沒看到任何陌生人，也沒有人行蹤鬼祟。至少她沒看見。

她緊抿著唇，溜到屋後的陰影處，拿起那個鳥爪踏著弦月的火漆印信封並拆開，讀著她的下一個任務目標。

倫敦物理宗派學府。

19

艾兒希並不喜歡夜晚出任務，彷彿在做什麼見不得人的事。但她不是。最起碼，她的每個任務的核心思想並非如此。就好比凡是敬畏上帝之人，都不會把羅賓漢當成是壞人看待。

只是看待事情的角度不同。

她打了個寒顫，儘管倫敦現在不算太冷，甚至也沒下雨。她已準備好一套藉口，要嘛謊稱迷路或發高燒，要嘛說自己在找貓。艾兒希朝宏偉的物理學府逐漸接近。

大門口有警衛，但來回巡邏的人看起來不算多。與許多豪宅、銀行相同，學府也依靠魔法來守門。魔法無須支付時薪，也不會在值班時睡著。而且，學府內一直都有人進進出出，在書桌前研讀或打瞌睡。這次兜帽人仍然有提供她指引，指示她如何接近，而她也如實照辦。絕不能再重蹈肯特郡門把事件的覆轍。倘若在這裡被抓到，就不會像上次遇到巴克斯・凱爾西法師那般幸運，還能討價還價。

無論如何，她都必須行動迅速。她實在不想冒險將他牽扯進來，即使自己是爲了大眾的福祉。當然，學府才不會這樣看待她的意圖。坦白講，巴克斯可能也不會。

今晚的任務需要很長的步行，不過艾兒希是從學府的後側接近，也就是西北方。她找到任務信裡提到的休憩花園。花園裡鋪有淺色石頭的長徑、散布的長椅，以及被修剪成球狀的盆栽。弦月月光投射出長長陰影，她小心翼翼地靠近，在陰影掩護下搜尋第一個魔咒。

她在踏進去前就看見它了——一個限於夜晚時啓動的魔咒，只要有任何東西對它施加壓力，周圍地面會像波浪般掀騰。她輕而易舉地破除了它，這個跟公爵宅邸的十分類似。往前不到六十公分處，她又發現下一個相同魔咒。她蹲下去，將裙襬往雙膝之間一攏，緩緩蹲行過去，忽略破咒所造成的發癢。

她並不驚訝兜帽人會派她前來這裡。魔法是一項工具，能對所有階層有所助益，但也能撕裂社會，就像公爵農地上的那個詛咒。魔法能協助農作物生長、馴養牲畜，緩和交通工具行駛時的顚簸；它能幫助人體正常運作，使孩子保持健康。任何爲了名利而將魔法據爲己用的人，都會損害無緣接觸魔法之人的福祉。即使巴克斯也曾無法獲得他所需的魔咒，他仍然是魔法世界中的一員，是**既得利益者**。

艾兒希不禁納悶，在眼前這座宏偉堡壘內的圖書館裡，究竟藏有多少能對社會有益的魔咒，而它們被放在這裡枯萎凋零，被浪費、被遺忘，沒有發揮助人的功效。一旦她完成了任務，其他比她大膽的人就可以溜進來複製魔咒，進而流傳出去。或許，那些制咒師若沒那麼貪心，也就不會遭到搶劫，或在自己的床上遇害。這麼做對大家都好……最好是讓低下階層的人也能獲取滴幣、吸納魔法。不過，讓制咒師的資產拿出來與眾人分享，就是以後的任務了。

這些「吸抓」魔咒——艾兒希想不出更好的名稱了——一路設置到石頭小徑的盡頭結束。她的步伐放得更慢，只在聽到什麼奇怪動靜時才稍作停頓……但周遭只有寂靜無聲，這稍稍減緩了她劇烈的心跳。這裡還有另一個魔咒，雖然她在地面上什麼也找不到——

在那裡。一開始，她以為那是靈性魔咒，因為她隱約能聽見它，就像耳畔的蚊子嗡嗡聲。但她走近那兩尊聳立於小徑兩側的相同雕像時，卻發現雕像上各有著閃爍的**物理**符文。

這就說得通它們為何會發出聲音了。幾年前，她破解過類似的符文。這對姊妹魔咒形成一道隱形的路障，只要一被觸動，就會發出可怕的聲響。這是種警報器，跟前面的吸抓魔咒一樣，都是於夜晚才會啓動。

一旦驚動了警報，她肯定來不及藏身。她小心翼翼伸出一隻手，在不碰觸符文內部的前提下，解開一端的纏結，接著再解開另一端。艾兒希解開符文中央的小圈，然後是底部，最後符文低低哀鳴一聲，隨後消失不見。她並沒費心去拆解另一個姊妹符文——失去了連結，剩下的魔咒已起不了任何作用。

不過，當她從雕像之間穿過時，仍不禁屏住了呼吸，見沒任何事發生後才吐出一口氣。束腹下的胸口好熱。她連忙搜尋是否有讓人發熱的警報魔咒，卻一個也找不到。這只是她太緊張的關係。

她朝主建築走去，抬頭仰望最靠近自己的窗戶。一樓窗戶的最底邊，距離她頭頂大約三十公分高。假使兜帽人提供的信息無誤，那裡也有一個魔咒——阻止有人從外爬窗進入。只要她破除了那個魔咒，兜帽人就可以潛入圖書館、複製所需的魔咒，再悄無聲息地溜走。如果她完成任務後逗留一陣子，是否能見到其中一個兜帽人？

這樣明天一大早妳如何跟奧格登解釋，妳為何不在房間裡？

再者，奧格登才剛遭到攻擊，他很可能一發現她不見就會立刻報警。到時她就得應付警官的問話。不行，她必須盡快完成任務、趕回家裡。

艾兒希退回到花園，拿起一個花盆，倒出裡面的土壤和花朵。附近有腳步聲傳來，她頓時全身僵住。她仔細聆聽著腳步聲逐漸走遠，小腿都蹲麻了。她再次拿起花盆走回到窗戶邊，將花盆放在地上並站了上去。

窗戶上的魔咒在她手指底下活躍閃爍起來。她兩手並用，蹤躍了兩次才搆到符文的最頂端。她感覺自己正暴露在他人的視線範圍中，汗水滑落她的腰脊。符文被拆解開後，艾兒希費了好大的勁才壓下想立刻逃走的衝動。她必須把花盆送回原位，以防兜帽人的成員今晚沒來。

不能留下任何線索引人猜疑，否則她必須再來一趟，重做一遍。再者，如果學府發現魔咒遭到破解，肯定會加強警衛巡邏。

她莫名覺得自己比剛才堅定許多，一把拿起花盆送回原處，把土填進去時還不小心弄髒了裙子。被拔斷的無根花株簡直一團亂，但她不管三七二十一，連忙抓起來就往土裡塞去。除非有人走近查看，才會注意到它們的不對勁。她把多餘的泥土撥進修剪整齊的草皮裡，然後低伏身軀前進，忍受痠意緩慢地沿原路返回。

就她所知，沒有任何人跟蹤她。

艾兒希連忙讓路，讓從郵局出來的鄉紳休斯先生先過。這並非出於尊重，而是她知道如果不讓路，自己會被對方無禮地直接推倒。鄉紳既沒有幫她扶門，連看也沒看她一眼，只是揚著下巴，大步朝他的馬走去。艾兒希注意到他的馬被重新設下魔咒了。

艾兒希忍住不發一語，輕巧地走進郵局。一隻郵差犬在後面嗚嗚叫著，而辦公桌後面靠牆的小隔間裡，瑪莎．摩根正在處理幾封信。

「午安，瑪莎。」艾兒希說。

瑪莎回頭瞥了一眼。「噢，肯登小姐！請等我一下。」她處理完手中那疊信封後，將注意力全副集中在艾兒希身上。「有什麼我能爲妳效勞的嗎？」

「我要發一封電報給布里克斯頓（Brixton）的艾倫．貝克先生。」她打開手中的字條，上面記錄著奧格登交代的信息。「**成品明天就會交貨**。」艾兒希拿出郵資，放到辦公桌上。

瑪莎把電報內容抄寫下來。「我馬上發出去。」

「謝謝妳。」艾兒希把字條摺好，轉身朝大門走去。

「肯登小姐！」這次換郵政局長格林先生叫住她。他正從與郵局相連的屋子走進來。「太湊巧了，我剛收到一封給妳的電報。」

瑪莎對艾兒希微微一笑，彷彿也認同時機的湊巧。接著她便朝後面的房間走去。

「是給奧格登先生的嗎？」艾兒希追問清楚。

「是給妳的。」局長遞來信封。

艾兒希並不喜歡在公共場合拆閱私人信件，但她實在太好奇了。而且很希望電報是巴克斯發來的。於是她拆開了信封。

她的心猛然揪起。不是巴克斯發來的，而是來自朱尼伯唐。

艾兒希。我們錯了，有人過來找妳。妳盡快過來一趟。

就這寥寥數語，卻包含了一切。

她一定是臉色突變，因為格林先生出聲詢問：「一切都沒事吧？」

艾兒希愣愣地點頭。「是……太棒了。謝謝您。」

她宛如乘著暴風般，從郵局狂奔離去。

「奧格登！」艾兒希一衝進屋子裡立刻大喊：「奧格登先生！」她繞過轉角，差點撞上埃米琳。郵局距離作坊並不遠，但艾兒希喘得像跑了好幾公里。「他在哪裡？」

「在——在工作室。」埃米琳差點來不及反應。「怎麼了？」

艾兒希一刻也等不及地衝向工作室，埃米琳趕緊跟了上去。奧格登站在工作室中，正脫下畫畫的工作服。

他臉上流露擔憂。「出了什麼事？」

艾兒希幾乎是衝到他面前，激動地抓著他的上臂。「我收到一封從朱尼伯唐發來的電報！有人在找我！奧格登，那一定是我的家人！」

奧格登愣愣地瞪著她，緩緩吐出一口氣。「妳確定？」

埃米琳也激動地放聲大叫。

艾兒希笑著說：「不然會誰跑去那種窮鄉僻壤，還拿著我的名字到處打聽我的下落？拜託，我什麼事都願意做，請你一定要讓我去一趟。我必須馬上出發。我會搭火車過去，搭到——」

奧格登緩過神來問：「妳是剛剛收到的？」

艾兒希抽出電報遞給他。奧格登讀完電報顯得若有所思，艾兒希又將電報遞給埃米琳看。

「太棒了。」埃米琳熱切笑著。「噢，艾兒希，妳等這一刻等得太久了！」

「我願意付錢找臨時員工過來。」她對奧格登說：「你有什麼需要——」

奧格登搖搖頭，打斷了她的話。他嘴角揚起淡淡的笑意。「沒那個必要。妳現在出發的話，可以在日落前趕上火車。」

艾兒希開懷大笑，在奧格登的臉頰上印下一個吻。「噢，謝謝，謝謝你。天啊，我去打包行李。」

埃米琳立刻接話：「我去幫妳收衣服。」然後她就跑出了工作室。

艾兒希兩階併一步地爬到二樓。回到房間後，她從床下拉出行李袋，放到床上打開，然後在衣櫥裡翻找所需衣物。她向來喜歡仔細收拾出外旅行的行李，尤其這趟旅程的天數並不確定，但此刻她腦袋裡想的，全是盡快趕到朱尼伯唐。

他們在等她。他們當然會等她！我們都等了這麼久，再等一天又何妨？如果連夜趕車、只睡在火車和馬車上，她能在一天之內趕到。她和家人之間只隔了一天的車程！所以來找她的會是誰？是她母親嗎？還是其中一個兄弟？她不敢妄想他們會全部一起來找她。

沒多久後，埃米琳拿著她的衣服走進來，主要都是貼身衣物。艾兒希道謝後，把她想到的必需品疊好、塞到行李袋中。就在行李袋被快塞滿之際，埃米琳拿了一個小布包進來。

「給妳帶著吃，免得餓肚子。」她把小布包放到艾兒希手上。

「噢，埃米琳，謝謝妳。」艾兒希感激地接著說：「我可能還需要存摺。」火車票、旅費……她不知道是誰來找她，完全沒有概念。如果他們缺錢需要支助呢？她朝房外大喊：「奧格登！」

「他剛剛出門了，應該是去郵局找人代替妳一個星期。」

「噢，應該的。」她還沒想到要如何安排她的工作。天啊，她腦袋裡有太多問題，裝不下其他事情。

「我再去幫妳拿一些起司。」埃米琳快步走下樓梯，她的腳步聲聽起來很急切。艾兒希跟著她走出去，來到奧格登的房間。她逕自走了進去，畢竟奧格登的房間一向都是她負責打掃的。

「存摺，存摺……」她喃喃自語，在稀疏的家具陳設之間翻找。奧格登把他們三人所有的存摺都收在這個房間裡，還經常自作主張幫她們存錢。艾兒希也很少會需要拿存摺領錢。**到底在哪裡？**

她走到奧格登的書桌前，拉開右上層的抽屜在紙筆之間翻找。那些紙張上有些亂畫著線條，並用大小不一的黑點連接起來。看起來有點眼熟，但她一時想不起來曾在哪看過。它們並不像奧格登的藝術風格。

下一層的抽屜放著各式各樣的瓶子，瓶裡裝著造像師的藍色墨水。第三個抽屜幾乎快被舊帳本塞滿。左邊的抽屜裡有收據——這些有交給她記帳嗎？——還有一些裱框工具和舊信件。

討厭，怎麼找不到？她從床頭櫃下面抽出一把鑰匙，走到他存放滴幣的櫃子前，打開櫃子的門開始翻找。還是沒有。他究竟收在哪裡？她得在最後一班火車出發之前趕到倫敦，不然就會浪費整整一天……

於是她鎖好櫃子後，又回到書桌前再次翻找抽屜。她翻開收據、掀起帳本，並再次拉開放置墨水的抽屜，在墨水瓶之間搜尋。還是沒有。

她用力關上抽屜，卻聽到匡啷一聲！她擔心有瓶子被撞破，連忙拉開抽屜，以爲會看到藍色墨水流得到處都是，但瓶子全都安然無恙。

她再次用力關上抽屜，又一聲**匡啷**傳來，但這次比較小聲。她遲疑了下。那並不像玻璃碰撞的聲音……那會是什麼？但不可能是她的存摺才對。她好奇地又拉開了抽屜。抽屜裡仍舊只有墨水瓶，一瓶快用光，三瓶滿的，一瓶半滿。她把抽屜拉出又推回，重複了幾次，聽著那匡啷聲不斷傳來，但那些瓶子卻完全沒有互相碰撞。

她一次一瓶地移動墨水瓶，發現最裡面的那瓶竟然是空的。**看起來像半滿**，但仔細一看，它下半部的玻璃瓶身全被塗上藍色顏料。她搖搖它，聽到瓶身底部有東西在匡啷匡啷地響。到底是什麼怪東西？

她拔掉瓶塞，倒出裡面的東西。一支長長、金屬頂端的印章掉入她掌心中。奧格登幹嘛大費周章地藏一個印——

當她看到印章紋樣時，猛然屏住呼吸。一隻鳥爪踩在弦月上。

兜帽人的標誌。

艾兒希驚愕萬分。下一秒，圖章猶如復燃的餘燼，燙得她立刻將它塞回瓶子裡。她馬上蓋好塞子將其放回原位，砰地關上抽屜。她緩緩後退兩步。

兜帽人……奧格登是**其中一員**？

這樣一切都說得通了。爲什麼兜帽人的信件，總能不著痕跡地進入她最私密的空間。她一直有種感覺，兜帽人的信使十分清楚該把信箋放在何處，才最容易被她看見。更何況，奧格登一向很開明，總會給予她所需的休息空檔，彷彿知道她會好好利用時間去執行任務。

奧格登一直都是兜帽人的一員，還是在雇用她後才加入他們？他是不是發現什麼她不知曉的內情，才因而被召募進來？

無論如何，他絕對知道一件事……他知道她是個破咒師。

她全身的雞皮疙瘩再度泛起。救濟院失火的那晚後，所有她一直想不通的問題，如今全都一股腦地湧上。他爲什麼要隱瞞此事？是爲了埃米琳？

她也才恍悟到，派克先生應該跟兜帽人毫無牽扯。奧格登說過，**鄉紳的手從沒乾淨過，沾過各種骯髒事**。這才是那位管家閃閃躲躲想隱藏的事，而非他自己的筆跡。他只是寫了一封信，試圖彌補鄉紳的惡行？

是啊，當然是奧格登！他是個藝術家，對他來說，僞裝筆跡並不是難事。

她需要從頭仔細想一想，才知道接下來該怎麼做。就像翻開了一本新書，但是頁數太多根本來不及馬上看完。她必須先去朱尼伯唐，**現在**。

但是兜帽人……

「艾兒希？」

她被埃米琳的聲音嚇了一大跳。「埃米琳，妳知不知道……奧格登把我們的存摺收在哪裡？」

埃米琳想了一下。「妳找過床底下了嗎？」

「我……還沒有。」

她感到自己有些神經兮兮，走到床邊蹲了下去，拉出一個裝著文件的木盒。果然，他們三人的存摺就放在上層。艾兒希抓起自己的存摺，抱在胸前。她不知道到時需要多少錢，所以打算全部領出來。但路上仍然有強盜——

朱尼伯唐。兜帽人。她的**家人**。奧格登。

她的腦袋快爆炸了。

艾兒希快步回到她的房間，把存摺放進腰際小袋中，關上行李袋。她注意到袋裡又塞進了一包食物。

「謝謝妳，埃米琳。」她把行李袋拖到樓下的餐桌上，然後雙手焦躁地擺弄著，等待奧格登回來。不到一刻鐘後，奧格登回來了。

「我送妳去倫敦吧。」他一邊走進餐廳一邊說，隨即提起了她的行李袋。「只要安頓好，立刻發電報或寫信讓我們放心。」

艾兒希點點頭，不知道還能說什麼。

希望奧格登沒發現她突如其來的畏怯。

20

她原本可以在前往倫敦的路上把事情問清楚。開啓話題的方式明明很多：**奧格登先生，你知道我的另一個身分是什麼嗎？**

或者，**我在你的抽屜裡找到很有趣的小東西。**

甚至是，**為什麼你沒告訴我，你是兜帽人的一員？**

即便「兜帽人」這個綽號是艾兒希自己編造出來的。那並不是這個組織的正式名稱。但是直到兩人分手時，她一個字也沒說。畢竟前往倫敦的車程太短，不足以弄清所有疑問。而且，假使奧格登知道她無意間發現他的眞實身分，爲之發怒……假如他阻止她去朱尼伯唐怎麼辦？

她**必**須去。這件事比……任何事都重要。

艾兒希在雷丁鎮（Reading）的一家旅館過夜，那裡有距離朱尼伯唐最近的火車站，儘管過夜一事對她來說有些多此一舉。她在小房間裡來回踱步數小時，無論在椅子或床上都睡不著，直到天快破曉，她才迷迷糊糊入睡。艾兒希再度醒來時，外面已是下著濛濛細雨的早晨。

幸好沒睡過頭。

她快速更衣，以上次去公爵府赴宴的標準來打扮，只是這次沒有埃米琳幫她盤髮了。她今天就能見到她的家人。這個想法讓她更加激動不已。

當她返回布魯克利時，巴克斯人還在英國嗎？他會想知道這個美妙的轉折嗎？

有人來找她，回來找她。她的一切生活即將改變。

艾兒希對著牆上的梳妝小鏡微微一笑，謹慎地把紫色帽子夾在頭髮上。她整理好行李袋提下樓後，門房已好心地幫忙叫來了出租馬車。她搭車朝西南方的朱尼伯唐前進，那座小村莊小到地圖上都沒標記出來。她六歲之後，再也沒踏足過朱尼伯唐，從未。不知那裡是否跟記憶中的一樣……不過，她記得的大多只是霍爾家室內的模樣。

她擺弄著手指，肌膚都快被蕾絲手套磨出水泡。她排演著雙方見面後該說些什麼。如果是她的母親或父親——也許兩個都來了！——她當然會問他們為何丟下她。為何等那麼久才回來找她。但她絕不能一見面就追問這些問題。得一步步來。她要讓他們覺得，終於來找她的這個決定是正確且值得的。然後才能再追問下去。

如果來的是她的手足之一……**你這些年都在哪裡？你有想起我嗎？他們也有丟下你嗎？**

一想到最後的問題，她的喉嚨一陣酸澀。

意外的是，朱尼伯唐沒想到這麼快就到了，雖然沿途車伕得不斷停下來找農夫問路。那是個小地方，只有一條馬車寬度的小路穿村而過，而且路上坑坑疤疤的，使得艾兒希在車廂裡顛來覆去。馬蹄聲終於停下，艾兒希的心一揪。馬伕打開了車門。

「妳確定是這裡嗎，小姐？」他伸手進來扶她下車。

艾兒希繞過馬車，掃視一圈。遠方是一望無際的田地。這裡的屋舍與公爵佃戶的差不多，只是屋子的大小不一，也更顯破舊。每棟屋舍都有座小花園，花園裡有兩條交叉的狹窄小徑。一位老人家坐在路邊蜂箱旁的椅子上，他正瞇眼看著她。

車伕似乎察覺到她的遲疑，於是朝老人家大聲詢問：「嘿！這裡是朱尼伯唐對吧？」

老先生也大叫回話：「對！你們要幹嘛？」

艾兒希深吸一口氣，轉身對車伕說：「我可以自己找到的，謝謝你。」

車伕點點頭，拉下她放在車後的行李袋。「祝妳好運。」

艾兒希看著馬車掉頭駛走，強迫自己鎮靜下來，並朝老先生走去。

「不好意思，請問您知道霍爾家在哪裡嗎？」艾兒希問。

「亨利的小屋？」老先生看著艾兒希，重複她的話。老先生身上的衣服，包括帽子，起碼都有一個破洞，而她卻穿著自己最體面的連身裙。也許她錯了，她不該盛裝打扮才對。但老先生只是拿著空菸斗指向南方。「直走就是了。」

老先生顯然不打算伴護她過去，不過這樣也好。「謝謝您。」她說完後，沿著他指的方向走去。

她已經聽到孩子們的吵鬧聲，其中還伴有嬰孩的哭啼。一個女人跪在花園裡拔草，另一個則在井邊打水，眼睛盯著她走過去。井邊的女人戴著黑帽，手腕上繫著黑色緞帶。她在服喪嗎？這裡的村民窮苦，不會沒事穿著黑衣。

艾兒希向女人點點頭，繼續往前走，很快就瞥見一個也身著黑衣的女孩，晾衣繩上也掛著一件染成黑色的連身裙。這裡出了什麼事？

馬路分叉成兩條，正當艾兒希猶豫時，幸好有個快四十歲的婦女走出屋子。「噢！」婦女大喊，上下打量艾兒希。「妳是從福克斯通（Foxstone）來的嗎？」

艾兒希搖搖頭。「我從布魯克利來的，靠近倫敦。」

婦女吹了一聲口哨。「妳來這裡幹嘛？」她又連忙解釋：「只是好奇問一下，不是多管閒事。妳迷路了嗎？」

艾兒希的雙肩有些痠疼，但她強迫自己讓語氣顯得輕鬆。「好像是吧。我來找亞嘉莎・霍爾。」

「亞嘉莎?」婦女走到馬路上爲艾兒希帶路。「妳從這裡繞過去。」兩人從一個洗衣服的中年婦女面前經過。「來找亞嘉莎的。」帶路的婦女對洗衣女人說，彷彿對方有開口打聽。她們兩人繼續往前走，而艾兒希聽到剛剛的洗衣女人又向其他人交代她前來的目的。

「就是這裡了。」婦女指著一棟屋子，這屋子跟附近的其他房舍大同小異。「要我陪妳過去嗎?」

「噢，不用了，謝謝妳。」艾兒希點頭致謝，隨即屏息地朝屋子走去。

她敲了門三下，感覺剛剛的婦女仍盯著她看。

屋裡傳來腳步聲，伴隨著一聲斥責，似乎是在罵孩子。門打開了。艾兒希幾乎認不出眼前的女人——畢竟當時她才六歲，而這麼多年過去，印象中的那個女人變老許多。可能是艾兒希的服裝打扮，也可能是她與此地的格格不入，亞嘉莎立刻認出了她。

「艾兒希．肯登!」女人驚呼。「噢天啊，妳來了，而且這麼快!快進來，快進來。」她拉著艾兒希的胳膊引她進屋。

屋裡的陳設小巧溫馨，一張老舊餐桌佔去了大半空間，而一樓就只有這個小廳室。一道狹窄的樓梯通往二樓，艾兒希推測樓上應該有一、兩間臥室。一個大約十歲的男孩坐在窗戶邊擦鞋。壁爐裡，一個大鐵鍋架在柴火之上;屋裡溫度有點高，但空氣裡飄著烤麵包的香氣和泥土氣息。這些氣味，比眼前的景象更令她熟悉。

艾兒希放下行李袋，焦急地問：「他在哪？是男還是女的？」

「是個男人。」亞嘉莎回答：「他並沒留下來。我的意思是，他找來我們家後又走了。」她轉身朝一個木架走去，拿出一個信封遞給艾兒希。信封的邊緣沾上些許油漬。「抱歉，不小心被小孩子弄到了。」亞嘉莎指著信封。

一封信？艾兒希翻到背後，沒有火漆印。「這是……」

亞嘉莎聳聳肩。「那人不肯多說，只要我把它交給妳。」

艾兒希兩手微顫地抓著信封。「他年紀多大？」

亞嘉莎回憶著：「大概比我大一些，留著大鬍子；我發誓你們全家第一次來的時候，他的鬍子可是刮得乾乾淨淨的。不過畢竟那麼多年了，而且當時只待了一個晚上。」

是父親，艾兒希心想，她感到雙臂一陣發涼。「但他還在這裡嗎？在朱尼伯唐？」她拆開信封上的封蠟。信封是上好的羊皮紙，而裡面的信紙小小的。

「他說『在附近』。從他的口音聽來，一定是住在伯明罕（Birmingham）附近。」

伯明罕？在這裡的北方。這些年他都在那裡？

艾兒希拿起信來閱讀，信裡的字跡頗爲好看。

梅子樹旁，就在轉進福克斯通的路邊。獨自過來。

就這樣。

艾兒希翻面，但背面什麼也沒有。難道他希望父女倆私下會面？難道他打算在樹旁一直等到她現身？這實在有些說不通，不過艾兒希早就習慣這種簡短、不拖泥帶水的短信了。

「福克斯通要怎麼走？」

「原來他在那裡啊。」亞嘉莎邊說邊朝屋子的一處角落指去。「往東邊走，然後穿過森林走一小段路。記得要再右轉，不然妳就去錯其他地方了。」

艾兒希轉身朝大門走去，隨即又停下。「眞的太謝謝妳了，亞嘉莎。我可以把行李袋借放這裡嗎？」

「當然可以。妳見到他後，可以把他帶過來吃飯。」亞嘉莎微微一笑。「我眞爲妳高興，艾兒希，妳的願望成眞了。」

艾兒希點點頭，走出屋外踏進陽光中。屋外有些人在圍觀，其中包括孩子，似乎很好奇爲什麼有陌生人來造訪霍爾家。艾兒希沒理會他們，逕自朝東邊走去，搜尋一條較寬、能稱得上是馬路的小路。找到目標後，她又回頭望了一眼。沒人跟著她，應該都去圍著亞嘉莎打探八卦了吧。也許，有些人還記得十五年前那個被拋棄的小女孩……但艾兒希現在沒心思多想。

這段路走起來比她想像中遠上許多；那片樹林並不算近，但她走得很快，以至於走到樹林邊緣時胸口有些發疼。她強迫自己放緩腳步，掃視著稀疏的樹木，盡量走在小路中央。父親，她仍然無法置信。她努力回想自己在馬車裡演練過的話，但什麼都想不起來。

為什麼現在回來找我？

為什麼拖了那麼久？

你的名字是什麼？

出了樹林後，她忍不住又加快步伐，沒去理會束腹下發疼的肋骨。又走了一分鐘路程後，前方出現叉路，一塊粗糙褪色的路標指向福克斯通的方向。她沒走錯路，向西走了一段後就能看見那棵巨大的梅子樹。一看見那棵樹，她立刻離開道路，穿過長長的野草叢抄近路，那封信在她提著裙子的手中窸窣作響。

就在她快抵達梅子樹時，一個男子從樹後方走了出來。她放慢腳步，舌頭頓時打結，整個身體隨喘息而不斷起伏。男人跟她一樣個子偏高，但高挺的鼻梁和黑眼都與她不同。膚色呈黝黑，代表他經常曝曬在陽光下；頭髮又長又直，摻著白髮絲，遠看就像沙子的顏色。也許數年前，那頭長髮跟艾兒希的髮色一樣。

她在幾步之外停下腳步，被對方冷酷的表情震懾住。她不知道該說什麼，只能試探性地說：「你好。」

她的父親卻猛地朝她撲來，雙手無情地要抓向她的脖子。艾兒希踉蹌後退，撞上了梅子樹的樹幹。

這時，她才看見那把指著自己額頭的手槍。

艾兒希震驚地瞠大雙眼。

「妳贏了，我依約前來。說！妳究竟要什麼。」

艾兒希仍然目瞪口呆。這個人竟帶著美國口音。

他不是她的父親。

困惑、恐懼、失望席捲了艾兒希。她用力抓住男子的臂膀，但兩人力量懸殊，她扯不動掐著她脖子的手。艾兒希沙啞地問：「你是誰？」

男子咆哮道：「別跟我玩遊戲，艾兒希．肯登。」

這個人知道她的名字。他甚至特地來找她。但爲什麼？

見她沒有答話，男子說：「我讀了妳的文章。妳以爲我們應該照妳的話做事？我查過妳在救濟院的檔案。我知道妳想要什麼，但在我說出來之前，我就會先殺了妳。」他將槍用力抵住她的額頭。

「住手！」艾兒希尖叫著，並痛苦地掙扎扭動，卻使自己更呼吸不到空氣。「救命！」她沙啞地發出微弱呼救。她緊抓男子的手。「什麼文章？我根本不知道你在說什麼！」

男子冷笑一聲。他打量她片刻後，這才鬆開手，但手槍仍然指著她。艾兒希彎下腰不斷大口喘氣。

「妳太年輕了……」男子最後放低了手槍。「是誰派妳來的？」

艾兒希挺直身子，不敢置信地看著他。「誰派我來的？就是你，你這個瘋子！我收到電報說你在找我！」她有些難爲情地說：「我——我以爲你是我的父親。」男子跟亞嘉莎說話時，肯定有掩飾自己的口音，否則就是亞嘉莎搞錯了。

這下換男子滿臉疑惑。艾兒希全身顫抖地整理思緒，讓自己冷靜下來。

「……到底什麼文章？」她的喉嚨又緊又痛，勉強說出這個問題，同時緊盯著眼前的手槍。她不認爲那把手槍上有魔咒，但這不重要。

「那些報紙、雜誌啊！遍布全歐洲還有美國。」他瞪著她，手槍一晃。「妳是棋子。」

「我不是棋子，還有把那鬼東西拿開！」她指著槍。男子又把槍放低了一些。這樣至少他不會打破她的腦袋，而是膝蓋。「我不是寫文章的人，你找錯對象了。」

「不。」他搖搖頭，但後退了幾步。他四下張望，似乎擔心有人從草堆裡跳出來跟他搏鬥。「不，就是妳。妳一定是個見習生。」他又舉起了手槍。

艾兒希舉起她的雙手，手中的信因此掉落在地上。「我的老闆是一名石匠！」

「妳是一個造像師。我現在告訴妳，妳拿不到它的！」他的臂膀再度繃緊。

「**住手！**」她又一次大吼，有點希望被人聽到，但這附近完全空無一人。「我——我不是！我是破咒師，我發誓。」對一個拿槍指著她的男人透露祕密，這無疑十分危險，但她別無選擇。這樣才能證明他把她錯認成另一人了。「我只是來找家人的。小時候，我被家人遺棄在朱尼伯唐，所以救濟院才會有我的資料。我發誓！」

他再次放低手槍，艾兒希翻攪的胃終於冷靜下來。男人說：「證明給我看。」

她張開雙手示意對方。必須先有魔咒，她才能破除。

男子上前，艾兒希驚得連忙後退。他於是舉起手槍靠近，她只能僵在原地。

他碰了一下她的額頭，艾兒希感覺一個魔咒滲入她的肌膚。與賞相獵人使用的魔咒一模一樣。所以，他是個靈性造像師。魔咒如蟲一般爬過肌膚，她強迫自己不能畏縮。

「我這輩子從沒在報紙或雜誌上刊登文章。」這個魔咒已經驗證她的話，證明她沒說謊。「我完全不知道你是誰。」說完，她抬手摸索符文的脈絡，接著解開。魔法消失後，她才鬆了一口氣。

男子收起他的槍。「一個不知情的棋子。」他搖搖頭。「看好妳自己，如果妳再不小心捲進來，我就不會這麼仁慈了。」

他朝主道路走去。

「等一下！」艾兒希追了上去。「告訴我，你——」

他的手槍再度被拔出來。「再跟著我，我就開槍了。」

艾兒希連忙止步，舉起雙手。直到這神祕的外國人轉進樹林後，她才放下手。男子的身影消失了，片刻後，一陣馬蹄聲邁向了遠方。

艾兒希站在梅子樹旁好一陣子，死盯著男子消失的那條路。直到背脊和膝蓋開始發疼，她才像從人體模型上脫落的連身衣，全身癱跪在地。她耳裡全是草叢裡蟋蟀的唧叫聲，陽光從枝葉間灑下，照得她臉頰的一處發燙。困惑如熱茶般充斥在她腦中，即將沸騰翻滾；但它所帶來的痛苦，遠遠不及在她心裡逐漸紮根的眞相。

霍爾先生說得對，他們永遠不會回來找她。

她感到無語且胸口發疼，胃部空洞得可怕。她整個人彷彿變成了一具空殼。

她怎麼會蠢到抱持希望？以爲會有人從她褪色的回憶中走出來，而且記得她？然後想起她沒那麼討人厭，於是決定找她回去？她甚至已做好心理準備，願意原諒他們，理解、包容，甚至把她從十一歲到現在的積蓄全送給他們。

但他們沒有來。只有剛剛那個男人。

她眨眨眼，視線仍舊模糊，思緒緩緩想起了剛才的美國人。棋子。這是什麼意思？什麼棋子？以她名義刊登的文章？既然他知道去何處查她的救濟院資料，這表示他能透過文章追溯到英國、追溯到這一帶，最後找到霍爾家。而且文章的作者用的是**她的全名**，並非筆名。那些文章究竟寫了什麼？爲什麼用她的名字？

太多太多的**為什麼**。

她終於開始挪動身軀——抬手揉揉雙眼，以緩和腦中怦怦作響的頭痛。兜帽人會知道此事嗎？奧格登呢？有太多疑問了。

最後她的束腹逼得她必須離開。在這麼熱的天氣裡，穿著束腹久站陽光下相當難受。她的裙子因跪姿而皺得不像樣。於是艾兒希奮力爬起身，拖著顫抖的兩腿走回朱尼伯唐。她的腳步聲聽在她耳中，只覺得空蕩蕩的。她的嘴無比乾澀，背部發疼。

當她快走回去時，小村莊彷彿已遺忘了她。她看見另一個家庭穿著黑色和灰色衣服，其中有個年紀較大、可能是那戶人家的母親，臉色凝重又蒼白。艾兒希能感覺到那股失落，她此刻無比地感同身受。

在走到亞嘉莎家之前，她又看見兩個人身穿喪服。亞嘉莎正在陽台上掃地。

「妳回來了！」艾兒希的影子才剛靠近，亞嘉莎就看見了，並開心地朝她歡呼。接著她四處張望。「他沒跟妳回來嗎？」

艾兒希感到胸口一緊，但仍然擠出一句話。「沒有，等等再說。」

亞嘉莎點點頭。「妳今晚要過夜嗎？我們可以在爐火邊幫妳弄張床鋪，除非妳想跟孩子們擠一張床。」

過夜。要嗎？她現在只想回布魯克利，回到自己的床上，拉起窗簾、鎖上門。「我不確定。」她實在不想談論自己的事，連忙轉移話題。「爲什麼這裡有那麼多人在服喪？」

亞嘉莎緊抿著唇，把掃把往門框上一靠。「大約在一個星期前，發生了一件很慘的事。他們現在正在等骨灰送回來。」

艾兒希摀著胸口。「天啊。」

亞嘉莎點點頭，眼淚流了下來，她用粗糙的指腹抹去淚水。「可憐的孩子。他只有十五歲，而且前途光明。他才剛得到造像師學費的資助。」

艾兒希的心猛然一沉，後悔自己的多嘴。她不知自己還能承受多少不幸的消息。

「資助？」她問。

「是克朗萊家的兒子，已經上學三年了。他們把所有的希望都寄託在這個兒子身上，結果是一場空。」亞嘉莎搖搖頭。「這男孩走得也太慘了，死於學院裡的一場火災。我們聽說火勢一開始並不大，但當地救火員就是撲滅不了。他們引水棍（water staff）上的魔咒被解除了。」

艾兒希隨即愣住了。她倒抽一口氣，片刻後才吐氣。「引水棍？」她問。那是一種事先設置了魔咒的工具，能把水從地底或空氣中召喚出來。艾兒希兩手發涼，緊接著問：「妳——妳說這是一星期前發生的事？」

「明天就滿一星期了。」艾兒希的表情想必很難過，亞嘉莎抬手拍拍她的肩膀。「很慘對吧。死在火場裡的還有另一個男孩及一名教授。更不幸的是，他們的藝譜集全都沒了，也被火燒燬。約翰．克萊夫（John Clive）教授親自過來通知的，就是克朗萊家男孩的資助人。他——」亞嘉莎停住，轉頭去清清嗓子。「抱歉，這件事太讓人難過了。」亞嘉莎收回手，顫抖地吸了一口氣。「我們至今都仍難以接受。」

艾兒希試圖吞嚥，卻發現自己喉嚨乾澀無比。「亞嘉莎，那所學院在……在哪裡？」

亞嘉莎被問得莫名其妙，歪頭說：「在科爾切斯特鎮。爲什麼問這個？」

艾兒希聞言，險些暈倒在亞嘉莎的門階上。不可能這麼巧。同樣的時間，同樣的地點，同樣的魔咒……

正是她破除了那些引水棍的魔法。

兜帽人很可能就是那場火災的始作俑者。

21

艾兒希踉蹌地退下階梯。

「肯登小姐？」亞嘉莎擔心地上前。「妳沒事吧？」

艾兒希幾乎無法呼吸。這不是真的。不可能是真的。畢竟奧格登也是他們的一員，他從來都沒犯法過！而她……那些死者……她……

「我……只是今天太累了。」她喃喃道，有些語無倫次。「我需要靜一靜。」

「樓上有床——」

但艾兒希搖搖頭，接著逃也似地從霍爾家跑走，因跑得太快還差點被自己的裙襬絆倒。她倉皇地來到路旁水井邊，抓著井口邊緣，俯瞰進裡面深不可測的深井，讓陰涼的空氣拂上汗濕的臉龐。

這一切肯定是誤會。

「噢親愛的，妳的臉色好糟呢。妳先千萬別吐在井裡啊。」一個年長的婦人走過來，無邊軟帽下的頭髮被隨意地夾起。「來，坐在這裡。妳是亞嘉莎的客人對吧？」

艾兒希愣愣地任由婦人扶她到旁邊的樹樁坐下。婦人舀了些井水過來，艾兒希大口灌下帶著土味的井水，直到肚子漲痛並差點被嗆到後才停止。部分的水濺濕了她的裙子，但她不在乎。

「好了。」婦人把水桶放到一旁。婦人也同樣穿著深色衣服，只不過是純褐色的。她拿出一塊髒髒的手帕遞來，但艾兒希委婉拒絕。「妳是不是聽到了什麼壞消息？」

艾兒希揉著疼痛的腦袋。「算是吧。」手槍抵住額頭的感覺仍在。還有在科爾切斯特鎮時，她兩手摸過那些武器、工具時的感覺。在那次任務的信箋中，兜帽人給了十分充分的行動理由。

但還有誰會去破除引水棍的魔咒？

她感到一隻手搭在她肩膀上。那手安慰性地捏捏她的肩膀後，又緩緩移開。「這附近到處都是壞消息。如果這麼說能讓妳好過一些的話。」

若不是身體太沉重，艾兒希可能會爲這種說法大笑出來。「或許吧。」

婦人捏著綁在左袖口上的黑色領巾。「我們這裡也有家剛死了一個兒子。」

「我聽說了，我很……遺憾。」說到最後兩個字，她忍不住哽咽出聲。

「昨天我們收到電報通知，男孩的資助人也去世了。」婦人的聲音也沙啞低沉，她清清嗓子，又說：「這一切實在太可怕。」

艾兒希抬起頭問：「克萊夫教授？」

她點點頭。「亞嘉莎都跟妳說了。」

艾兒希嘆氣。

「倫敦現在真是一團糟。那麼多藝譜集被搶走，太可怕了。」

艾兒希聞言立刻坐挺起來。「教授的藝譜集也被搶了？」

「電報上是這麼說的。那並不是單純失竊；圖書館地板上有嘔吐物，嘔吐物裡全是毒。有人闖進那座學府對他下手。」她用手帕擦了擦滿布皺紋的眼睛。「世上又少了一個好人。」婦人調整情緒後擠出笑容。「相較起來，妳的苦惱就沒那麼難受了，對吧？」

但艾兒希卻在午後陽光的熱氣中，身軀逐漸發涼。「哪一所學府？」

「就倫敦的那所。」

艾兒希急急地站起身，腦袋差點撞到水井遮蔽頂的邊緣。「倫敦有兩所學府。」她知道此刻自己的語氣有些咄咄逼人，但她必須知道。「是物理學府，還是靈性學府？」

不是物理，千萬不要是物理學府——

「嗯，他是物理造像師，所以應該是物理學府吧。」婦人看著艾兒希，眼神似乎覺得艾兒希有些不正常。

也許她就是不正常。她快受不了，想要尖叫、想要大哭，想要……她自己也不知道她還想幹嘛。理智彷彿正不斷從腦中逃逸，使她快無法呼吸。

太多巧合了。是她，去過科爾切斯特鎮。也是她，來朱尼伯唐前去了物理學府，破除他們的保全魔咒。

「我需要找這裡的警官談談。」艾兒希沙啞地說。八卦閒聊是不錯，但她需要實實在在的資訊，而非道聽塗說。

婦人起身。「怎麼了？我們這裡沒有警官，妳得去福克斯通才能找到。」

艾兒希眨眨眼，將沒流出來的淚水從喉嚨硬壓下去。「只要有人載我過去，我願意付兩先令給他。」

「我不知道，小姐。」年輕警官表示。她搭了朱尼伯唐一位男子的便車過來，在一家小女帽店前下車。帽店已結束當天營業。艾兒希沒耐心多做自我介紹，開口便用一連串問題轟炸警官，打聽近期的連續殺人案和藝譜集偷盜案。

警官繼續說：「我們福克斯通這裡畢竟也是小地方。如果妳想知道更多詳情，建議去大一點的城鎮打聽。例如雷丁鎮？」

於是，艾兒希照做了。

艾兒希整個人已極度疲憊，但她仍馬不停蹄地搭著郵件馬車來到雷丁鎮。昨天因爲是安息日，加上快入夜，並沒人願意載她過來。幸好年輕警官很好心，讓她在他家的一間客房借宿，不過她仍在破曉前就出門，著急地找機會搭車到雷丁鎮。在隱密的車廂中，她費盡全力才沒讓自己哭出來。

她不斷說服自己，一切都是誤會。不可能是她造成的。也不可能是奧格登。

一抵達雷丁鎮，她便直接找上警局，但警官不在。當時值班的警員是個年輕小伙子，但他被艾兒希問得很不安，於是艾兒希去郵局打聽到了警官家的住址。她步行過去，一找到警官家，便奪命般地不斷敲打那扇門。出來應門的是個快要成年的少年，他一臉不耐，因爲艾兒希顯然打擾到他們的用餐時間。午餐菜餚已被擺放上桌，但尚未開動。一名婦人傾身探頭看著艾兒希，而男主人起身朝門走來，代替兒子招呼她這個不速之客。

男人的體格寬肩高大，髮際線嚴重後退。他穿著藍色警察制服外套，艾兒希知道她找對地方了。對方緊皺的眉頭正透露出被打擾的不悅，但眼神卻帶有疑問。

「是泰奧菲．包爾斯先生嗎？」艾兒希問，心臟怦怦跳著。

「我是。」

艾兒希做了個深呼吸。「我知道這時間打擾到您了，但我必須找您談談。是關於最近連續發生的造像師遇害案，以及他們的藝譜集失竊案件。」

警官頓時提高戒備。「報社現在開始雇用女人了？」

若是在平時，艾兒希肯定已發火反擊，但現在她沒那個底氣。而且如果發怒，很可能更加重警官的偏見。「我保證，這件事十分地要緊。我自己的雇主差點就成了受害人。我願意支付您諮詢費用。」她這半輩子的存款也許終於能派上用場。

包爾斯警官思索了下，回頭瞥看家人一眼。最後他揉揉眉間。「請進。請問如何稱呼？」

「肯登小姐。謝謝您。」她走了進去，卻因爲整個人放鬆下來，差點一個踉蹌拐到。她知道有上報的都是公開訊息，如果此刻再被拒絕，她已不知該去何處取得所有的案件紀錄。

警官對妻子說：「只會花幾分鐘。」他對艾兒希指向裡面的一個房間。房間很小，甚至難以作爲臥房。小房間裡有張書桌、一整面的書架，角落裡還有架小豎琴。包爾斯先生在書桌後坐下，而艾兒希仍然站著。

他從書桌抽屜裡拿出一本厚厚的簿冊，然後開始翻閱。整個過程他都不發一語，令艾兒希十分侷促不安。警官翻到冊子的中間時停了下來。「妳想談的是哪一樁案子？在我的轄區內只發生了一件。」

「但您也會接到通知，也清楚其他案件的來龍去脈，對吧？」

他停頓了下，然後點頭。

「那麼麻煩您從頭開始說起。」

警官挑眉看著她，但還是照做了。他說出一個陌生的姓名和地點，以及罪名：一起凶殺案。下一樁案子是搶盜案，案發地點是座艾兒希從未聽過的小鎮。又一個姓名、地點，以及案件的相關細節。他翻頁讀著：「哈爾西男爵於自家臥房中遇襲，死亡，藝譜集遭竊。案發日期，五月四日。拜倫子爵，於倫敦的華特．特納府上遇襲，死亡，藝譜集遭竊。日期是五月十日。西奧多．巴靈頓——」

「等等。」艾兒希走近書桌，這才發覺兩膝僵硬無比。「您剛才說的是特納？」

包爾斯警官重讀那一段，好像剛讀完就忘了。「華特．特納，沒錯。」

「於倫敦的府上？」她喃喃自語：「那位子爵是在……那裡遇害的？」她回想派克先生的話，以及那篇報紙上的報導。一個目擊證人聲稱，子爵是被閃電擊斃，以及——

「似乎是子爵的妹妹嫁給了特納先生，子爵是過去探親的。」他抬眼看著艾兒希，似乎在等她示意讓他繼續唸下去。

艾兒希往旁邊的書架走去，輕靠在架子上。她努力讓自己的臉部保持正常。她曾過去特納先生的家，破除了後牆那扇暗門的魔咒。之後有人溜了進去，找到子爵的房間，用閃電魔咒……

警官繼續讀出案件的紀錄，報了三個姓名後，艾兒希又聽到熟悉的名字，並要求警官複述一次。他有些不耐地重唸了一次：「亞珥瑪．迪格比，失蹤人口，警方普遍認爲此案與造像師的案件有關。」

「細節呢？您不能說嗎？」

他嘆口氣。

「說完這件案子，我就讓您去吃午餐。」她做出承諾，語氣裡帶著一絲絕望。「如果我能在報紙上找到相關細節，就不用花時間四處打聽了。」

包爾斯警官用拳頭支著臉，似乎在回想。「她是……一名靈性造像師，出門要去度假。她在路上失蹤了，有證據顯示是在公路上遇劫。迪格比小姐在出門前，有預約一輛經過魔法保護的馬車。那輛馬車已經被我們找到了，但保全魔咒已遭破除。」

艾兒希聞言一時快喘不過氣來。

包爾斯先生連忙起身。「妳沒事吧?」

艾兒希勉強點了個頭。

「我去拿水給妳——」

「不用。」她的語氣相當決絕。她的肺部裡溢滿恐慌。「不用,我可以自己出去。非常謝謝您。」

她大步穿過房子,甚至沒向包爾斯警官的家人道謝,便直接衝了出門。午後的熱浪迎面撲來。她不斷往前拖動雙腳,卻不知道該去何方,只知道必須消耗掉內心積聚的能量。

溜進停驛站、破除裡面馬車魔咒的人,是**她**。

親手打開特納先生家的闖入捷徑,是**她**。

破壞原本能撲滅學院火災的引水棍,也是**她**。

更是**她**,親手移除了進入倫敦物理學府的警報,以致克萊夫教授才會在那裡遇害。

艾兒希猛地停下腳步。她大口喘氣,胸口微微發疼。一輛出租馬車從她身邊經過。還有多少案件與她有關?而每一次的任務,都是兜帽人指派給她的。

都是**奧格登**指派給她。

「天啊⋯⋯」她喃喃自語:「是他⋯⋯」**他**,是幕後主使人。**他**送來那些信。**他**從來沒有抱怨她的翹班,因為她在完成**他**指派的任務。

那個美國人說得沒錯，她是一枚棋子。

至於石器作坊的遇襲……與其他案子的特點並不符合。艾兒希才剛表達對於藝譜集遭竊一事的擔憂，作坊就出事了。這算是某種煙霧彈嗎？是奧格登自演自導？他雇人來攻擊他自己？接下來呢，搞定眞相獵人？利用奪取到的藝譜集魔咒，干擾眞相獵人的審訊？

她虛弱地彎下身，不禁一陣作嘔。她只是本世紀最大犯罪活動中的一個工具。她盲從地聽從指揮，天眞地以爲自己在做好事，以爲──

她被他利用多久了？她……她敬愛奧格登。他替代了她父親的位置，塡補了她沒有父親的缺憾。他總是那麼和善，願意聆聽她，從沒讓她感到渺小、不被重視。但現在看來，他跟其他人一樣，並不是眞心關照她。他是某個龐大系統中的一點，一個操控著她的偶線、以行善之名做盡壞事的玩偶主人──

「小姐，妳沒事吧？」艾兒希身邊傳來慰問聲，但她抬手一揮將對方無禮地趕走了。那個人的腳步聲逐漸走遠。

她用力抱緊發顫的身軀，事實眞相、疑問、尖叫、淚水……她蹣跚地走到一根路燈旁，斜倚著它，試圖消化這些心寒的眞相，並掙扎著下一步該怎麼做。她必須向警方舉報，必須想一個不會把她牽扯進去的說法。她必須阻止他繼續──

噢，天啊，還有埃米琳。

埃米琳還在作坊裡，與凶手同處一個屋簷下。儘管她的世界已然天翻地覆，但有件事她很肯定：埃米琳與這一切無關。

艾兒希必須回到布魯克利。**現在就回去。**

22

她在火車上反思，每分每秒都令她痛苦難耐。

我是凶手嗎？

謝天謝地，幸好沒開口向奧格登問印章的事。

奈許是共犯之一嗎？所以埃米琳才會對他如此反感？

埃米琳是不是知曉什麼內情？不，她當然不知情……

與我有關的案件還有多少個？不，我不想知道。

我想知道。

我**不想**知道。

我要如何私底下說服埃米琳跟我離開？

是否先發一封電報回去，以買家的名義與奧格登安排一場約談？

等一切都結束後，我又該何去何從……

她扭絞雙手，直到兩手又痠又疼。火車於當天傍晚抵達倫敦，她抓起行李袋，拖著步伐走下月台。她幾乎沒有補眠，從早餐後到現在，也只吃了幾口埃米琳準備的小點心。她的胃裡宛如打了無數的繩結，但她不知道該如何解開。

「天啊，她是一個人出門嗎？」艾兒希聞聲微微轉頭，看到兩個盯著她瞧的女人。她們穿著精緻的連身裙，頭髮一絲不苟地盤捲起來。應該是母女吧。

艾兒希垂下眼簾，加快步伐走開時仍然聽到：「現在什麼德性的人都能跑來倫敦了，眞是的。」

艾兒希實在沒工夫去理會閒言碎語。她提著行李袋大步走出車站。這樣拖著行李袋十分費事，但她還能怎麼辦？最起碼回到石器作坊時，不用再重新打包行李。

她知道自己其他的私人物品全都帶不走，因爲必須盡快帶埃米琳離開。衣服、書籍……她的心好痛。並非捨不得那些東西，而是她必須丟下那個家。石器作坊就是她的生活、她的世界，她曾在那裡有一段很不錯的生活。在她內心深處，仍無法接受奧格登、她的奧格登居然會……但她已想不出其他可能。如果上帝垂憐，眞相並非如此，那也等她和埃米琳都安然離開後再水落石出才好。

她們兩人能去哪裡？也許朱尼伯唐吧。那裡的救濟院曾把她踢出來，但那時她只是另一張必須餵飽的嘴，而現在她已長大能幹活，能幫人清理煙囪和壁爐。埃米琳也是。再不然，她們可以跑遠一點，去利物浦之類的地方當服務生。雖然沒有奧格登的推薦函，但時代不一樣了，她們也許根本不需要那種東西。

何況還有巴克斯呢。除非公爵在她出門的這段時間離世，不然巴克斯應該還會在肯特郡。如果事態的發展對她實在不利，她可以偷渡到巴貝多——

別再幻想了，這不是小說情節。她把行李袋換到另一手上。她有存款，埃米琳也有一些物品積蓄。她已在腦中列出可以變賣的物品清單。她們一定能熬過去，總會有辦法的——

這時一道黃色身影閃了過去，艾兒希愣在原地。後方一個工人撞上她，暗罵一聲。

奈許？

儘管已是傍晚時分，但街道上仍然擁擠，而艾兒希很確定那個人就是奈許。往常掛在青年臉上的微笑消失無蹤，只剩一臉嚴肅和緊張。也許他是無辜的，那些壞事與他無關，但埃米琳對他的恐懼和反感，讓艾兒希不敢掉以輕心。於是等奈許一繞過轉角，艾兒希立刻提起裙襬追上去。繞過一個又一個轉角後，她看見奈許的金髮閃進一條小街。她連忙朝路人又一次道歉借過，用行李袋和肩膀從人群中擠出一條路。路上行人變得漸漸稀疏，她更加小心地跟蹤著，卻總覺得拿著行李袋的自己就像一座浴缸裡的大鯨魚，非常顯眼。

奈許終於轉進一棟破爛的公寓樓房。兩層樓建築，第三間房門。艾兒希連忙閃到一旁去，將行李袋藏好。她是否該直接迎上去，假裝自己進城來辦事，奧格登要她順便來這裡見他？或者，她應該偷偷跟上去，要求鄰居讓她進門貼牆偷聽？希望那樣不會太奇怪——

她思前想後，最後是奈許幫她做了決定。他再次現身，肩上扛著一個袋子，步伐明顯變得更堅定。他很快就走到馬路上。

艾兒希繞過樓房看向那扇門。

然後她悄悄繞到後面，用帽夾挑開了他的窗戶，將其抬起來。

這是她做過最不優雅的事了。

她跳窗進入一間狹窄且髒亂的廚房，裙襬因而被掀翻過來、蓋住她的頭。假使奈許有室友，她的襯褲肯定一覽無遺地展現他們面前。幸好公寓裡沒人。她動作輕緩地爬起身。屋裡一片空蕩，又黑又潮濕陰冷。

屋裡的氛圍令她開始起雞皮疙瘩。她無聲地往前走，但地板像個囉唆的老太太嘎軋作響。這無疑就是個粗俗單身漢的家。即便沒有家具陳設，卻仍然一團亂，一處角落甚至都長滿了黴菌。附近椅子上擺放著餐盤，餐盤裡有吃到一半剩下的……**東西**。那東西看起來起碼放了兩天。

她看著通往二樓的樓梯。她先檢查過前門確定上鎖後，才小心地爬上樓梯。

樓上只有一間臥室。一張窄床，一扇窗戶，那扇窗戶顯然從沒被刷洗過。還有一張被充當成書桌的小茶几，一個無門的窄衣櫥和一具箱子。艾兒希走到衣櫥前查看，裡面只有衣物。衣櫃裡有個抽屜，但抽屜裡是空的。她現在可真是個貨眞價實的罪犯了。希望巴克斯永遠不會知道……也罷，都無所謂了。她現在的思緒已經夠亂，別再把他加進來，現在不行，免得她又在這裡哭得一塌糊塗。

專心。她悄悄走到箱子前，它的蓋子上發出熟悉的閃爍光芒。

「哈囉，小東西。」她喃喃地打招呼，蹲了下去。箱子本身沒有鎖，但有個魔咒將蓋子與箱身融合在一起。奈許應該是用某種魔法鑰匙開啓箱子。這是一道無法撬開的鎖。

除非由她出手。

她挑起那個簡單符文的末端，然後一一扯開——符文像粉撲般噗的一聲，消失在空氣中。

她掀起蓋子，胃部猛然一揪——

箱子裡全都是武器。設置了魔咒的武器。有撬鎖工具、棍棒，還有一些她不認識的器物。

她伸手摸著一根長狀鈍棒，看到上頭有個物理魔咒。這個符文她很眼熟，但不敢肯定……

她用力吞嚥。如果要她猜，她認爲那根鈍棒是某種避雷針。但並非用來消散雷暴，而是聚集閃電。她立刻想起拜倫子爵的死。

難道這才是奈許眞正的工作？他不是什麼送貨員，而是一個……一個……

殺手。

艾兒希嚇得連忙跳開，箱蓋砰地闔上。她的心劇烈跳著，只想趕快逃離這裡。正當她轉身朝樓梯走去時——茶几上，一張熟悉的羊皮紙映入她眼簾。那張紙厚實且灰灰的。是兜帽人。

她的恐懼消失，怒火頓時取而代之。奈許也是其中一員？她究竟被多少人玩弄掌心之中？

她大步走過去，一眼就認出上面的筆跡。那筆跡，與她收到的每封任務信一模一樣。現在她知道了，那些筆跡確實像是奧格登的——除非他有試圖偽裝。羊皮紙上，「法師」兩字的花體字……有種說不出的熟悉感，這個發現又令她心痛。

同樣是七橡園。這次忽略那個祖傳的藝譜集，目標是那位法師。他太多事了。

一陣寒顫竄過她全身。

七橡園就是肯特郡公爵宅邸。而那裡唯一的法師，是……

兜帽人的下個目標，是巴克斯．凱爾西。公爵必定擁有一本家傳的藝譜集，而這本藝譜集原本是兜帽人的目標。但現在……

「噢，天啊。」她喃喃自語，扔下信紙。「噢，天啊。天啊……」

剛才奈許走得很快。天快黑了，但他很可能趁夜行事，就在艾兒希搜屋的同時正往肯特郡趕去。

不要是巴克斯。**不要是巴克斯**。

她飛奔下樓梯，拉開前門門閂。她已顧不了是否會被人看見。但她往外跑了幾步後又折返回去。行李袋忘了拿。她才不想留下任何會將她和奈許聯想在一起的東西。抓起行李袋後，她快步走進一條人來人往的街道，在伸手攔車時，差點被一輛不打算停下的馬車撞倒。於是下一輛馬車過來時，她立刻探出身子阻攔在它前方，迫使車伕停車。

「妳瘋了嗎！」車伕有著兩條長長的灰色鬢髮露出帽沿外，而他的兩匹黑馬正緊張地不斷跺腳。

「你去哪裡？」艾兒希**的確**看起來像瘋子，但她不在乎。她甚至抓住了轠繩，堅決不讓車伕離開。

車伕出聲斥喝：「妳要幹嘛？我還有乘客等著趕火車。」

「火車站就在附近，他們可以走過去！讓他們下車，載我去七橡園。你要多少錢我都三倍付給你。」

車伕沒答話，陷入考慮中。

「快點，男人！」艾兒希大叫。

車伕連忙跳下駕駛座。儘管車廂裡的乘客已聽到他們的對話，車伕仍然打開車門，劈頭就說：「路上太擠了，火車站就在前面，你們自己走過去吧！」他連忙抓起乘客的行李，幾乎是用扔的丟到馬路上。車上的兩名女乘客和一個男乘客全都看得目瞪口呆，而其中一個女人更是發著牢騷，艾兒希聽不出是哪裡的口音。讓艾兒希慶幸的是，三個乘客最後都乖乖下車，她於是連忙踏進車廂。

「你能跑多快就多快。」艾兒希一邊懇求，一邊將手套從汗濕的雙手脫下。「拜託，這是生死交關的事。」

「是決鬥嗎？」車伕猜測。但沒等艾兒希回應，他已急急走回到駕駛座上，揮鞭策馬前行。

艾兒希現在只能禱告，祈求一切不會太遲。

「嗯，我還是覺得有些嚇人。」莉莉．默頓法師拿起湯匙送進嘴裡，她喝下濃湯，再用餐巾輕點嘴唇，接著又說：「我實在不願看到親愛的愛達小姐，在不得已的情況下加入我們學府。任何職業只要是出自於熱情，無論多辛苦，當事人都能很享受其中。」

晚餐第一道菜的話題，果然就是肯特郡公爵的健康——這是公爵最近發病以來，與全家共進的第一頓晚餐。巴克斯見老人恢復健康，心中難以言喻地輕鬆不少。看來時間造像師的魔咒效果不錯，公爵已逐漸恢復體力。來自倫敦靈性宗派學府的默頓法師，一如往常地又是他們的座上嘉賓。她幾乎快把自己嵌進愛達·史考特的未來中了。其實在上個星期，愛達小姐幾乎是用一個又一個的問題不斷轟炸巴克斯，最後巴克斯不得不提醒她，物理造像師修習的科目，與靈性造像師的有很大差異，因此他們彼此的經驗也會全然不同。

「我不會說是不得已，」公爵夫人說：「別誤會我的意思，我愛我的丈夫——」她憐愛地望了公爵一眼，公爵的臉色已健康許多。「——但如果他過世了，我們不會哀慟欲絕。我沒有兒子，但我們的侄子人品好又善解人意，而且，我們還有充足的資產足以應付生活。」

公爵高舉杯子。「但我也下定決心了，要親眼看見愛達完全發揮她的潛能。」

巴克斯難以判斷誰聽了這番話後，會笑得更開心：愛達小姐？還是默頓法師？

「巴克斯，」公爵夫人可能是想轉移話題，別再討論她丈夫的死亡。她一直很焦慮，即便是現在公爵已然痊癒，她仍然擔心他的病情會復發。其實，他們全都在擔心。「你確定不想再多待一段時間嗎?至少愛達能跟你學點東西。」

「默頓法師會比我更適合教導她。」巴克斯攪弄著湯。他不是沒胃口，只是公爵夫人要他多待一些時間的邀請有些嚇到他。還有，面對即將到來的航程，也令他胃口不佳。他很想家，想念那些熟悉的面孔、清靜的生活和溫和的氣候。但是一想到要離開英國，他總感到不安。

這份不安，令他想起了艾兒希。

「我們的魔法派別完全不同。」他將艾兒希暫時放諸腦後，繼續解釋：「而且老家那邊有很多事等著我回去處理。」

這是實話，不過巴克斯其實對他的產業管理人很有信心，相信對方能打理好一切。而且回去的航程並不短，需要三個星期才能穿過大西洋、回到巴貝多。

「你打算什麼出發呢，凱爾西法師？」默頓法師問。

「這個星期就走。」他終於舀了一勺湯就嘴喝下。

「那裡的風景一定很美。」公爵的小女兒喬西小姐突然插話進來，彷彿終於逮到機會能加入談話。「我是指那座島。永遠陽光普照。」

「但也經常下雨。」巴克斯指出。「不過那裡的雨天和這裡不同。雨水比較溫暖，而且那裡的雨水比較有意義。」

愛達小姐咯咯笑。「您是說英國的雨水就沒有？」

巴克斯聳聳肩。「給石頭澆水有什麼意義？」

「我也想感受一下溫暖的雨水。」喬西小姐一臉夢幻。「這裡就算是夏天，雨水也冰冰冷冷的。」

公爵插話進來：「我認爲呢，喬西說得對。也許一年就來個一天吧，希望下個月我們運氣夠好。」

公爵夫人用餐巾捂著嘴微笑。

「我認爲——」默頓法師才一開口，不知從哪傳來砰的一聲——巴克斯推測應該是大門方向——回音一路從門廊飄了進來。所有人停下動作，轉頭望向餐廳大門。好像有人在爭吵，不過巴克斯聽出來只有一人在講話，而且是個女人。

女人的話斷斷續續傳到安靜無聲的餐廳。「——沒聽明白！……看他……可能會死！」

巴克斯立刻站起身。**艾兒希**？

公爵夫人也站了起來。「可能是有人在爲難霸克特。」她說的是僕役總管的名字。

巴克斯邁步朝大門走去時，聽到背後有人暗罵一聲。他轉身，但那個粗話不是出於餐廳裡的人口中。他朝拉上窗簾的窗戶望去。

走廊傳來沉重的腳步聲。對面的門砰地被撞開，艾兒希踉蹌地摔了進來，頭上的帽子都歪了。她的藍眸慌張地掃視一圈，找到了他。「巴克斯！你得趕快——」

一道閃電從窗簾激射而出。

巴克斯俯衝躲開，電光打穿了他的椅背。他摔到地毯上，感受到空氣中頓時充滿靜電。公爵的兩個女兒放聲尖叫。默頓法師大喊著：「怎麼回事？」

「保護公爵！」巴克斯大吼，立即抓起面前的椅子，轉身朝窗戶扔去。空氣中又傳來滋滋聲，又一道閃電劃過餐廳，在他視野裡閃出熾亮的光芒。

「著火了！」喬西小姐大叫。

巴克斯咒罵一聲，轉身面向第二張被毀的椅子。那張椅子已倒在高級的地毯上，椅身開始冒出小火苗。他爬過去想撲滅，這時艾兒希大喊：「我知道你是誰，亞伯・奈許！」

行凶者再一次咒罵，而且更大聲。只見一個黑衣人從窗簾後跳出來，他蒙著臉，只露出兩顆眼睛。公爵夫人拉著公爵躲起來，默頓法師催促女孩們從後方的出口出去。總管霸克特衝了進來。

那個黑衣人——亞伯・奈許——正死盯著巴克斯。

瘦削的奈許舉起引雷棍（lightning staff），跨出一大步，棒子用力往前一揮。

巴克斯立即召喚出魔咒，高舉雙手，挪動空氣。

閃電像一陣風從他頭頂上劃過，反擊中亞伯・奈許的身體，把他打得往後飛向窗簾。但閃電的反彈力道不夠，奈許並沒撞到牆上。只見偷襲者在落地前靈巧地一個翻身，立刻又站起來。

這時巴克斯才意會過來，這個人是殺手，就是那個殺手——武裝精良，精心預謀取走法師級造像師的性命，以盜取一本本的藝譜集。

不知怎地，艾兒希提前得知巴克斯是他的下一個目標。會不會是因爲她剛剛的大吼大叫，逼得殺手提前從藏身處現身？

沒時間琢磨這些了。

巴克斯衝向那團火，用另一個魔咒熄滅它，再抓起一根椅腳，以魔咒加持了它的速度朝殺手扔去。那根木頭像子彈般咻地穿過空氣，奈許用一道閃電瓦解它，隨即向前衝過來，拉近和巴克斯之間的距離。

公爵夫人放聲尖叫。

巴克斯衝上前迎向殺手，殺手愣了一下；巴克斯的體型佔了很大的優勢。就在兩人撞上之際，巴克斯立即伏身蹲下，一手按在地毯上，控制地板裂開。

地板裂出一條大縫，卻不夠快。奈許跳開了來，再次揮動引雷棍。

引雷棍砰出火花的同時，艾兒希全身用力撞向他，兩人同時摔倒在地。閃電擦過巴克斯的腿，灼傷了他的肌膚，他的褲子也竄上火花。巴克斯咬著牙連忙用手拍熄火星。

他轉身看到門口有兩個僕人，而默頓法師愣在原地，愛達小姐仍緊跟在她身旁。「快跑！」巴克斯朝她們大吼：「快！」

默頓法師看著他，又看看艾兒希，最後盯著殺手。也許她想留下來幫忙，但靈性魔法此時根本派不上用場，除非她能靠近並觸碰亞伯．奈許，在他身上設下詛咒。

她抓著愛達小姐的臂膀，拉著女孩朝門外快步走去。

巴克斯轉頭回來，正好看見艾兒希的臉被殺手的手肘擊中，她整個人向後翻倒在地。

一陣灼燒的怒意，從他燒傷的腿蔓延至全身。

巴克斯火速爬起來，抓起另一把椅子，以速度魔咒加持往殺手扔去。椅子扔歪了，殺手俯身成功躲開。椅子像子彈般疾速撞上牆壁，將一尊雕像撞成碎片。

亞伯．奈許跪在地上，拿著引雷棍朝巴克斯的腦袋狠狠一揮。

巴克斯蹤身一躍躲開，卻發現自己就要撞上餐桌——

他緊急伸出兩手往桌邊一搭，桌面瞬間變成了液態，臣服在他的法師級魔咒下——若是將它直接轉化成空氣，無疑是引爆一枚炸彈。電光下一秒從他頭頂劃過，擊中了對面的牆壁。巴克斯撲進一灘古怪的木頭液體中，只見那灘液體已開始重新凝固。一陣劇痛從他頭頂竄下肩膀，痛苦的來源並非是落地時造成，是他猛然施放法師級魔咒的關係。

空氣中再度傳來靜電的劈啪聲。引雷棍又有動作了，但巴克斯已來不及躲開。

他轉身，只見那道刺眼的電光朝他而來——此時，一道熟悉的女子身影站到他前方。

「不要！」巴克斯大吼，但電光即將擊中——

——接著竟隨即消失了。

巴克斯滿眼火光的殘影，他連忙眨眨眼，讓視覺恢復正常。他爬起身看向眼前景象：艾兒希兩手平伸在她面前，彷彿被凍結住。她圓睜著眼睛，殺手也是。

片刻後，巴克斯才恍然大悟。她破除了雷電。就在她被擊中時。

巴克斯從沒聽說過這種事。

亞伯．奈許最先回過神來。他再次揮動引雷棍，一道巨大的電光朝他們兩人射去。巴克斯來不及擒抱住艾兒希，只見艾兒希雙掌微微上舉，電光射進他們——光芒無比刺眼，但巴克斯發誓在閃電擊中肌膚之際，他看到了一個閃爍的藍光。一個被破除的符文。

閃電消失，他們兩個都安然無事。

巴克斯立刻行動。他抓起腳邊一塊瓷盤的碎片，施以速度魔咒隨即投擲出去。瓷片像子彈般穿胸而過，鮮血噴濺出來。瓷片撞上窗簾，落在地上摔成三塊。

亞伯．奈許雙膝一陣發顫，引雷棍從他手上滑落、撞擊地面。他整個人接著摔在地板上，死了。

23

艾兒希瞪著亞伯・奈許流著血、癱軟的身體，然後做了一件從不允許自己做的事。

她昏倒了。

事情發生得很突然，她眼前一黑，接著就感覺自己兩腿一軟、不省人事地倒下。然而等她恢復意識時，竟發現自己以非常不舒服的姿勢後仰，被一隻強壯的手臂撐在半空中。她鼻間再次聞到那股鮮明的柑橘氣味。

「艾兒希、艾兒希！」巴克斯的聲音低沉又靠近。另一隻手伸過來協助支撐她的手，動作溫柔又堅定。「快報警！」

「已經通報了！」數分鐘前還在與艾兒希爭執的僕役總管，這時跑回了餐廳，圓睜著雙眼掃視眼前的混亂。

艾兒希挺直上半身、穩住自己，巴克斯驚訝地挑眉看著她。她掃視餐廳，目光刻意避開那具……屍體。前面的地板像血盆大口般裂出一道開口。椅子、盤子、餐具，到處都滿目狼藉。餐桌的一部分已消失不見，桌下的小地毯上有團噁心的泥濘。牆上、天花板、地毯上都有著一道道燒焦痕跡。

她手上仍能感覺到電光的灼熱。她以前也曾破除過引物棍上的魔咒，但沒遇過會釋放物質的。閃電中的符文有種熟悉感，但電光來得太快太燙，她甚至來不及看清符文的纏結脈絡，就……這樣解開了。

這次符文的破除來得有些莫名。但無論如何，她還活著，巴克斯也還活著。

巴克斯。

她一把抱住他，將臉埋進他的衣領中。她能感覺到他的心跳加快。淚水濕濡了她的眼睫。

「我好怕無法及時趕到。」隔著他的衣服，她聲音聽起來悶悶的。

她意識到自己有些唐突，但此時，那兩隻強壯的手臂也抱緊了她。「我們成功了，艾兒希。」巴克斯喃喃低語，話語裡帶著巴貝多的口音。「我們全都安然無事，都是妳的功勞。」

艾兒希感受到前所未有的安全感。

巴克斯退開，但一手仍然摟著艾兒希，引導她走進昏暗的大廳。艾兒希伸手扶牆，只覺兩腿依然無力，於是緩緩坐到地板上。巴克斯在她的面前蹲下。

「妳沒事吧？」他兩手捧起她的臉龐。「要不要叫醫師？」

艾兒希突然抓住他的手，緊握他的手指。「巴克斯，是奧格登。」她突然頓住。話說出口後，那個已知的事實變得更加眞實，彷彿那塊瓷盤碎片是刺進她的胸口，而不是奈許。「他是幕後主使。那些藝譜集……都是他下手的。」

巴克斯的綠眸瞇了起來。「什麼？」

她瞥向大廳四周一眼，巴克斯順著她的目光也照做一遍。她不清楚這裡還有誰目睹了她破除魔咒，或者說，有能力看出她破除魔法。但她不打算再想下去徒增煩惱。

艾兒希哽咽了下，然後淚水不爭氣地終於流出來。

「該死。」她低聲暗罵，用衣袖擦掉淚水。

巴克斯把她散落的髮絲塞到耳後。「妳安全了，艾兒希。奈許已經死了。」

但她搖搖頭，鬆開了他，退出那溫暖的懷抱。她避開那雙擔憂的眼神。「你根本不了解。」她討厭自己聲音裡的支離破碎。她又擦了擦眼淚，又一次。該死的淚水就是停不下來。

「我也有份，巴克斯。」最後，她醜陋的那一部分，最終還是在他面前展露無疑。她一直希望在他離開前，能給他留下美好的印象。但爲了阻止奧格登，她必須坦承。「除了那次的門把事件，我參與了一切。」

「妳在說什麼？」巴克斯低語，然後用拇指爲她拭去淚水。

艾兒希大笑出來。「我正在告訴你，我是個很糟糕的人，你能不能別再對我這樣溫柔體貼了？」

巴克斯遲疑片刻，然後退開跪蹲在後腳跟上。

艾兒希再次確認沒有其他人後，才繼續說：「我沒跟你提過這件事。兜帽人。他們……雇用我專門破除各種魔咒。我以前並不知道奧格登跟他們是一伙，直到最近才發現。而兜帽人就是藝譜集竊案的幕後眞凶。」

巴克斯蹙眉。

她又一次擦掉那該死的淚水。「每次他們指派任務，就會送一封信給我——都是透過信件與我聯繫——信裡會說明這些任務都是在做好事，說我扶危濟急、爲民除惡、伸張正義，解救了無辜的男孩、援助農人、幫助別人安居樂業……」她又一次大笑，但這笑聲撕扯著她的喉嚨。「而我盲從了他們的指示**十年**！這十年來如此盲目地做出這些事。然而在去年，他們指派任務的次數變得頻繁，而且越來越多。後來，我在奧格登的房間找到了他們火漆圖章。接著我去了朱尼伯唐……在那裡，我發現自己爲他們破除的每一個魔咒，都牽連到藝譜集的失竊與凶殺案。**我**是讓他們得以登門入室的關鍵。**我**協助他們殺了那些……人……」

她的臉埋入雙掌中。這份罪惡感太沉重了，她無比希望地板此刻裂開，將她吞噬進去。此時此刻對她來說，死在地窖內一點都不可怕。

屋子裡好像傳來異樣的騷動，是警方抵達了嗎？

她感覺到巴克斯挪了挪身子。「艾兒希——」

她猛地抽回手，說：「你一定要告訴他們，現在去告訴警方。我發誓，奧格登就是一切案子的幕後主使。拜託！」

她越說越大聲，甚至連走廊另一頭的僕人都被驚動、朝她看來，眼神彷彿見鬼般地懼怕。幸好巴克斯把她的話聽進去了，他隨即走開。艾兒希希望他是去向警方交代她所說的事。

她瞪著那些僕役。「你們聾了嗎？庫斯伯特．奧格登，布魯克利的那個，他是凶手！快去告訴警方啊！」

僕人們被嚇得四下散開。

艾兒希閉上眼，腦袋仰靠在牆上。她的手腕好癢，而且麻癢感似乎隨著血管爬上了手臂。她想伸進衣袖去搔抓，但衣袖好緊。

她那樣呆坐了好一陣子，聽著僕人來來去去的腳步，以及偶爾傳來的嗚咽聲。公爵夫人過來探望她一次。艾兒希勉強向她保證自己沒事，公爵夫人見狀後，也沒再多說什麼便離開了。艾兒希手腕上的麻癢感逐漸褪去。

警方會要她提供證據嗎？他們會找眞相獵人來鑑定嗎？她到時就得坦承自己有破咒能力，才能證實她所言屬實對吧？或者，還有其他避免承認破咒一事的辦法？她需要好好想一想。然而最近事情實在太多，她的腦袋已快到極限。

她靠著牆板將自己撐起身。她必須走了，必須去保護埃米琳。天啊，如果警方抵達時埃米琳還在那棟屋子裡，她一定會嚇死——

幾個警方人員在餐廳裡指著屍首和周遭的混亂，一邊交頭接耳、寫筆記。在他們過來的路上，應該有人已向他們報備情況了。她能悄悄溜出去嗎？這種時間想在這裡招到馬車很困難，她也忘了交代前一輛車等她。當時，她著急地付了車資後，便直衝向公爵府——

「艾兒希。」

她嚇了一大跳。「巴克斯，你怎麼跟鬼一樣無聲無息。」她今天已承受太多的驚嚇。

然而巴克斯露出近似微笑的神情。「我們一起想辦法幫妳脫身。」

艾兒希看向餐廳裡的警員，其中兩個擋在她的視線和奈許屍首之間。

「我絕不會去告發妳。」他向她保證，並牽起她的手領她走下走廊。後面的調查聲響逐漸遠去，她鬆了口氣。

在通往一樓的巨大樓梯前，巴克斯停了下來，轉向她，兩手抓著她的雙肩。「妳還沒回答我，妳受傷了嗎？」

「沒有，沒什麼嚴重的傷。」她垂眼看著地板。

巴克斯這才長吁出一口氣，吹動了她的亂髮揚起——她想不起自己的帽子丟到哪去了。

「這是第二次了。」他說。

「我原本沒打算擅闖的，都是僕役總管太固——」

「我是指，這是妳第二次救了我。」

她不太情願地抬眼看他。他搭在她雙肩上的手太過溫暖，她的脖頸再次發燙。她清清嗓子。「你怎麼老揪著這些事不放。」

巴克斯輕輕笑著，笑聲也幫她緊繃的神經放鬆下來。

「巴克斯……」她不打算這麼算了。「你也聽到我剛剛的話了，我是個共犯。」她的聲音逐漸變得如喃喃自語。

巴克斯的手滑到她手臂上。「妳是早就知道自己是共犯，還是早有疑心？」

艾兒希蒼白著臉回應：「當然都不是！」

「那就跟妳無關。」

「但警方——」

「我已經跟警官說了，亞伯・奈許臨死前召供出奧格登。我也跟其他人說，妳是我邀請來共進晚餐的，而妳正好看見奈許潛進宅邸。警方應該不會訊問妳今晚以外的其他案件。只要他們核實我的證詞，妳就沒事了。」

艾兒希聽得一愣一愣，這才注意到四肢在發麻。「但真相獵人——」

「看在公爵的面子上，警方不會來找事，更不會去找眞相獵人來對妳測謊。」她不禁撇嘴。「我今晚眞是說一句，就被你推翻一句。」

巴克斯壞壞地一笑。

艾兒希這才意識到兩個人姿勢相當親密，立刻退開。這一退開，夜晚的寒意便竄了上來，她連忙抱住自己。「謝謝你。眞的。」她又朝餐廳望去。「警方來得好快。」

「公爵宅邸有一台電報機。而高等法院聘用的靈性造像師，能投射自己將訊息傳得更遠。」

「幸好。」她的脈搏加快。「噢，還有埃米琳。她對此完全一無所知，一定會很慌張。我必須去找她。」

「妳不是從布魯克利過來的？」

艾兒希搖搖頭。「我從雷丁鎮趕來的。前幾天，我去了朱尼伯唐。」

「爲什麼去那裡？」

艾兒希的肩膀頹喪垂下。「唉，這說起來實在可笑。我以爲我的父親終於來找我了，但結果只是某個搶匪把我誤認成別人。」

巴克斯抬手一抹臉。「艾兒希，我——」

此時，一名警員快步走來，他的硬質鞋底叩響了整條走廊。巴克斯見狀僵住，連忙向對方詢問：「已經有消息了？」看來警員是從電報機的方向走來。

年輕警員遲疑了下，也許在考慮能透露多少，不過他說出的訊息已經足夠了。「庫斯伯特．奧格登逃走了，但有個鄰居聲稱，看到他往北倫敦的方向離去。」

艾兒希的胸口一緊。她一直希望事情仍能有所轉圜，其中另有誤會……現在她最後一絲的希望破滅了。她將奧格登列入此生可以交付眞心的少數名單中。可最終，他還是拋棄了她，又一個遺棄她的父親。也許他早就計劃好這一切，只等艾兒希失去利用價値。

艾兒希急切地問：「他爲什麼逃往倫敦？如果我要逃亡——」這個詞真令她反感。「——我不會往人多的地方逃，而是離得越遠越好。」

「現在天黑了，有夜色做掩護。」巴克斯說：「他能輕易地融入人群中。」

艾兒希用力咬著食指指關節，都留下了牙印。她向警員問：「能幫我打聽那戶人家的女僕嗎？她叫埃米琳．普瑞特，能否確保她沒事？」

「我們辦案講究優先順序，小姐。相關人等最後都會被盤查到的。」警員微抬帽子，繼續往大門走去，似乎是要去向門外的某人通報。艾兒希看著他走遠，胃在不斷翻攪。

片刻後，巴克斯問：「肚子餓了嗎？妳今晚可以留下來過夜，直到這些事告一段落。」

「我應該睡不著。」她近幾日都處於失眠狀態。這時，一個不安的念頭閃過。剛剛那個警員說了，有鄰居看到奧格登出門。所以奧格登是在警方抵達前就逃跑了。爲什麼？「奧格登怎麼會知道警方要過去，知道要趕快逃走？」她繼續思索著。「我並沒有對他通風報信，我知道亞伯．奈許也沒有。」她在樓梯口來回踱步。「照理說，警方應該可以輕而易舉逮到他。奧格登也沒有馬。天色已晚，在布魯克利是叫不到出租馬車的，除非提前預約。但他不可能知道要提前預約——」

如果事態惡化，我們就逃離這裡，我、妳，還有埃米琳。我們先坐出租馬車到泰晤士河或聖凱瑟琳碼頭，再找一艘牢固的小船渡過海峽。妳的法語如何？

艾兒希全身一僵。

「艾兒希？怎麼了——」

「他會去碼頭。沒錯。」她轉身看著巴克斯。「巴克斯，我想我知道他要去哪裡。」奧格登會把這個計畫告訴她，而且還相當詳細，這點實在不尋常。但他說這些話時，神情沉穩而且認眞。他在琢磨一個大規模逃亡計畫，並提前做了布署。「我們必須阻止他！有了那些偷來的藝譜集……他的魔法會變得強大，如果讓他逃走……」

巴克斯陰沉著臉，琢磨了片刻。「我們必須告訴警方。」

艾兒希這次沒反駁他。她很愛奧格登，但……「對，告訴警方。如果他們現在出發……」但馬車追得上嗎？奧格登領先他們多遠了？

巴克斯搓揉下巴。「妳的騎術如何？」

艾兒希猶豫著。「我……最起碼知道如何待在馬鞍上，讓自己不摔下來。」

「這樣足夠了。警方走大路，我們騎馬抄小路。」巴克斯伸出一隻手。

艾兒希牽起了他的手。

泰晤士河沿岸有許多碼頭，但艾兒希站在奧格登的立場來思考——儘管他瞞騙了她，但艾兒希仍然熟悉奧格登的思維模式——他會找一艘較不起眼的小船。

當然，她也可能想錯。如果她的判斷錯誤，結果仍是徒勞無功。但如果她猜對了，一切將會改觀。倘若真見到了奧格登，她完全不知該跟他說什麼。一想到這裡，艾兒希的胸口又開始悶痛。

這段騎程很辛苦。艾兒希以前有騎過馬，但從未正式學習過。肯特郡公爵的純良種馬體格精瘦，腳程快如閃電，若是在平常悠哉騎著牠閒蕩，她一定會對牠愛不釋手。

但事與願違，現在她只能緊緊抓著韁繩不放，抓得指關節都泛白。她的裙襬也十分不雅地在背後飛揚，然而事態緊迫她不可能側騎；現在唯一重要的事，就是死命待在馬背上、不被摔死。她的馬接受過精良的訓練，服從地緊跟著巴克斯的坐騎，馬鼻幾乎快能碰到前一匹甩動的馬尾。

快接近碼頭了，兩匹坐騎也即將瀕臨體能極限。巴克斯開始放慢速度，艾兒希則連忙草草整理了下儀容，儘管在這種追捕狡詐凶徒之際，沒人會去注意她是否得體。她的心跳加快，奧格登……她真的沒想到會是他。

即便是現在，她仍然難以置信。

她內心深處湧出巨大的孤獨感，但現在不能再糾結了。

兩匹馬沿著一家醫院輕跑而過，成棟的倉庫映入眼簾，每一棟都有約六層樓高，是結實的土黃色磚樓。她注意到前方有兩個碼頭工人站在煤氣燈旁。

「我沒看到他。」她氣喘吁吁地說，而且全身痠痛，儘管邁腿狂奔的是她座下的駿馬。

「這裡腹地很大。」巴克斯低語，輕扯動韁繩，操控坐騎轉了一圈，掃視碼頭。

雖然她覺得自己離地面太遠，仍是笨拙地自行下馬，幸好最終成功兩腳著地。大腿根部立刻傳來燒灼的痠痛，她忍住疼痛並脫掉了鞋子，赤腳朝一處碼頭走去。巴克斯在後面喚她，但她沒理會。她或許不擅長騎馬，但她**確實**知道如何無聲息地溜進溜出。

赤腳下的碼頭又長又冷。她沿著倉庫的屋簷下前行，經過一扇扇黑暗的窗戶和上鎖的門。她忍著刺冷小跑步過去。她兩手各拎著一隻鞋，以免它們碰撞出聲。她來到一個轉角，探頭出去觀望。那裡只綁著一艘船，是小船，而且船帆是張開的。此區燈火通明，但倉庫群的周遭全是陰影。她聽到河水隱約的拍打聲，還有自己的脈搏搏動。

艾兒希繞過轉角，再次小跑步起來。她側耳聆聽，無比希望自己能有如鷹隼般的銳眼，可以看穿那些陰影。對面又出現一個碼頭工人，不過他好像沒注意到她。後面傳來的腳步聲一直跟著她，她並未費神回頭去查看——那個步伐、那種沉重，那是巴克斯，因腿被閃電擊傷而微跛。知道有他在，艾兒希勇敢無畏。

她來到一道連接兩邊碼頭的木橋前，走了上去。也許是天使顯靈，也可能只是運氣好，艾兒希瞥見對面碼頭的陰影裡有動靜。她在庫斯伯特．奧格登身邊待了那麼多年，日日夜夜，無論刮風下雨或豔陽高照，所以儘管現場漆黑一片，儘管有些距離，她一眼就認出了他。

「那裡！」她嘶聲說，手指了出去。那道黑影隱入一棟倉庫樓房中。她慌張地四下搜尋可以載她過去的小船或木筏——但等她划槳過去，那個人早就跑了！

木橋晃動，巴克斯也走上了橋。他跪下來伸手進水裡。艾兒希瞥見一陣閃光的邊緣。河面頓時形成一道冰橋，朝她手指的方向延伸而去。

「噢，你這聰明又厲害的男人。」艾兒希低語，連忙穿上鞋子。巴克斯率先跳到那道臨時便橋上，轉身來扶她。冰橋雖然粗糙卻並不滑溜，但艾兒希仍然不敢直接縱躍而過。她盡可能地大步快走，兩手呈水平狀以維持平衡。

兩人來到另一道碼頭前，艾兒希奮力將自己撐到岸上，巴克斯甚至來不及伸手拉她。她的脈搏怦怦地貫穿四肢。她趕緊朝奧格登身影消失的方向跑去，巴克斯一言不發地跟了上去。他毫無怨言。單就理性層面來說，看到他在公爵餐廳時的表現，艾兒希很慶幸有他的陪伴。

她一邊打開那扇沒上鎖的門——也許是被撬開的——一邊納悶要不要向奧格登喊話。她在他家待了九年，仍然不了解他，而現在她知道了真相。這個人在她沮喪時安慰她，偷偷在她存款戶頭裡存錢，還有，也是在晚餐時會逗她笑的人。聽到她的聲音足以令他收手嗎？又或者，他會逃得更快？

倉庫中唯一的煤氣燈光線，透過窗戶投射到戶外。樓房內的空氣中透著發霉氣味。艾兒希跑下一道長長的通道，她和巴克斯的腳步聲形成雙重弦律，而周遭都是成堆已打包好、準備運上船的亞麻布和棉布。

兩人在一個交叉口停下。微弱的腳步聲從另一條通道傳來。

「這邊走。」巴克斯低語，牽起她的手，拉她往左邊前進。巴克斯儘管有些跛腳，但速度仍然很快且動作敏捷，艾兒希好不容易才能跟上他的步伐。他們正逐漸接近獵物。他們是追兵，而奧格登需要一邊找路逃亡或藏身，那會減慢他的速度，所以——

艾兒希突然感應到了它。「巴克斯，停一下！」她猛然拉住巴克斯，但他的衝力太強，兩人的手瞬間鬆開。艾兒希整個人往後跌去，而與此同時，巴克斯的靴子像生了根般黏在地面，他的腳更差點從靴子裡拔出去。

「怎麼搞的？」他雙臂亂揮，努力保持平衡不致往前撲倒。

艾兒希胸口起伏地大口吸氣。那個魔咒搞不好會弄斷他的腿。

「我來把它找出來。」她迅速往前爬過去，嗅聞那道散發泥土氣息的魔咒。不是這裡，而是……在上方靠左的某處？

找到了。那個時間魔咒就在一根靠牆的梁木上。她以前從沒見過這種時間魔咒，竟然設置成捕捉器的模樣——

她解除了那些魔咒，心為之一沉。「是藝譜集。巴克斯，他在利用藝譜集上的魔咒。」這更進一步證明了奧格登的罪行。

魔咒一經解除，巴克斯立刻往前踉蹌幾步。「我想妳還是走在前面好了。」

艾兒希點點頭，接著急切地往前跑，根本顧不上謹慎小心。兩人沒跑多遠，她就感受到空氣中一陣爆裂，那就像奈許的引雷棍擊射出來的電流。她繞過轉角，看見一串電光自天花板右緣射出。

「從它下方走過去。」她正面貼著牆走過，索性不去跟它糾纏，而是想辦法避開它的鋒芒。電光又一次呈之字形閃劃空中，她的頭髮被靜電吸得全部豎立起來，不過閃電並沒擊中她。

巴克斯不發一語地跟著。

前方有扇門砰的一聲，艾兒希連忙邁步追上去，卻一頭撞上了左邊的牆壁。

「該死，奧格登！」她咒罵一聲，她的腳被地板陣陣竄上的寒風攫住。寒冷氣流繞著她盤旋而上，就像身處在颱風眼中。巴克斯連忙施展出一模一樣的魔咒，把氣流往反方向壓制下去，艾兒希這才得以脫身。巴克斯繼續跟著她往前跑去。

「我在想——」艾兒希一邊喘息一邊說：「你可以用剛剛的魔咒，把他拉來我們這裡？」

「沒辦法這樣做。」

艾兒希發現前方出現一扇門的輪廓。她連忙搜找著隱藏的符文——

「停下！」她大叫，立刻停住步伐。巴克斯撞上了她，差點把她推到牆邊的一個木箱。艾兒希剛剛辨識出箱子上的閃光符文。

「一個移動魔咒。這足以壓扁我們。」艾兒希彎下腰，扯出符文的源頭，解開了魔咒。她試圖推開那個木箱，但箱體紋風不動。她又暗罵一聲。「我們必須另外找路繞過去，不然他就要逃走了！」

此時，她的腳踢到了某個金屬物——是根鐵撬。她琢磨了下，抓起鐵撬。她或許不能施展魔咒，但絕對有辦法揮動這東西。

「出了倉庫會比較容易找路。」巴克斯繞過她，抓住門把準備開門——與此同時，艾兒希瞥見了一道符文的弱光。

地板如血盆大口般地向上波動，把艾兒希撞摔進木箱中。水泥、石頭和木頭開始扭曲變形、翻湧而上，團團包圍住巴克斯——這道魔咒，巴克斯在公爵宅邸外也對她施用過，就是那道困住她鞋子的魔咒，只是這是個超大型版本。

而這個巨型版的魔咒，已將巴克斯脖子以下的身體層層禁錮住。

「巴克斯！」艾兒希大喊並爬了起來朝他飛奔過去。這簡直比被一座山困住還難脫身。艾兒希雙手在凹凸不平的陷阱上摸找，搜尋著那道符文。

巴克斯悶哼一聲，掙扎著移動。他完全動彈不得，四肢被死死固定在這貼身的牢籠中。

「天殺的……」他嚥下到嘴邊的粗話。「他就要逃了。」

艾兒希終於瞥見發著微光的符文。就在一條縫隙中。她如釋重負地全身像快化成一灘水。

「我找到了，但符文在石頭的另一邊，在你那邊。」她手指用力穿過去，但就是撥不開那些水泥塊。她起身退開，用鐵撬去敲打水泥塊。水泥塊被打碎了一些，但遠遠不夠。艾兒希用盡全身的力氣，但可能水泥塊都還沒撬開，鐵撬就先斷了。她開始慌張起來。「也許我——我能找到其他東西，鐵鎚之類的——」

「艾兒希，別管我了。快去追他。」

艾兒希搖搖頭。「我一定可以把你弄出——」

「妳會追丟他的！」巴克斯大吼：「快去追他！」

「你不能把它融化掉嗎？」絕望使她的聲音比平時高出一個八度。

巴克斯搖搖頭，儘管他只能勉強做到。「這些是石頭。妳見過液態的石頭嗎？而且這些體積太大了，沒辦法將它們轉化成氣態。那會害死妳我的。」

艾兒希呼吸急促地問：「那能不能轉化一小部分就好？讓我能伸進去——」

「快去追，艾兒希，不然就來不及了！」

「**我絕不會拋下任何人！**」她絕望地大喊，兩手在施了魔咒的陷阱上握成拳狀。她呼吸急促，眼前彷彿全是紅霧，感到跟巴克斯製造出的冰河面一樣冰冷。

巴克斯只猶豫了片刻。「對，妳沒拋下我。」

艾兒希喉嚨一緊，抬眼看著他。

「艾兒希。」他的語氣堅定，但帶著家鄉口音的聲調卻使它悅耳動聽。月光從敞開的出口灑下，他的雙眼無比澄澈。「只有妳才能阻止他。只有妳才能越過他設下的魔咒。而且，他或許願意聽妳的話。妳現在必須去追他，否則一旦失去他的行跡，我們付出的一切都將是徒然。我相信妳。」

「可是——」

「我知道妳一定會回來。」他的眼神堅毅，像綠寶石般地晶亮。「艾兒希，**去吧**。」

她盯著他的雙眼，受傷的手指交抱在胸前。他說得對，她必須去。但她只會破除魔咒，不會施放魔咒。可是她有能力自保，而且經過與奈許的交手……她應該也有辦法破除奧格登的魔咒，如果夠專注的話。但如果她失敗呢？如果她死了，巴克斯就會被困在這裡，直到工人發現他……

她的腦中閃過自己可能的終局。**我準備好不惜犧牲生命、阻止奧格登了嗎？**

羅賓漢就會這麼做。

她朝門口走去。踏出去之前，她停下腳步，回頭望向巴克斯。

她衝回那座水泥牢籠，踩踏上邊緣凸起處，抬頭在他臉頰上印下一吻。他的鬍髭很硬，在她下巴底下驚跳了下。她的心也在猛然怦跳。

「謝謝你。」她喃喃低語，隨即頭也不回地衝向門口，穿過碼頭而去。

她的老闆布下魔咒以減緩她的速度，但同時也留下了清晰的線索，指示出他的逃亡路線。跟隨符文，揪出奧格登。

24

她追蹤著那些魔咒，心中有種異樣的熟悉感。

她破除了一叢從水泥縫隙中長出的龐大雜草，草上有控制成長的時間魔咒。她又兩手發抖地解除了一棟倉庫牆壁上的理智魔咒，這個魔咒在她腦中製造出巨型的蜘蛛幻象。她接著縱躍過一座橋上由物理魔咒造成的大洞，並破解了另一個以物理魔咒將數片木板合併而成的牆壁。

一路下來，沒有任何碼頭工人或保全人員出來查看聲響來源。這個現象令她擔憂。難道聖凱瑟琳碼頭入夜後就是空無一人，又或者是，全被奧格登……消滅了？

就在她跟隨線索、踏入另一棟倉庫之際，一隻貓頭鷹從河的方向以怪異角度向她俯衝而來。艾兒希不得已暴露自己的行蹤，嚇得放聲尖叫。她沒辦法破除驅使貓頭鷹攻擊她的靈性魔咒，只能衝進那扇門，砰地將門關上。她濕黏的右手緊握著那根鐵撬。片刻後，她聽到貓頭鷹的爪子不斷刮擦著門板。

她衝過倉庫，沿著那些瘋狂散布在裡頭的符文間前行，天花板、地板，還有牆壁上，即便是發揮不了作用的位置都有符文蹤影。她成功穿越過符文陣，但那股奇怪的熟悉感仍不斷糾纏著她。但她現在沒餘裕去細思。她也沒空去細想自己趁巴克斯．凱爾西動彈不得之際偷吻了他。老天，她當時到底在想什麼？幸好她只是吻了他的臉頰。

如果她不幸被奧格登的魔咒逮住，起碼就不用面對再見到巴克斯的尷尬。另一種結局是，她追上了奧格登，但主雇二人狹路重逢的下場淒慘。*妳必須冒這風險*，她提醒著自己；巡視、聆聽、感覺、嗅聞，找出那些藝譜集裡的魔咒。如果她成功追上奧格登，並且獲得了勝利……那一切就將沒事。她就能最大限度地彌補自己的過錯。別無選擇，她必須一試。

她解開一個懸浮在半空中、稍稍偏左，並且可以改變密度的魔咒，這個魔咒使空氣變得異常厚重凝滯，讓人無法穿行過去。這是她遇到的第十八個魔咒。

她的手腕和胳膊非常癢，像被上百隻蚊子叮咬。她來到了倉庫另一頭的出口，推開那扇門。迎面而來的煤氣燈光芒有些刺眼。月色從附近平靜的河面上反射出來。

在煤氣燈的光芒中，奧格登蹲在碼頭邊緣，正解開一艘小漁船的纜繩。一捆紙——從不同的藝譜集撕下來的魔咒——插在他沾著顏料的上衣領口裡。

「奧格登，住手吧。」艾兒希朝他開口懇求，抬起一隻手作投降狀，另一手則將鐵撬藏在背後。她朝奧格登走去，全神貫注，不敢掉以輕心。如果奧格登要對她施放魔咒，就必須先開口，她起碼還有時間閃躲。「我們需要談一談。」

奧格登抽出領口中的那捆紙，艾兒希見狀，立刻停下腳步。現在奧格登只需要低語「激化」，那些魔咒就會朝她飛來。「別再過來了。」奧格登出聲警告。他的聲音沙啞，握著那捆紙的雙手在發抖。爲什麼？他在害怕嗎？還是生病了？

「你生病了。」艾兒希冒險向前跨出一步。奧格登雖然年紀不小，但身體向來健壯。不過，剛才的亡命之旅顯然超出他的負荷。「奧格登。**庫斯伯特**。拜託，讓我送你去醫院。」

奧格登猛地站起來，注視著她。她感覺到空氣中有異樣，好像有雪花拂過——

她並不想阻止他，對吧？奧格登只是準備去釣魚。而家裡還有許多事等著她回去完成。她在這裡做什麼？埃米琳一定很擔心——

「停下來！」艾兒希尖叫，兩手抱頭。鐵撬掉落到她背後的碼頭上。她對理智魔咒幾乎毫無經驗，但有感應到她和奧格登之間的空氣振動。那個魔咒鑽進她的思緒，不斷種下新的念頭。

我好邋遢，好想洗澡，是時候該回家了——

她兩手在四周亂抓，終於找到了那個魔咒。如果魔咒是直接被植入在她腦中，她就沒有機會解開了。但奧格登並未碰觸到她。她扯開符文一條又一條的脈絡。這個魔咒十分複雜，是法師級的魔咒。

埃米琳一定很擔心！我必須馬上回家！

「奧格登！」艾兒希尖叫，慌張地解開另一個魔咒。

回家。回家。

不，跟我走。

這突然的轉折讓艾兒希頓時愣住。奧格登朝她伸出一隻手，彷彿他突然改變主意，彷彿他需要一個同伴。他的另一隻手繼續解開小船的纜繩，那捆魔咒早已被塞進了褲袋中。

但是……他剛剛並沒有抽出其中的一頁。他並沒有說出「激化」來啟動魔法。

他並沒有使用藝譜集上的魔咒。

我需要照顧奧格登！我必須上船——

這代表……他施放的是他自己的魔咒。

一條纏結被解開，又是一條。她自己的意念與虛幻的念頭相抗爭。艾兒希只覺雙膝發軟。

「跟我走。」奧格登的額頭上有汗珠滑落。

原來如此。

我一個人竟然大晚上跑到碼頭上，多麼不淑女啊！魔咒不斷將她推開，即使她的老闆在叫喚她。

阿弗烈德。她想起阿弗烈德，想起了看見他和新婚妻子的那天。她哭倒在床上，奧格登進來房間……然後她的心情就平復了，就好像有人拂走她的悲傷痛苦。

警方會知道我也牽連其中，我應該趁現在趕快離開！

接著又一道念頭竄入，**妳打斷了奧格登的假期！再不走他就會解雇妳！**

回憶的絲絲縷縷從魔咒之間浮現。她原諒了他人的冒犯。她的痛苦減輕。她的怒氣被平息下來……這些都是他的傑作？施放魔咒讓她冷靜下來？每一次都是？

是時候——

她扯出最後一條符文脈絡，那些外來的念頭瞬間消散無蹤。她倒抽一口氣，癱倒在碼頭上。原來她剛剛一直屏住呼吸。

那是個法師級的魔咒。

奧格登並非什麼法力薄弱的物理造像師。那只是他的掩護。他真正的身分，是一個法師級理智造像師，並且跟她一樣，並未登記造冊。

奧格登的指甲陷進碼頭邊的樁基，似乎在掙扎反抗著，而她是那塊要把他吸過來的磁鐵。

他全身顫抖，越來越劇烈。

「奧格登！」她朝他跑去。「停下來！」

「你……不能……抓她……」他哀吟著。

他的腦袋猛地抬起，但這次……這次她感覺到理智魔咒迎面撲來，那感覺就宛如時間變慢一般。那道符文小巧精緻、隱形，但引起的振動十分明顯——

她的手指靈活地撥弄，就在符文接近額頭之際解開了魔咒纏結。那道符文消逝前發出微微低語，但艾兒希無法理解。

就像在公爵的餐廳時一樣，她在魔咒發威前成功破解了它。

奧格登見狀滿臉詫異，而她連忙抓住時機行動。一旦奧格登上船，她就沒辦法阻止他了。

艾兒希往前衝去，一頭撞進奧格登懷裡，肩膀撞上他的胸口。奧格登的體格比她高大強壯許多，但她卯足全力將他撞倒在碼頭上，使他的腳彈離小船。奧格登與她展開扭打，想把她制服在地。但艾兒希成功將他牽制於地面，她一邊的耳朵正壓在他敞開的領口上。

就在這時她聽到了。一陣很微弱的喀答聲，像一隻垂死的蟬鳴叫。若不是兩人的纏扭陷入僵局、萬籟俱寂，她根本不會注意到這微弱的聲音。

是一道魔咒，一道**靈性**魔咒，而它的設置方式……

和巴克斯身上的一樣。

奧格登趁艾兒希愣住時奮力推開她，如果不是那兩根柱子，她早就被推落進水裡。她在那些散落的藝譜集紙頁上一個翻身，許多紙頁因而紛紛落到河裡，就此報廢。

奧格登縱身躍起朝小船跑去。他全身瘋狂抖動，像個騎在發怒公牛上的男人，就好像他在……反抗。

艾兒希抓住奧格登的雙肩，他一個重心不穩、單膝跪下。「它是個圖騰，艾兒希。」奧格登氣喘吁吁地說，眼神茫然。「它一直都在──」

他的嘴唇猛地一縮，緊閉起來。接著他全身向前一頂，推開她朝小船大步跑去，四肢仍然在不斷發抖。

圖騰？

圖騰。

所有疑惑終於豁然開朗。那些她一路追尋過來的符文，那種令她莫名的熟悉感……它們分散的擺設方式她以前曾經見過。

在奧格登的畫作裡。

在幫牧師鋪貼的地磚裡。

在教堂裡，他於膝蓋上隨意的塗鴉裡。

在他櫃子重新整理分類的工作文件裡。

在他書桌抽屜裡那些紙上的圖畫裡。

它們全都一樣，都是同一種圖騰。一個有十八個交會點的圖騰──十八個節點的**纏結**。

他一直在試圖告訴她，**好多年來不斷對她釋出訊號**。

奧格登一腳踏進小船中，接著是另一隻腳。

艾兒希打起精神，衝了過去。她縱身一躍撞上他，兩人砰地摔跌進小船裡。奧格登痛得唉哼一聲，背部猛烈撞上船內的長座椅。他的腦袋承受太大的撞擊，最後暈了過去。

艾兒希連忙抓住他的上衣領口，雙手用力撕開，鈕釦紛紛被扯落。那道符文一開始並不明顯，看得出來它的植入是經過精心安排……但她的手指按在他心臟上方時，感應到了符文的吟詠。這個魔咒的威力十分強大——可能是她遇過最厲害的——不過她知道如何解除它。她已知道這個符文的模樣。

她粗暴地拆解符文的層層纏結，指甲在奧格登的肌膚上留下紅抓痕。她先從左上角開始，最後在中央處結束。符文尖叫一聲，瞬息消散。奧格登突然像復活一般，狠狠倒抽一口氣。他拱背一彈坐起身，將艾兒希撞得摔到一旁。他的頭髮凌亂不已，眼神狂野。

然後，他的兩眼盈滿淚水。

「艾兒希……」他低語：「終究是妳救了我。」

他撲倒在她大腿上，嗚咽啜泣。

25

奧格登在警方趕來時仍情緒激動。艾兒希費力把他從小船扶到碼頭上，但他像個受驚的孩童般躺在地面，渾身不斷發抖。

艾兒希一看到逐漸靠近的警方，連忙將剩下的魔咒紙頁揉成球、扔到河裡。紙團浸濕後，瞬間沉沉下墜。她只留下了一張。在她已知、有限的拉丁文詞彙中，已足以讓她理解這個魔咒的意義，以及它的重要性。她將紙頁摺成一小塊，塞進衣裙中。

「我們搞錯了。」警方紛紛擁到她身旁後，她說：「他只是一枚棋子。亞伯．奈許把他當作替死鬼，拿他來頂罪。」

她說這番話時，想起了朱尼伯唐的那個美國人。那個人說得對，她也是被人利用的棋子。但是，他們是誰的棋子？那個美國人又是怎麼知道的？他究竟是誰？

警方過來審問她。她搶先向他們打聽巴克斯的狀況，卻見警員一臉茫然。她連忙告知巴克斯的位置，請求他們趕緊去救人。她很想親自帶警察過去，但奧格登……她不能丟下他不管。得知奧格登不是幕後主使後，她一方面感到欣慰，一方面也擔憂有更大的陰謀在前方等待著。面對警員的提問，她回答得模稜兩可且滿臉疲憊。接著，她要求警方護送奧格登去醫院。

在他們朝醫院出發之前，奧格登向她低語：「我來應付眞相獵人。」

這句話在她耳畔盤旋。不過想當然爾——一個法師級的理智造像師，絕對能輕而易舉地操控眞相獵人，讓對方相信他已完成審訊。奧格登可以讓眞相獵人相信任何事。當初那個歹徒——奈許？——闖入他們家時，奧格登必定也做了相同的事。那次的夜襲只是一場苦肉計，目的在消除嫌疑，而背後主使必定就是操控奧格登的人。

艾兒希留在醫院陪著奧格登。她在角落裡等待，看著同一位眞相獵人走進病房，又面無表情地離去。他告訴警方奧格登是無辜的——之所以逃跑，只是出於害怕。一切的壞事都是奈許一人所爲。當晚發生的一切，肯登小姐跟大家一樣都是一頭霧水，一無所知。

這部分倒是與事實相差無幾。

艾兒希的腦袋就像一團亂麻，不知如今還能相信什麼。

疲憊如濕衣服般拖慢巴克斯的步伐，但他仍抬起沉重的雙腿穿過小醫院，朝護理人員指示的方向走去。他的保母以前經常唱搖籃曲給他聽，如今曲子的弦律在他腦海裡迴響著。與亞伯・奈許打鬥時灼傷的那條腿，現在只剩下隱隱作痛，但他頭髮裡仍殘留著碎石。警方一邊等著破咒師到來，一邊用鶴嘴鋤劈開他的牢籠。如果巴克斯告訴他們符文的位置，他可以更快脫身，但他又該如何解釋自己如何得知的？絕不能把艾兒希牽扯進來，必須保護她的身分。

巴克斯・凱爾西願意盡一切辦法護她周全。

他找到了那間病房。房門微啓，艾兒希向來在意隱私，所以應該是醫師離去時沒把門關好。庫斯伯特・奧格登先生躺在小房間中央的窄床上睡著了，他整個人好像一下老了十歲。艾兒希坐在床邊的椅子上，雙肘撐在膝上。經過策馬奔馳和打鬥，她的頭髮如今凌亂不堪。警方向他描述過大略的經過，不過他還是想親耳聽艾兒希敘述。應該有很多警方不知情的細節。

他的動作並沒有想像中輕巧無聲，因爲艾兒希立刻被驚動，轉身過來查看。他推開門，從陰暗的走廊踏進房內。艾兒希一看到他，連忙跳起來又微微一晃。她顯然眞的累壞了。她衝向他，巴克斯已預備好接受她的擁抱，但艾兒希卻猛地停住，一臉侷促不安。她最後只抓住他的臂膀。

「太好了，你沒事。」她低語，回頭看了奧格登一眼。

巴克斯反手一扭，抓住艾兒希的手問：「妳呢？受傷了嗎？」

艾兒希搖搖頭，壓下一個哈欠。「沒有，休息一下就沒事了。」

「那妳先去休息吧，我來陪他。」

艾兒希疲憊地苦笑。「不行，我必須留下來陪他。我希望他睡醒時能看到我。之前的逃亡、打鬥……」她抽回手，走去關上門，再走到對面的窗戶邊。她招手示意巴克斯過去，確定不會被路過的人聽到後，才低聲說：「他跟你一樣，巴克斯。他身上也有一道我看不見、聽不見的魔咒。那麼多年來，我全然不知……我難以想像，有人竟可以把魔咒植入得如此隱密。那些人逼迫他，利用魔法來操控我。」

巴克斯一臉茫然。「他的魔法？」

艾兒希咬唇琢磨了片刻，望向窗外。「他是一個法師級的**理智造像師**，巴克斯。一直都是。而且跟我一樣，都沒有登記造冊。」

巴克斯聞言震驚地問：「妳確定？」

艾兒希點點頭。她抬手碰了碰藏起的紙頁，又放下手。「我確定。」

巴克斯注視著床上睡著的男人。真是想不到啊，理智造像師……由於他們操控的魔咒類型極具爭議，因此是四個宗派裡最遭嚴密監視的一派。如果艾兒希的破咒師身分被發現，她還有可能獲得只被監禁的待遇、留下一命，但奧格登先生會立刻被處決。

「我發誓，絕不會洩露半個字。」他喃喃低語。

「我知道你不會。」她微微一笑，巴克斯的胸口一緊。儘管他們最初的相識往來並不融洽，但艾兒希仍然敞開心懷，全然信任他……他對此十分感動。

他收回心神，繼續問：「所以是誰設置的魔咒？是哪種派別？」

「一個靈性魔咒。用來控制他的心神。」她靠過去，溫暖的氣息在兩人之間滋滋作響。「我從未遇過如此強大的法師級魔咒，甚至比你的虹吸魔咒還強大。如果不是他撞到了頭，那個魔咒因而露出馬腳，不然我根本沒辦法及時解開。」

「馬腳？」

艾兒希擺擺手，示意這件事以後再細說。「我不知道是誰下的咒。可能要等到眞正的凶手落網才能知曉。奧格登當時顯得好脆弱，巴克斯。」

她挑弄著袖口的縫合處，巴克斯又握住她的手。

「妳不要自責，妳是無辜被牽連的。」巴克斯低語。艾兒希聞言連忙移開視線。巴克斯捏捏她的手。「妳很有正義感，艾兒希。妳一直以爲自己在做好事，而他們以此瞞騙妳，否則妳根本不會協助……妳都稱呼他們什麼？」

「兜帽人。我以爲他們是……」她的聲音變小，喉嚨一陣緊縮。「他們利用我的正義感來操控我，讓我覺得那些任務都事關重大，否則我可能根本沒那膽子去做違法的事。」

巴克斯抬起另一手，用食指抬起艾兒希的下巴。艾兒希看著他。「絕不要看輕自己，妳很勇敢。」

艾兒希又轉開視線，隨即又轉回來。他們如此地靠近，如果他想要，他就會俯身——然而他最後抽回了手。「我現在能幫忙什麼？」

艾兒希琢磨片刻，看著兩人牽在一起的手。「我知道你累了，巴克斯，但——」

「妳只管說。」

「留在這裡就好，等他睡醒再走。」她捏捏他的手。「留在這裡就好……」

翌晨，奧格登就被無罪釋放、恢復自由。巴克斯用身上的現金雇來一輛出租馬車，載他們兩人回布魯克利。告別時，艾兒希實在太睏倦，意識根本模模糊糊的。總之一切暫時告一段落……圓滿結束。若不是腦中還塞滿無數的疑問，她一定會前所未有地放鬆又滿足。他們要怎麼向埃米琳解釋？她和奧格登必須一起想個故事來搪塞。

但這必須在她搞清楚一切之後。

艾兒希等馬車跑了一段路後，才緩緩開口：「我必須知道那是什麼魔咒。」

奧格登一臉憔悴，雙手抱住頭。「一道靈性魔咒。但我不知道它是如何運作的。妳會以爲能操控意志的肯定是理智魔咒，但這道魔咒比理智魔咒更強大，它走得更深入。」

「是誰在操控你？」馬車顛簸一下，艾兒希沒理會繼續追問。

他把兩手往雙膝間一夾。「我不記得了。他不想暴露身分。但已經有……十年了，艾兒希，我記不清楚……那個造像師並不想讓我知道。關於他的記憶，感覺就像一團泥漿。」他呑呑吐吐地看著艾兒希。

她的心一揪。「顯然是發生在我來你這裡工作時。」

美國人的話在她腦海裡迴盪。**妳是一枚棋子**。

奧格登點點頭，有些心煩意亂。「艾兒希，那個魔咒一直都在，但那人無法全然控制我的生活。他不能控制我的思想。我把妳當成女兒一樣看待，我……」他用力呑嚥，艾兒希用力掐了自己一下，以身體上的疼痛來轉移心痛。「我當時在雇人。雇用妳之後，他才注意到我……最後發現我的眞實身分。」

「一個理智造像師……」艾兒希說著，清了清嗓子裡的酸澀。「一個法師級的理智造像師。」

奧格登點點頭。「我一直很小心翼翼，故意讓妳以爲那些滴幣只能微弱地發光。我故意在胳膊上寫錯魔咒，這樣我才不會吸納它們。」

「但那些物理魔咒——」

「那些都是眞的。」他搓揉著雙手。「在認識妳之前我就已經修習了，爲了藝術創作。我故意讓妳看到那些、按照他的指示，都只爲了不讓妳起疑心。」

她實在不解。爲什麼是操控奧格登，而不是她？不過話說回來，兜帽人是她孩提時就認識的……他們是她的救星，是她的信仰，所以輕而易舉就能擄獲她的心，根本用不著對她施咒控制。

艾兒希肩背處一陣發寒，寒意擴散到四肢。當初是**她**從鄉紳家逃到了石器作坊。是**她**，把兜帽人引來奧格登這裡，他們才會發現他的祕密，並以此要脅奧格登聽命於他們。

如果她一直待在鄉紳家，奧格登就不會成爲受害人。

噢，她此刻眞想鑽進地洞裡。她捂著胸口，彷彿想壓著碎掉的心不至四散掉落。**十年**。十年的意志受控於人，只因艾兒希不想爲一個自大的貴族洗碗。

先拋到腦後。不能繼續自責，她必須先拼湊所有的細節，搞清楚事情的原貌。**拋到腦後**，**暫時**。但老天啊，她眞的好氣自己。

「你爲什麼沒有登記造冊？」她壓低聲音提問，儘管車伕根本聽不到他們的對話。她必須問清楚，至於心裡的內疚感以後再來處理。「你爲什麼僞裝自己？」

奧格登搖搖頭，躺靠在椅背上，凝視著門和窗簾之間的窗子縫隙。

「奧格登，我有權知情。」

「妳當然有。」他的手指緊掐著膝蓋。「我是個改革思想主義者，艾兒希。一直都是。我甚至曾經是行政教區議會（parish council）的一員。」

艾兒希點點頭，回想起那段歷史。她專心聆聽，暫時隔絕自己的負面情緒。

「妳知道所有登記在冊的造像師，包括破咒師，都必須隨時準備接受女王的傳召嗎？我們必須滿足她一切的要求，如果她要妳上戰場打仗，妳就必須去。一想到我能用自己的意念操控某個政治垃圾，並且是在對方毫不知情的情況下，我相當興奮。後來，我相信我能操控那些政客，制定出公正的法律——**我的**法律，而且永遠不會被發現，不會被抓。再來，我又想操控、說服別人來愛我……」他開始哽咽，抬起一手摸著脖子，好似試圖緩解喉中的酸澀。

艾兒希緊抿嘴唇，喉嚨發緊。她能感受到塞在衣裙下的藝譜集紙頁。

過了好一會兒，奧格登才又繼續說：「妳可能早就注意到了，我很叛逆。我開始這段冒險的時候相當年輕，年輕氣盛又目中無人，根本不懂得尊重別人。不過現實生活總是會狠狠教育我們。我並沒有惹上大麻煩。」

艾兒希傾身向前，伸手碰了碰他搭在膝蓋上的手。「我不怪你。」她明白那種渴望被需要、被愛的感覺。

奧格登嘆口氣。

「我以前都沒有察覺到它的存在。」艾兒希說。

奧格登撫摸脖子的手移到了胸口。「是我沒給妳機會，我不可能讓妳太靠近我。即使知道那個魔咒被藏得很深，我仍然十分小心。而且，他在監視的時候……我可以讓妳看不見它。我的動作很迅速，妳感應不到它的存在。」

難道她眞的從未感應到？從未產生過懷疑？以奧格登的法力，他絕對能夠轉移她的注意力，同時摘除掉她的記憶。這種事經常發生嗎？她是不是曾將兜帽人指派給她的任務，與藝譜集案件聯想在一起，只是這個想法被他洗掉了？她是不是曾在奧格登身上，聽見過那個靈性魔咒的吟唱，但這些回憶也被清空了？

「但我現在爲何又能記得了？」她尙且無法面對另一個問題。「我是怎麼把它從你身上移除的？」

奧格登搖搖頭。「當時那個人很焦慮、不顧一切。艾兒希，我拚了命地反抗他。」

艾兒希想起他全身劇烈顫抖，還有支支吾吾的說話方式。

「而他最後……連妳也要控制。」

艾兒希緊抿嘴唇。這也解釋了，當時他對她施放理智魔咒時的前後矛盾。叫她回家的是奧格登，而那個靈性造像師要她跟他走。兜帽人現在想要艾兒希，跟當初他們帶她離開救濟院時一樣。眞是諷刺啊，他們終於答應讓她入伙了。這麼多年來，艾兒希一直渴望得到他們的認同。如果是在幾天前，艾兒希必定會歡天喜地、盲目地享受著那虛幻的成就感。

這也是奧格登事先把聖凱瑟琳碼頭告訴她的原因。因爲他知道，一旦操控他的黑手決定要他離開布魯克利時，他必定會去那個地方。

「這麼多年了，我從沒有跟他攤牌，沒有公然反抗過。」奧格登繼續說：「我一直故意討好他、放低姿態，讓他放鬆警戒。我暗中行事，因此才會每週日上教堂。」

艾兒希挺直身子。「所以我們才會不斷更換教堂。」

奧格登擠出一抹微笑。「我想研究那些靈性造像師，想要他們看見我。或許吧，我也不清楚自己在找尋什麼。我花了好多年時間，才私底下弄清楚那個符文。也花了好多年，嘗試告訴妳眞相。」

「私底下。」她接過他的話頭。

奧格登點點頭。

艾兒希抱住自己。「抱歉我沒能——」

「妳不能。」奧格登打斷她。現在換他傾身向前，將她的一隻手拉過去、握在他兩手中。「但我知道，能救我脫離他的只有妳了。如果我眞的駕船逃走，就永遠都別想再恢復自由之身。我花好多年私下研究學習那道魔咒。我把我知道的線索全都給了妳，雖然最後還是被他發現了。但我寧願與他決一死戰，也不願再像一具木偶被操控。」

艾兒希回想起朱尼伯唐，那個用槍指著她的怪人。他是一個靈性造像師。「操控你的那個人，不會是美國人吧？」

「什麼？」

艾兒希向奧格登交代了那件事的始末。她接著想起那個美國人提到的**文章**，但仍然毫無頭緒。這幾天發生太多事了，她來不及仔細琢磨。

奧格登放開她的手，蹙眉道：「我……我不記得了。我只知道我們第一次見面時有見過他本人。但那道魔咒封印住我的那些記憶，後來又經過了那麼多年，那段記憶也就越發模糊。我想應該不是他，不過這個美國人應該知道一些事情。他叫什麼名字？」

「我不知道。」一股挫敗感湧起，但她又猛地一僵。「你可以把他畫出來啊，奧格登。我告訴你他的相貌，你能把他畫出來。」

奧格登眼睛一亮。「沒錯！」微笑顯露他臉上。「**沒錯**，艾兒希。我辦得到。」

「怎麼可以這麼亂來，居然抓錯人！」埃米琳氣得大叫。艾兒希從沒見過她如此發火。「還逼得妳離家逃亡！」

埃米琳使出撢打地毯灰塵的力道，攪拌著燉鍋。看來她已完全接受他們胡謅出來的故事。

她和奧格登也自證清白了。艾兒希腦海中浮現出那晚的警方、碼頭、魔咒，以及巴克斯。巴克斯在那間小病房裡坐在她身旁，他那低沉的聲音，還有他握著她的手……他什麼時候要回巴貝多？艾兒希居然問都沒問他。他很可能已經搭船啓程了。

她想起自己親吻了他的臉頰，瞬間臉紅。傻女人，她胸口一陣發疼。老天，怎麼會這麼痛。也許奧格登能幫她抹除掉這股強烈的情感。可是……她不確定自己是否眞的想放棄這段回憶。現在做決定還太早。

當晚，埃米琳回房睡覺後，整棟房子萬籟俱寂。艾兒希換上睡衣在床邊坐下，打開在碼頭上撿來的那張藝譜集魔咒。

她認得的拉丁文有限，紙頁上的咒文有一大部分她都看不懂。但她不需要看懂——不需要全部看懂，也不需要滴幣。她的手指劃著自己認得的拉丁文字：Memoria、Perdita。回憶、遺失。至於Oblivio，她認爲應該是「遺忘」的意思。她需要找一本字典來查查，不過她其實十分肯定這是個關於遺忘的魔咒。褪色的紅色墨水透露著，這是一個理智魔咒，這更證明了她的推測正確。從咒文的長度來看，它甚至是一個法師級的魔咒，但出自哪位法師的藝譜集就無從得知了。艾兒希回想奧格登在碼頭上又哭又抖的模樣……也許它未來派得上用場。她希望不會有那麼一天，但現下也無法就這樣扔掉它。

她謹愼地摺好紙頁，塞到床墊下——暫時先藏在這裡，等以後找到更適合的地方再說。她一邊把剛洗過的頭髮編成辮子，一邊朝奧格登的臥房走去。她沒敲門便推開門。奧格登已準備好正在等她。素描本、鉛筆和炭筆都放在床腳處備用。

艾兒希關上門，在他的大皮箱上坐下，逕自開始描述那個美國人的外貌。

「我們試試看。」奧格登按照艾兒希的描述，畫出了頭部外形和窄下巴。「我不打斷妳的思緒，妳就儘管說自己記得的。」

「他差不多與你同齡。皮膚黝黑、有種漂泊四方的滄桑感。」艾兒希描述：「眼距小，長髮，髮際線在……這裡。」艾兒希指著她的頭頂。「而且頭頂是尖的。」

奧格登花了些時間描繪。艾兒希則從後側方俯視，時不時地做出提點。

將近一個小時後，艾兒希問：「那些藝譜集你之前都藏在哪裡？我們應該想辦法物歸原主。」

奧格登一邊畫，一邊說道：「它們不在我這裡。在去碼頭之前，他帶我去了一個地方。但我不記得是何處，只記得那裡又黑又濕，可能是下水道或墳墓吧。我離開之前，有隨便抓了幾頁魔咒當作防身。」他放慢了語速。「人的理智和靈魂實在是很有趣的東西。既是不同的兩個區塊，卻又互相影響。以後若能進入學府圖書館，我一定要好好研究它們之間的分界線。」他又回去專心畫畫。

艾兒希點點頭，琢磨他的話。她在腦海裡將昨晚的經過重播了一次。奧格登，又或者是那位幕後黑手，是如何事先得到風聲的？但她不想打擾奧格登，所以沒有直接發問，更何況他可能也不記得答案了。艾兒希索性靜靜地看著他畫畫。畫中的美國人逐漸成形，但看起來不太像，不過艾兒希單憑腦海中的抽象印象，也指不出哪裡不對勁。奧格登塡滿了畫中人物的眉毛後，終於放下停筆。

「不是他。」他把素描本放到大腿上。「我知道不是他。」

艾兒希若有所思地拿起素描本。那個人說過，妳是枚棋子。換句話說，他不是。

「還是値得一試的。」

「嗯那雙眼睛……眼睛不對。」

艾兒希猛然站起身。「你想起來了？」

奧格登用力閉上眼睛，搓揉腦袋。「幾乎……」

艾兒希放下素描本，一邊來回踱步，一邊思考。她搓了搓雙臂。雖然快進入夏天，但這個房間還是很冷。需要升火嗎？

火。

她停下腳步。「奧格登。」

奧格登抬眼看她。

她看著奧格登疲累的眼睛，說道：「帶我離開救濟院的是個女人。一個——」她閉上眼睛努力回想。「有著短下巴的女人。」

奧格登一凜，片刻後才喃喃低語：「一個女人。」他動也不動地專心消化這個訊息。一會兒後，他猛地挺身，拿起素描本和炭筆急速地畫了幾筆，塡加陰影，接著又搖搖頭，撕掉畫頁重新來過。「一個女人。我看見了。一個女人……對……差不多了……」

他從下巴開始下筆，再逐漸添加線條，然後跳開去畫頭髮。沒有髮型可言，沒有帽子，沒有髮夾。再來是額頭。他畫出一道粗眉，用手擦拭修整，重新畫出一道細眉。他畫出了眼睛，又停頓一下。奧格登的雙眼望向他處，任由手上的筆勾勒出回憶中的影像。

「好像……」他畫了一道厚大的眼瞼和額頭，畫中人物看起來很像俄國人。

一陣寒意竄過艾兒希全身。「老天啊。」

奧格登轉向她。「妳認得她？」

艾兒希感到口乾舌燥，愣愣地點頭。那個女人現在的模樣年長許多，儘管畫中人物還沒完成，她仍是認出了那張臉。她這才恍然大悟，爲什麼奧格登當時能事先得到消息逃亡。

「她才是他要找的人。」艾兒希的聲音無比沙啞。「那個美國人要找的人。她就在倫敦。她的名字是莉莉·默頓法師。」

《破咒師》完

（欲知後續精彩劇情，請見續集《制咒師》）

誌謝

嗨，這本書是在許多人的幫助下完成的！他們都是很了不起的人。世上沒有哪一本書能單靠一人就能完成，我有太多的感謝要表達。

第一個，上帝。在一本書的謝辭裡，祂通常都是最後才出場，但我要在這裡將祂率先放到用心閱讀本書的讀者前面。上帝，謝謝祢。

第二，這本書的第一、第二批讀者。他們在無償的情況下，艱難地啃完了我粗糙的草稿。他們是Rebecca Blevins、Cerena Felt、Tricia Levenseller、Whitney Hanks、Rachel Maltby和Leah O'Neill。萬分感激。即使是我的經紀人，也都沒看過我粗糙的草稿！

我特別感謝Caitlyn McFarland，她協助我確定情節要點、人物角色。謝謝她允許我發飆又抓狂罵人，並在事後仍然愛我。

感謝楊百翰大學的Thomas Wayment教授，在拉丁文的翻譯上，他給予的幫助比網路上的搜尋更有益。

萬分萬分地感謝我的丈夫Jordan，他也讀了我蹩腳的初稿，甚至扛起照顧孩子的責任，讓我能專心進行整個故事的初稿，跟我一起做腦力激盪。你是維多利亞時代的騎士風範代表。

謝謝我的經紀人，將此書送到了對的人手中；我閃亮亮的新編輯Adrienne Procaccini，感謝她協助我完善人物的對白；Angela Polidoro，不厭其煩地一字一字協助我調整這個故事的調性。

我由衷感謝47 North團隊——作者聯絡人、審稿人、校對人、事實審核員、市場銷售人員等等。謝謝你們的努力，有了你們，我夢想中的工作才得以實現。

中英名詞對照表

A

Abel Nash 亞伯・奈許

Abigail Scott 艾比蓋兒・史考特

Abingdon-on-Thames 泰晤士河畔亞平敦

Agatha Hall 亞嘉莎・霍爾

Alexandra Wright 亞莉珊卓・萊特

Alfred 阿弗烈德

Algarve 阿爾加維

Allen Baker 艾倫・貝克

Alma Digby 亞珥瑪・迪格比

Assembly of the London Physical Atheneum 倫敦物理宗派學府議會

aspector 造像師

B

Bacchus Kelsey 巴克斯・凱爾西

Bamber 班柏

Barbados 巴貝多（地名）

Baxter 霸克特

Betsey 貝絲

Birmingham 伯明罕（地名）

Brixton 布里克斯頓（地名）

Brookley 布魯克利 (地名)

Byron 拜倫

C

Cassius Bennett 卡西烏斯・班奈特（法師）

Camberwell 坎伯韋爾（地名）

Clunwood 克朗林 （地名）

Christie's Auction House 克里斯提拍賣所

Colchester 科爾切斯特鎮（地名）

Cowls 兜帽人

Croydon 克羅伊登（地名）

Crumley 克朗萊

Cuthbert Ogden 庫斯伯特・奧格登

D

Douglas Hughes 道格拉斯・休斯

drops 滴幣

Dulwich 杜威治鎮（地名）

E

East Sussex 東薩西克斯郡（地名）

Edenbridge 埃登布里奇（地名）

Elizabeth Davies 伊麗莎白・戴維斯

Elsie Camden / Els

艾兒希・肯登／艾絲

Encyclopedia of Runes until 1804

《符文百科全書：至一八〇四年》

Enoch Phillips 伊諾克・菲利普斯（法師）

excitant 激化

Emmeline Pratt / Em

埃米琳・普瑞特／小埃

F

Felton Shaw 費爾頓・肖

four alignments 四大宗派

Foxstone 福克斯通（地名）

G

Gabriel Parker 加百列・派克

Green 格林

H

Hadleigh 哈德利（地名）

Halsey 哈爾西

Harrison 哈里森

Henry Hall 亨利·霍爾

High Court of Justice 高級法院

Highwood 高木區

I

Ida 愛達

Ipswich 伊普斯威奇（地名）

Isaiah Scott 以賽亞·史考特

J

Jacques Pierrelo 賈克斯·皮耶羅（法師）

James 詹姆斯

John 約翰

John Clive 約翰·克萊夫

Jonathon 強納森

Josie 喬西

Juniper Down 朱尼伯唐（地名）

K

Knockholt 納克霍特（地名）

L

Lambeth 蘭貝斯市

Levi Morgan 利維·摩根

lightning staff 引雷棍

Lily Merton 莉莉·默頓（法師）

M

Madeira 馬德拉葡萄酒

Manchester 曼徹斯特（地名）

Marie 瑪里

Matilda Morris 瑪緹妲·莫里斯

Matthew 馬修

Markson 馬克森

Martha Morgan 瑪莎·摩根

N

Newcastle upon Tyne 紐卡斯爾（地名）

novel reader 小說期刊

O

Old Wilson 威爾遜老城區（地名）

opus 藝譜集

Orpington 奧爾平頓（地名）

P

parish council 行政教區議會

physical 物理宗派

Physical Atheneum 物理宗派學府

Pingewood 坪吉林

post dog 郵差犬

R

Rainer Moor 瑞勒・摩耳

rational 理智宗派

Reading 雷丁鎮（地名）

Rose Wright 蘿絲・萊特

Ruff 拉夫

Ruth Hill 露絲・希爾（法師）

S

Seven Oaks 七橡園

spellmaker 制咒師

spellbreaker 破咒師

spiritual 靈性宗派

Spiritual Atheneum 靈性宗派學府

St. Katharine's 聖凱瑟琳碼頭

Swallow Street 燕子街

T

temporal 時間宗派

Temporal Atheneum 時間宗派學府

The Curse of the Ruby 《紅寶石之咒》

Theodore Barrington 西奧多・巴靈頓

Theophile Bowles 泰奧菲・包爾斯

Thom Thomas / Two Thom

湯・湯瑪斯／阿湯

Thompson 湯普森（法師）

top off 滿溢

truthseeker 真相獵人

W

Walter Turner 華特・特納

water staff 引水棍

Westerham 韋斯特勒姆（地名）

Wilson 威爾森

V

Victor Allen 維克多・亞倫（法師）

BEST嚴選 142

破咒師

原著書名／Spellbreaker
作　　者／夏莉・荷柏格（Charlie N. Holmberg）
譯　　者／清揚
企畫選書人／劉瑄
責任編輯／劉瑄
版權行政暨數位業務專員／陳玉鈴
資深版權專員／許儀盈
行銷企畫／陳姿億
行銷業務經理／李振東
總編輯／王雪莉
發行人／何飛鵬
法律顧問／元禾法律事務所　王子文律師
出版／奇幻基地出版
城邦文化事業股份有限公司
台北市 104 民生東路二段 141 號 8 樓
電話：(02)25007008　傳眞：(02)25027676
網址：www.ffoundation.com.tw
e-mail：ffoundation@cite.com.tw
發行／英屬蓋曼群島商家庭傳媒股份有限公司城邦分公司
台北市 104 民生東路二段 141 號 11 樓
書虫客服服務專線：(02)25007718・(02)25007719
24 小時傳眞服務：(02)25170999・(02)25001991
服務時間：週一至週五 09:30-12:00・13:30-17:00
郵撥帳號：19863813　戶名：書虫股份有限公司
讀者服務信箱 e-mail：service@readingclub.com.tw
歡迎光臨城邦讀書花園　網址：www.cite.com.tw
香港發行所／城邦（香港）出版集團有限公司
香港灣仔駱克道 193 號東超商業中心 1 樓
電話：(852) 2508-6231　傳眞：(852) 2578-9337
e-mail：hkcite@biznetvigator.com
馬新發行所／城邦（馬新）出版集團
【Cite(M)Sdn. Bhd】
41, Jalan Radin Anum, Bandar Baru Sri Petaling,
57000 Kuala Lumpur, Malaysia.
Tel: (603) 90578822 Fax:(603) 90576622
email:cite@cite.com.my

封面設計／朱陳毅
排　　版／HAMI
印　　刷／高典印刷有限公司
■ 2022 年（民 111）7 月 28 日初版
■ 2023 年（民 112）9 月 21 日初版 3.5 刷

售價／450 元

國家圖書館出版品預行編目資料

破咒師 / 夏莉・荷柏格（Charlie N. Holmberg）作；清揚譯. -- 初版. -- 臺北市：奇幻基地, 城邦文化出版：家庭傳媒城邦分公司發行, 民111.07
面：　公分. -（Best嚴選；142）
譯自：Spellbreaker
ISBN 978-626-7094-85-3（平裝）

874.57　　111009293

ISBN　978-626-7094-85-3

Printed in Taiwan.

廣 告 回 函
北區郵政管理登記證
台北廣字第000791號
郵資已付，免貼郵票

104台北市民生東路二段141號11樓

英屬蓋曼群島商家庭傳媒股份有限公司城邦分公司 收

請沿虛線對摺，謝謝

奇幻基地

每個人都有一本奇幻文學的啟蒙書

奇幻基地官網：http://www.ffoundation.com.tw
奇幻基地粉絲團：http://www.facebook.com/ffoundation

書號：1HB142　　書名：破咒師

奇幻基地

讀者回函卡

謝謝您購買我們出版的書籍！請費心填寫此回函卡，我們將不定期寄上城邦集團最新的出版訊息。

姓名：________________ 性別：□男 □女

生日：西元________年________月________日

地址：________________

聯絡電話：________________傳真：________________

E-mail：________________

學歷：□1.小學 □2.國中 □3.高中 □4.大專 □5.研究所以上

職業：□1.學生 □2.軍公教 □3.服務 □4.金融 □5.製造 □6.資訊

□7.傳播 □8.自由業 □9.農漁牧 □10.家管 □11.退休

□12.其他________________

您從何種方式得知本書消息？

□1.書店 □2.網路 □3.報紙 □4.雜誌 □5.廣播 □6.電視

□7.親友推薦 □8.其他________________

您通常以何種方式購書？

□1.書店 □2.網路 □3.傳真訂購 □4.郵局劃撥 □5.其他

您購買本書的原因是（單選）

□1.封面吸引人 □2.內容豐富 □3.價格合理

您喜歡以下哪一種類型的書籍？（可複選）

□1.科幻 □2.魔法奇幻 □3.恐怖 □4.偵探推理

□5.實用類型工具書籍

有更多想要分享給
我們的建議或心得嗎？
立即填寫電子回函卡

您是否為奇幻基地網站會員？

□1.是□2.否（若您非奇幻基地會員，歡迎您上網免費加入，可享有奇幻基地網站線上購書75折，以及不定時優惠活動：http://www.ffoundation.com.tw/）

對我們的建議：________________